24.95

D0839214

LE FILS
EMPRUNTÉ

Du même auteur

L'Anti-livre (coll.), Éditions de l'Étoile magannée, 1972.

Raconte-moi Massabielle, Éditions d'Acadie, 1979 ; coll. « 10/10 », 2010.

Les Portes tournantes, Boréal, 1984 ; coll. « Boréal compact », 1990.

Le Récif du Prince, Boréal, 1986 ; coll. « Boréal compact », 1988 ; coll. « 10/10 », 2010.

Une histoire de cœur, Boréal, 1988 ; coll. « Boréal compact », 1992 ; coll. « 10/10 », 2009.

Le Cirque bleu, La Courte Échelle, 1995 ; coll. « 10/10 », 2010.

Les Ruelles de Caresso, La Courte Échelle, 1997 ; coll. « 10/10 », 2011.

Un train de glace, La Courte Échelle, 1998 ; coll. « 10/10 », 2011.

Les Soupes célestes, Fides, 2005 ; coll. « 10/10 », 2009.

La Vraie Histoire de la série Les Lavigueur – Les carnets de l'auteur et le scénario, Stanké, 2008.

Cinq secondes, Éditions Libre Expression, 2010 ; coll. « Expression noire », 2012.

Une mort honorable, Éditions Libre Expression, coll. « Expression noire », 2012.

JACQUES
SAVOIE

LE FILS
EMPRUNTÉ

Libre Expression

Une société de Québecor Média

Catalogage avant publication de Bibliothèque et Archives nationales du Québec et Bibliothèque et Archives Canada

Savoie, Jacques, 1951-
    Le fils emprunté : une enquête de Jérôme Marceau
    (Expression noire)
    ISBN 978-2-7648-0778-1
    I. Titre. II. Collection : Expression noire.
PS8587.A388F54 2013   C843'.54   C2013-940700-6
PS9587.A388F54 2013

Édition : André Bastien
Direction littéraire : Marie-Eve Gélinas
Révision linguistique : Isabelle Lalonde
Correction d'épreuves : Julie Lalancette
Couverture et mise en pages : Axel Pérez de León
Grille graphique intérieure : Chantal Boyer
Photo de l'auteur : Sarah Scott

Cet ouvrage est une œuvre de fiction ; toute ressemblance avec des personnes ou des faits réels n'est que pure coïncidence.

Remerciements
Nous reconnaissons l'aide financière du gouvernement du Canada par l'entremise du Fonds du livre du Canada pour nos activités d'édition.
Nous remercions le Conseil des Arts du Canada et la Société de développement des entreprises culturelles du Québec (SODEC) du soutien accordé à notre programme de publication.
Gouvernement du Québec – Programme de crédit d'impôt pour l'édition de livres – gestion SODEC.

Les Éditions Libre Expression
Groupe Librex inc.
Une société de Québecor Média
La Tourelle
1055, boul. René-Lévesque Est
Bureau 300
Montréal (Québec) H2L 4S5
Tél. : 514 849-5259
Téléc. : 514 849-1388
www.edlibreexpression.com

Dépôt légal – Bibliothèque et Archives nationales du Québec et Bibliothèque et Archives Canada, 2013

ISBN : 978-2-7648-0778-1

Distribution au Canada
Messageries ADP
2315, rue de la Province
Longueuil (Québec) J4G 1G4
Tél. : 450 640-1234
Sans frais : 1 800 771-3022
www.messageries-adp.com

Diffusion hors Canada
Interforum
Immeuble Paryseine
3, allée de la Seine
F-94854 Ivry-sur-Seine Cedex
Tél. : 33 (0) 1 49 59 10 10
www.interforum.fr

À Micheline, Gilles, Marc
et Achille, mon frère emprunté.

1

La conférence de presse devait débuter à onze heures. Une rencontre dont Jérôme Marceau se serait bien passé. Devant les journalistes, il ne serait pas question de fusillade, d'arrestation spectaculaire ou même du nombre d'homicides survenus sur le territoire de la ville de Montréal depuis le début de l'année. Non, il ne serait question que de lui. Et plus précisément de sa nomination à la tête du Service des crimes majeurs du SPVM. Son retour par la grande porte comme nouveau patron des homicides aurait dû lui apporter la plus délicieuse des satisfactions. Un juste retour des choses après une saison passée à l'écart. Mais l'atmosphère était si morose parmi les enquêteurs, leur moral tellement bas depuis le suicide de Lynda Léveillée, que ce changement de garde, aussi improbable qu'inattendu, n'avait pas suscité la moindre réaction. Ni au quartier général, ni dans les corridors du palais de justice, ni chez Jérôme lui-même. Il n'allait pas sauter de joie. L'héritage de la patronne était un cadeau empoisonné. Si elle s'était enlevé la vie, c'est qu'elle n'avait pas eu le choix. Des accusations étaient sur le point d'être portées contre elle. Accusations de corruption qui, malgré la présomption d'innocence, n'en avaient pas moins terni l'image des homicides. Lynda Léveillée était une «ripou», et c'est tout le service qui avait été égratigné.

C'est pour cela, justement, qu'on avait offert le poste à Jérôme. Personne n'avait quoi que ce soit à lui reprocher. Il n'avait pas d'ennemis et, surtout, n'avait pas de passé. O'Leary aurait pu être considéré; il avait tout ce qu'il fallait pour s'imposer. Mais il était de l'ouest de la ville et avait entretenu des relations avec le gang des Irlandais. La candidature de Corriveau avait aussi été étudiée. Parti prématurément à la retraite, il connaissait les Italiens d'un peu trop près, ce qui le rendait suspect. Ni l'un ni l'autre n'étaient vierges et, pour ce genre de mariage, c'était un préalable. Il restait donc Jérôme. Le manchot était devenu patron par défaut.

Florence, sa mère, n'en serait pas revenue – comme elle était difficilement revenue d'un voyage en Acadie, d'ailleurs. Un mois plus tard, elle avait tiré sa révérence. Le virage avait été négocié en douceur. Elle avait été mise en terre en septembre dans la plus grande simplicité, comme elle le souhaitait. Depuis, Jérôme avait laissé traîner les choses. Elle avait un testament, quelques économies et une assurance vie, mais il ne s'en était pas occupé, préférant laisser cela entre les mains du notaire Fillion. Ils devaient se parler, mais, de semaine en semaine, Jérôme avait remis leur rencontre. La disparition de Florence l'avait déstabilisé. Il avait mis un moment à s'en remettre. Heureusement, il y avait Gabriel Lefebvre, l'amoureux de Rashmi, cette jeune Indienne victime d'un crime d'honneur. Un garçon alerte, capable de discuter et avec qui Jérôme avait partagé son deuil. Ils s'étaient vus régulièrement pour s'encourager l'un l'autre et pour parler d'avenir. Jérôme l'avait poussé à reprendre ses études, ils en avaient débattu et, avec le temps, une relation père-fils était née. Gabriel en avait besoin. Jérôme aussi, de toute évidence. Il y avait même pris goût. Dans les semaines précédant sa nomination, il avait subi de longs interrogatoires sur sa vie privée, ses intérêts et ses convictions. On voulait s'assurer qu'il était un homme décent, quoi que cela puisse vouloir dire. Jérôme s'était lui-même surpris à parler de Gabriel comme s'il était son fils. Un enfant ayant vécu quelque chose de terrible et dont lui seul avait été témoin. Gabriel avait été anéanti par la mort de Rashmi. Par culpabilité peut-être, ou tout simplement parce que l'intelligence du jeune homme l'impressionnait, Jérôme ne se lassait pas de l'écouter, de le rassurer, de le consoler même. Tout le contraire de ce qu'il avait vécu avec sa mère. Ce côté humain révélé lors des interrogatoires lui avait donné, dans les circonstances, un avantage sur O'Leary et Corriveau. Après la fin de carrière désastreuse de Lynda Léveillée, il était l'homme tout désigné pour redonner du lustre au Service des crimes majeurs.

Égale à elle-même, Nathalie Blum, responsable des communications, s'était invitée dans le bureau de Jérôme. Incapable d'attendre qu'il la sollicite, elle avait déposé un café tiède sur le coin de la table en guise d'excuses.

— Rencontre avec la presse dans dix minutes, gargouilla-t-elle en avalant une gorgée.

Vêtue d'un tailleur cintré de couleur sombre qui mettait en valeur ses formes athlétiques, Blum avait trop de choses à dire et pas assez de temps pour le faire. Les mots se bousculaient, les phrases arrivaient en cascade :

— Ce qu'il faut éviter par-dessus tout, c'est de lui faire un procès d'intention…

Jérôme devina qu'elle parlait de Lynda. Les journalistes ne manqueraient pas de le mitrailler à ce sujet.

11

— Il n'y a toujours pas de procès en vue dans l'affaire des passeports volés ? Son nom a été cité pendant l'enquête, mais elle a droit à la présomption d'innocence, même si elle n'est plus là pour se défendre.

Nathalie Blum faisait le même numéro avant chaque conférence de presse. Un dédoublement de personnalité, où elle jouait à la fois celle qui pose les questions et celle qui y répond. C'était une seconde nature chez elle. Avec ses belles lèvres pulpeuses, elle pouvait dire, se contredire et dédire, tout cela dans une même phrase et sans qu'il y paraisse. On avait envie de la croire.

— Pourquoi penses-tu qu'elle s'est suicidée, la patronne ? Elle était malade. La leucémie était revenue. Elle était condamnée. Autant choisir le moment de sa sortie de scène. C'est ça la réponse. Elle était malade et depuis longtemps. Elle n'a rien à voir avec cette histoire de…

— Corruption, compléta Jérôme.

— Voilà ! Voilà le mot qu'il ne faut pas prononcer ! Ça ne fait pas partie du plan de communication. Des allégations ont été faites à l'endroit de Lynda… ça, on le reconnaît.

Elle se reprit.

— On ne dit pas Lynda, mais l'enquêteure chef Léveillée ! Au terme d'une longue maladie, elle a choisi de s'enlever la vie. C'est ça ! Elle s'est enlevé la vie ! Voilà ce qui s'est passé !

Blum hachurait les mots, redisant *ad nauseam* ceux qui martelaient plus avantageusement le message. La relationniste parlait si vite que Jérôme n'écoutait plus. L'histoire de Lynda était encore à ce jour parsemée de zones grises. Pour lui en tout cas. Clouée à un lit d'hôpital, combattant une leucémie qu'elle avait apparemment vaincue, elle s'était acoquinée avec des malfrats dans une affaire de vol de passeports. Ce n'était sans doute pas la première fois que Lynda vendait son âme au diable. Pour protéger la réputation posthume du juge Rochette, assassiné en plein tribunal, elle avait retenu le rapport que Jérôme avait rédigé. Combien l'avait-on payée pour ça ? Elle avait emporté le secret avec elle dans la tombe.

Pour l'heure, Nathalie Blum tombait sérieusement sur les nerfs de Jérôme. La conférence approchait à grands pas et elle ne cessait de rabâcher les mêmes mots, les mêmes phrases, comme s'il s'agissait d'un mantra :

— L'enquêteure chef Léveillée a succombé à une longue maladie. C'est tout ce qu'il faut dire.

Jérôme répéta pour la faire taire.

— Elle a succombé à une longue maladie.

Un de ses téléphones se mit à sonner. Il en avait deux. Un bleu pour les communications personnelles et celui des homicides, qui était rarement porteur de bonnes nouvelles. Jérôme consulta l'afficheur tandis que Blum comptait sur ses doigts en énumérant des choses qu'il n'écoutait plus.

— Oui, O'Leary ?

— Je te dérange ? demanda l'Irlandais comme s'il connaissait la réponse.

— Conférence de presse. J'ai une minute.

— Je n'en demande pas tant. Il y a un truc bizarre qui s'est produit cette nuit dans une grande salle au dernier étage du stationnement souterrain de la Place Ville-Marie.

— Ce n'est pas une salle, l'interrompit Jérôme. C'est un abri antinucléaire qui n'a jamais été terminé.

— Tu vois ce que je veux dire ?

— La salle 600.

— Exact. Quelqu'un s'est immolé par le feu là-dedans.

— Immolé par le feu ? Tu es sûr ?

Jérôme s'éclaircit la voix. Elle était enrouée. Il aurait besoin d'un verre d'eau pour la conférence de presse.

— On n'a retrouvé qu'un tas de cendres, continua O'Leary.

Jérôme s'imagina les lieux. Il connaissait les sous-sols de la Place Ville-Marie. Avant que la tour cruciforme soit construite au début des années 1960, le tunnel ferroviaire passant sous le mont Royal faisait surface à cet endroit. Pour bâtir l'immeuble, on avait recouvert la voie ferrée puis construit un stationnement souterrain tout autour. Au plus fort de la guerre froide, quelqu'un avait eu l'idée d'intégrer un abri antinucléaire aux plans originaux. Ainsi était née la salle 600, un projet dont la gestation avait été longue et qui avait fini par être abandonné au début des années 1970. L'espace était resté inutilisé depuis, jusqu'à ce qu'on décide, tout récemment, d'agrandir les garages. Le projet était encore à l'étude. Mais qui donc avait bien pu s'immoler par le feu à cet endroit ?

— On parle de suicide ou de meurtre ? demanda-t-il encore.

— Peut-être les deux. Un meurtre déguisé en suicide. Blanchet est sur le coup avec moi.

Isabelle Blanchet, pensa Jérôme. Problèmes à l'horizon. Il ne laissa rien paraître.

— J'ai quelque chose à faire, mais on se reparle.

O'Leary ne désirait rien de plus. Lorsqu'il obtenait un «On se reparle», il savait qu'il avait capté l'attention de Jérôme, que son radar avait enregistré le signal. Il avait failli dire «Merci, Aileron», son sobriquet que plus personne n'osait utiliser aux homicides, maintenant qu'il était patron.

Devant lui, Nathalie Blum se leva en ajustant son tailleur. Elle parlait toujours, mais voyait bien qu'on ne l'écoutait pas. Marceau enfila son veston, le regard vide. Il se gardait bien de l'admettre, mais cette rencontre de presse l'énervait. La personne immolée dans les sous-sols de la Place Ville-Marie l'avait distrait un moment, mais le nœud dans son ventre était revenu bien vite. L'avait-on choisi pour ses compétences ou parce que, dans les circonstances, un homme à la peau noire ou presque, un infirme de surcroît, ne pouvait être pire que celle qu'il remplaçait ? Par quelle logique la direction en était-elle arrivée à cette décision ? Allez savoir ! Quelqu'un avait jugé que Jérôme était le candidat le moins susceptible d'attirer les foudres de la presse sur le SPVM. Rien de plus, sans doute.

En se dirigeant vers la salle de presse en compagnie de Nathalie Blum, Jérôme s'imagina ce bûcher, retrouvé au milieu de la salle 600. Les gens qui se donnent la mort par le feu cherchent toujours à faire impression. Quand on s'immole, on veut être vu. Pourquoi commettre un tel geste au sixième sous-sol d'un immeuble alors, loin des regards ? Quelque chose n'allait pas. Il irait voir après la conférence de presse et tirerait ses propres conclusions. Un meurtre ou un suicide. Cela voulait également dire qu'il retravaillerait avec Blanchet. Une façon de lui dire que, peu importe ce qui s'était passé entre eux, il ne lui en tenait pas rigueur. N'avait-il pas été nommé pour cela aussi ? Rétablir les liens dans l'équipe. Rebâtir la confiance. Autant O'Leary que Blanchet et les enquêteurs aux gangs de rue en avaient besoin.

Jérôme fut ébloui par l'éclairage de la salle de presse lorsqu'il y entra. Il entendit des flashs crépiter. La première impression est celle qui reste : le nouveau patron des homicides avait les yeux fermés. Il s'efforça de les garder grands ouverts pendant le reste de la rencontre, en fixant un à un les vingt journalistes et photographes réunis dans la pièce. Blum ouvrit le bal en repoussant ses cheveux derrière ses oreilles, un geste qu'elle faisait lorsqu'elle était nerveuse. Elle s'éclaircit la voix.

— Le sergent-détective Jérôme Marceau a été promu enquêteur chef au Service des crimes majeurs du SPVM...

Elle n'eut pas le temps de terminer sa phrase qu'une première question fusa.

— L'enquêteure chef Léveillée était soupçonnée de corruption...

Jérôme bomba le torse et se redressa sur sa chaise, pour repérer l'énergumène qui venait d'ouvrir le feu.

— L'enquêteure chef Léveillée est morte des suites d'une longue maladie. Elle a choisi le moment de sa mort. Il n'y a rien de plus à dire.

Blum déglutit. Jérôme ne respectait pas le plan de match. N'avaient-ils pas convenu de garder ces arguments pour la fin ? À moins bien sûr qu'elle ne lui ait pas dit, ou qu'elle ne se soit pas fait comprendre. Pendant qu'elle gigotait sur sa chaise, Jérôme s'élança sans retenue :

— J'ai été l'adjoint de l'enquêteure chef Léveillée pendant plusieurs années. Elle a fait un travail admirable. Mais c'est une tâche qui ne s'arrête jamais. Des crimes, il y en a tous les jours. Comme en ce moment, par exemple...

Il n'y avait plus un bruit dans la salle. Nathalie Blum retenait son souffle. Cette conférence de presse était sur le point de tourner à la catastrophe.

— ... il y a quelques minutes, un numéro s'est ajouté à ce qu'on appelle chez nous « l'ardoise ». Le numéro 46. Le quarante-sixième meurtre de l'année sur le territoire montréalais. Si c'est un meurtre, bien sûr.

Blum lui coupa la parole.

— Ce que dit l'enquêteur chef, c'est qu'en ce moment il ne devrait pas être ici devant vous, mais plutôt sur le terrain.

Jérôme s'étonna de ce triple salto arrière. Comme lui, elle avait compris qu'il n'y aurait plus de questions concernant Lynda. Pas pour l'instant en tout cas. Tout se passait pour le mieux. Jusqu'à ce qu'un petit rougeaud, assis au premier rang, lève le doigt :

— John LeBreton. *The Gazette*. Pouvez-vous nous dire quelque chose à propos de ce quarante-sixième meurtre ?

— Beaucoup trop tôt, fit Jérôme. Mais nous vous tiendrons informés.

Contre toute attente, Nathalie Blum se leva, signalant la fin de la rencontre. Dans les annales du service, c'était la conférence de presse la plus courte jamais donnée. Mais le rougeaud insista alors même que tous se levaient :

— Vous êtes le premier Noir à être nommé à la tête du Service des crimes majeurs, n'est-ce pas ?

Jérôme posa les yeux sur le journaliste de la *Gazette* en lui adressant un grand sourire :

— Je ne suis pas aussi noir que mon père, mais je suis noir, effectivement. Quelle est la question au juste ?

Jérôme avait répondu avec le sourire aux lèvres. Était-il nécessaire de répéter ? Il reprenait le *job* de son ancienne patronne, qu'il avait défendue avec beaucoup de tact. Pour le reste : il avait la peau café au lait, il était né d'un père haïtien inconnu et d'une mère blanche. Rien à cacher.

LeBreton marmonna quelque chose d'inaudible tandis que ses collègues ramassaient leurs affaires. Jérôme et Nathalie Blum les saluèrent cordialement et quittèrent la salle. En s'éloignant d'un pas rapide dans le corridor, l'attachée de presse commenta cette rencontre éclair :

— Tu as fait bonne impression. Ils aiment ça, quelqu'un qui répond avec aplomb. Un flic loyal surtout.

Jérôme sourcilla. Un flic, c'est censé être loyal, peu importe ce que les gens aiment. Il allait le dire mais Blum le devança :

— La prochaine fois, préviens-moi si tu comptes faire un *one man show*. Je resterai dans mon bureau. Tu iras tout seul devant les micros !

Il en prit bonne note. C'était sa première conférence de presse avec Blum depuis qu'il était enquêteur chef. Il y en aurait d'autres. Il valait mieux ménager les susceptibilités.

— Entendu ! fit-il en inclinant légèrement la tête.

Blum lui faussa compagnie au bout du corridor en le gratifiant d'un sourire forcé.

2

Il devait bien être dix heures lorsque la sonnerie du téléphone réveilla Baron. Une voix qu'il ne connaissait que trop bien chuinta au bout du fil.

— C'est moi. Tu es debout?

En silence, Baron se redressa dans le lit, déplia ses vieilles jambes, se leva et marcha jusqu'à la fenêtre avant de répondre:

— Oui. Qu'y a-t-il?

Le septuagénaire était un voleur redoutable dont l'art consistait à s'introduire dans l'âme de ses victimes et à les tuer d'en dedans, sans que rien ne paraisse. Il n'avait aucun talent particulier, aucun pouvoir surnaturel sauf peut-être celui de la persuasion. N'avait-il pas convaincu *Mambo* Freda de devenir sa femme? C'était une prêtresse. Une prêtresse vaudoue qui tenait son nom d'Erzulie Freda, la déesse de l'amour. Ce n'était pas pour cela cependant qu'on le lui avait donné. Freda avait des pouvoirs. Coup de maître pour un voleur d'âmes comme lui. Le jour où elle était devenue sa femme, elle lui avait dit:

— Tu es mon Baron Samedi.

Il avait frémi, bien sûr, en entendant ces mots. Ce n'était pas son nom. Il en avait un autre et, surtout, il savait qui était Baron Samedi. L'esprit de la mort et de la résurrection. Celui qui se tient à l'entrée du cimetière, sur le passage des morts vers le pays des ancêtres.

Debout devant la fenêtre, il regardait les champs autour de la maison, le téléphone plaqué sur l'oreille, et il ne disait rien. Le jour était bien avancé, mais Freda dormait toujours. Elle dormait à ses côtés comme ça depuis plus de cinquante ans. Depuis qu'ils avaient convenu qu'il s'appellerait Baron, tout simplement. Sans le Samedi. Elle sommeillait sans faire de bruit et sans respirer. Les prêtresses vaudoues sont capables de cela. Toutes les nuits, elle allait rejoindre les zombies, de l'autre côté de la mort, et lorsqu'elle s'éveillait, elle lui rappelait immanquablement :

— Je t'ai croisé aux portes du cimetière. Et comme toujours, tu m'as laissée passer. C'est ça ton pouvoir, Baron. C'est ça !

Baron et Freda avaient un fils : Anatole. Avec les années, il était devenu un *hounci*, un assistant. Ensemble, ils étaient forts. Très forts, même. Il y avait plusieurs raisons à cela, mais la principale, c'est que depuis vingt ans personne n'avait vu Baron. Personne à part bien sûr *Mambo* Freda, *Hounci* et Papa Legba, le secrétaire, qui était également le chauffeur. Parfois Baron sortait la nuit, mais il se déguisait, se coiffait de chapeaux à larges rebords pour qu'on ne voie pas son visage. Pour le reste, il hantait sa grande maison en rase campagne, sa prison douillette où il tuait le temps en regardant les nouvelles en continu à la télévision. Quelquefois, il apparaissait dans les cérémonies ou les sacrifices vêtu de sa longue tunique noire et d'un masque qui le rendait méconnaissable. Le pouvoir, c'était lui. L'homme sans visage qui était en contact avec les esprits. *Mambo* était l'intermédiaire, l'entremetteuse. Lorsqu'il ouvrait la bouche pour dire en litanie le nom des *Lwa*, les esprits vaudous, on savait que c'était lui. Sa voix inimitable était la preuve qu'il existait. Qu'il était bien là. Sa discrétion maladive le rendait intouchable.

— Il s'est produit quelque chose, lui dit Papa Legba de sa voix traînante.

— Un instant, fit Baron en détournant les yeux de la fenêtre.

Il quitta la chambre sans réveiller Freda. Elle était chez les zombies et devait passer les portes du cimetière avant d'ouvrir l'œil. Pendant toutes ces années, jamais elle ne s'était réveillée avant lui. Avant qu'il lui en donne la permission. Attachant sa robe de chambre, il descendit le grand escalier et s'avança dans le salon. S'arrêtant sous le candélabre orné de têtes de morts, il reprit la conversation.

— C'est *Hounci*, annonça alors Papa Legba.

Baron ferma les yeux. Lui, le cerbère, venait-il de se faire voler un mort ? Et de quel mort parlait-on au juste ? Mais il devait rester calme, faire comme s'il savait déjà. Des mots s'échappèrent de sa bouche :

— Que s'est-il passé ?

La réponse vint en deux mots. Deux mots dont il mesura aussitôt l'horreur.

— Pè Lebrun !

Des larmes montèrent. On ne pouvait lui avoir fait cela ! Pas à lui ! Il eut envie de crier, de hurler. Mais il ne le fit pas. Il devait rester fort pour que la mort de son fils soit vengée. Au bout d'un moment, il parvint à se ressaisir :

— Il fait partie des Guédés, maintenant. Il faut préparer un sacrifice. Tu te chargeras de cela, Papa Legba.

— Oui, Baron.

Et il raccrocha. Seul avec lui-même, seul avec sa peine, Baron pleura en silence. Il ne se contrôlait plus, ne comprenait rien et répétait sans cesse le nom de son fils : Anatole, Anatole. Une heure passa. Son regard parcourait le grand salon, son palais, sa prison. Il savait qu'il n'était rien devant la mort, même si, depuis toujours, il le laissait croire. Lui, Freda la prêtresse et Anatole l'assistant, ça ne marchait que s'ils étaient là tous les trois. Le château, ce décor dans lequel ils évoluaient, n'était qu'un écran de fumée. Un élément de la mise en scène qui leur avait amené tous ces adeptes depuis vingt ans. Mais quelque chose venait de changer. Si le *hounci* était vraiment mort – Papa Legba ne lui aurait pas menti, c'était le plus fidèle des collaborateurs –, si son fils n'était plus, c'était la guerre !

Sous le candélabre du salon, il pensait déjà à une stratégie. Mais avant, il devait informer Freda de ce qui se passait. Sauf qu'il redoutait de monter là-haut et de la réveiller. Elle était de l'autre côté. Mais avait-il le choix ? En s'accrochant à la rampe, il remonta le grand escalier et entra dans la chambre. Sur la pointe des pieds, il s'approcha et prit place sur le bord du lit.

— Freda. J'ai des nouvelles d'Anatole, murmura-t-il.

Pas la moindre réaction. Freda était loin. Très loin. Baron lui criait des portes du cimetière. Mais ils avaient une entente. Lorsqu'elle était là-bas, c'est elle qui choisissait quand revenir. Depuis toutes ces années, jamais ils n'avaient transgressé cette règle.

— Freda. Anatole est mort, souffla-t-il.

Mambo Freda était morte aussi pour l'instant. Renonçant à son projet, Baron se releva et s'éloigna du lit. Mais brusquement, elle ouvrit l'œil et releva la tête, les pupilles rouge feu et le regard fou.

— Anatole est mort ?

Freda n'était plus un zombie. C'était une mère. Une mère comme toutes les mères. Baron fit signe que oui et ses yeux se remplirent d'eau.

— Ils ont tué le *hounci*? cria-t-elle.

Baron confirma et revint s'asseoir sur le bord du lit. Comme il allait la prendre dans ses bras, elle eut un geste de recul, ses yeux papillonnèrent et le verdict tomba, irrévocable:

— Si Anatole est mort, tu vas mourir toi aussi, *Hougan*!

3

Le sixième étage souterrain de la Place Ville-Marie était interdit d'accès. L'ascenseur s'arrêtait maintenant au cinquième. Jérôme emprunta l'escalier de service pour descendre plus bas et dut, comme tout le monde, montrer patte blanche avant de mettre les pieds dans le vaste garage qui empestait le caoutchouc brûlé. Alors qu'il s'éloignait du contrôle, un jeune agent lui lança :

— Vous êtes Jérôme Marceau, le nouveau patron ?

Jérôme s'arrêta pour lui parler. Il apprit que Jean-Claude Zehrfuss, le pathologiste, était là depuis une heure. Normalement, les pathologistes ne sortaient jamais de leur laboratoire, rue Parthenais, mais Zoro, comme certains l'appelaient, était toujours le premier arrivé sur les scènes de crime. L'odeur dans le garage était infecte, voilà pourquoi l'agent se tenait près de l'escalier de secours, où l'air était plus salubre. C'est d'ailleurs ce qui avait donné l'alerte. On avait craint le pire avant de jeter un œil dans la salle 600. Au milieu de cette immense pièce, on avait trouvé un monticule de cendres fumantes. Jérôme remercia le policier en lui tapotant l'épaule de sa bonne main et entra dans l'ancien bunker. O'Leary se tenait debout près de la porte.

Du menton, il pointa les hommes qui s'agitaient autour des restes.

— Complètement brûlé. Il n'y a plus rien !

Deux techniciens tournaient autour du bûcher. L'un faisait des photos à l'aide d'un appareil thermique, l'autre collectait des indices et des échantillons. Zehrfuss se tenait derrière eux, attirant à tout moment leur attention sur un détail. Les techniciens semblaient habitués à l'avoir dans les pattes. Ils se déplaçaient autour de lui sans le toucher, sans lui parler. Pendant que le technicien photographiait et rephotographiait le monticule, son collègue s'intéressait aux cerceaux de métal qui enserraient les cendres. Agitant le doigt, Zehrfuss insistait pour qu'on retire ces cerceaux des cendres afin de les examiner. Plus loin, Blanchet avait délimité une zone et déployé un ruban jaune. Les mains gantées, elle cueillait des bouts de papier et des détritus qui jonchaient le sol. Un à un, elle les glissait dans des sacs de plastique et les identifiait. Jérôme s'intéressa au mur du fond. Le mur ouest de la salle 600.

— Le tunnel sous le mont Royal passe de l'autre côté de ce mur. Tu savais ça ?

O'Leary n'y prêta aucune attention, restant obstinément près de la porte, où l'air était moins fétide. Où qu'il aille, quoi qu'il fasse, Jérôme avait besoin de savoir où il se trouvait par rapport au réseau souterrain. Mais ses connaissances encyclopédiques sur le sujet n'impressionnaient plus personne au service. Le fait d'être devenu patron n'y changeait rien.

— Il y a eu du monde, ici. Pas mal de monde ! lança Blanchet.

Elle lui montra des mégots de cigarettes, des papiers de *chewing-gum*. Une plume d'oiseau, peut-être de poule. De l'encens et un bout de cierge.

Jérôme la gratifia d'un sourire et attrapa le téléphone des homicides dans sa poche. Au nombre des applications que l'appareil possédait, il y avait un programme de repérage souterrain. Il entra sa position et chercha la salle 600. Une fois encore, il avait tout bon. Le tunnel ferroviaire passant sous le mont Royal longeait le mur ouest du bunker. Vers le nord, c'était la montagne. Vers le sud, la voie ferrée bifurquait sur la droite, débouchant dans la gare Centrale.

— Je vais aller jeter un œil, annonça-t-il en tournant le dos aux restes humains.

Il parlait du tunnel ferroviaire, bien sûr. O'Leary fit mine de ne pas avoir entendu. Jérôme s'éloigna dans la grande pièce d'un pas décidé. L'hypothèse du suicide était exclue. On avait passé un pneu autour du cou de la victime, pour ensuite l'asperger d'essence et y mettre le feu. Cette pratique avait un nom : le supplice du pneu. À sa connaissance, jamais une exécution semblable ne s'était produite à Montréal. Il se tourna vers Blanchet, qui continuait à recueillir des objets par terre.

— Il y a longtemps qu'ils sont venus ici, tous ces gens ?

— Douze heures, gros max. Dans les mégots, le tabac est encore frais.

— C'est pas interdit de fumer ici ? rigola-t-il en marchant vers le mur ouest du bunker.

La cloison était en béton et devait faire un mètre d'épaisseur au moins. Tout au bout, côté sud, une porte étroite donnait sur une deuxième pièce, plus petite. Jérôme avait besoin qu'on le couvre. On ne sait jamais. Il leva le doigt en direction d'O'Leary. L'Irlandais traversa la salle en dégainant son arme et se posta de l'autre côté de la porte. Ils entrèrent ensemble dans la pièce, l'un pointant son arme dans tous les sens, l'autre pas. Le plafond était beaucoup plus bas à cet endroit. Jérôme chercha à tâtons dans le noir. Soudain, une lueur bleuâtre apparut. O'Leary pointait le rayon d'une minuscule torche électrique sur une porte. Une porte de métal dépourvue de poignée. En passant un gant, Jérôme s'agenouilla pour en examiner le seuil. Il palpa du bout des doigts, puis remua une masse noire. Du sang et du sable mélangés, un plasma rocailleux et encore gluant.

— Il s'est passé quelque chose ici. Et c'est tout récent !

La porte s'ouvrait de l'extérieur, depuis le tunnel ferroviaire se trouvant de l'autre côté. Une issue de secours sans doute, pour évacuer les usagers du train en cas d'accident. Jérôme avait lu un article à ce sujet récemment. Le plus vieux tunnel construit sous la ville datait de 1912 et n'était rien de moins qu'un danger public. Des trains venant de la couronne nord de Montréal l'empruntaient vingt heures par jour. Le passage était très étroit et les issues de secours, peu nombreuses. On pensait le condamner avant que l'inimaginable se produise. Sentant la respiration d'O'Leary dans son cou, Jérôme se retourna.

— Parle aux gens de l'AMT et fais interrompre le service.

— Sérieux ?

Jérôme acquiesça. Interrompre le service du train empruntant ce tunnel causerait des inconvénients à bien des gens. Mais il fallait aller voir.

— Demande aussi qu'on nous ouvre cette porte.

— Un beigne avec ça ? lui renvoya l'Irlandais.

O'Leary refila sa torche électrique à Jérôme et regagna le bunker. À force d'effleurer la porte sans poignée de sa main, d'en palper la surface lisse, Jérôme en devina le secret. Un tournevis à tête carrée suffirait pour l'ouvrir. Il n'en avait pas, évidemment. Mais ceux qui étaient passés par là dernièrement avaient pris la précaution d'en apporter un. On en voyait les marques sur l'armature, où se trouve habituellement la poignée. En revanche, ces personnes arrivaient peut-être du tunnel même, ce qui en principe leur avait simplifié la tâche. Il y avait une poignée de l'autre côté, ou une barre à poussoir sur laquelle il suffisait d'appuyer pour ouvrir. Il pensa alors aux mots que lui avait lancés Blanchet : « Il y a eu du monde, ici. Pas mal de monde ! »

En revenant vers la salle 600, Jérôme eut un haut-le-cœur. L'odeur de caoutchouc brûlé ne s'estompait pas. Faisant un détour pour rester loin du corps en cendres, il s'approcha de Blanchet, qui discutait avec O'Leary.

— Combien de personnes se sont rassemblées ici à ton avis ? lança Jérôme sans se rendre compte qu'il les interrompait.

Blanchet et O'Leary, qui rigolaient jusque-là, semblèrent gênés. Blanchet désigna deux douzaines de sacs de plastique transparents déjà entassés dans une boîte. O'Leary s'éloigna pour passer l'appel à l'AMT.

— Beaucoup, affirma Blanchet. Une vingtaine, peut-être même une trentaine de personnes. Elles ont laissé plein de rebuts. Des trucs bizarres.

Jérôme se pencha sur un tas de détritus et l'examina longuement. Il reconnut un os de poulet en Y, celui qu'on casse avec le petit doigt en faisant un souhait. Des plumes aussi, aux couleurs vives. Et plus loin, une tache de cire grosse comme un poing. Un cierge.

— Je dois voir la sécurité, précisa Blanchet. Il y a des caméras dans le stationnement. S'il y a eu une fête ici, les images vont nous le dire.

Jérôme se tenait à distance du bûcher. Pourquoi diable des gens se seraient-ils réunis ici ? L'endroit était sinistre. Il ne voulait pas y rester un instant de plus, mais O'Leary lui faisait des signes.

— Ne t'éloigne pas ! L'AMT demande des explications.

L'Irlandais avait quelqu'un de la direction de l'autorité des transports en commun au bout du fil. La requête formulée quelques minutes plus tôt posait problème. Interrompre le service ferroviaire passant sous le mont Royal était impensable. Deux trains de banlieue devaient emprunter le tunnel dans la prochaine heure.

— Le responsable aimerait te parler.

O'Leary avait découvert les vertus de la diplomatie depuis la nomination d'Aileron à la tête du service. En d'autres temps, il aurait enguirlandé le représentant de l'AMT jusqu'à ce qu'il ait gain de cause. Cette fois, il avait plutôt présenté Jérôme, le nouveau patron des crimes majeurs, et lui avait refilé son cellulaire.

— Jérôme Marceau, marmonna celui-ci en prenant le téléphone. Mon collègue vous a expliqué la situation, je crois. Il faut interrompre le service dans le tunnel sous le mont Royal pour nous permettre d'aller y jeter un coup d'œil.

— Vous n'y songez pas…

Jérôme ne laissa pas son interlocuteur aller plus loin.

— Rappelez-moi votre nom ?

— François Belzile. Deuxième vice-président de…

Il lui coupa à nouveau la parole :

— Je suis enquêteur chef du Service des crimes majeurs du SPVM. Je me trouve en ce moment sur la scène d'un crime. Refus d'obtempérer, c'est ça ? Est-ce que c'est ce que vous me dites ?

Long silence. Très long silence. Le vice-président s'éclaircit la voix et finit par dire :

— Je vous reviens, monsieur…

— Enquêteur chef, répéta Jérôme avant de raccrocher.

O'Leary, qui avait suivi l'échange, siffla.

— Tu frappes fort, mon Jérôme!

— Trouve-moi quelqu'un pour ouvrir la porte, fit-il en lui remettant son téléphone. Il suffit d'un tournevis.

Quelques minutes plus tard, ils étaient de retour dans la petite pièce, accompagnés de Jean-Claude Zehrfuss. Les deux techniciens étant absorbés par leur travail autour du bûcher, le pathologiste s'était offert pour ouvrir la porte, prétendant être spécialiste en la matière. Un drôle d'oiseau que ce fils du célèbre architecte français Bernard Zehrfuss. Était-ce pour fuir un père éminemment connu qu'il était devenu médecin, pour ensuite se réfugier dans les labos du SPVM à Montréal? Jérôme ne se souvenait jamais de son nom. Pas plus qu'il ne savait comment le prononcer. Le «gars du labo», c'était plus simple. Mais ce n'était pas un allié. Pas ce jour-là en tout cas. Zehrfuss mit vingt longues minutes avant d'ouvrir la porte, insistant pour que les techniciens abandonnent leurs tâches dans la salle 600 et viennent examiner et photographier la scène. Il y avait des empreintes sur le seuil.

— Ils étaient trois ou quatre, annonça le pathologiste alors que ses collègues s'affairaient. L'un d'eux se traînait les pieds.

— Se traînait les pieds? s'enquit Jérôme.

— Ou alors il était traîné par d'autres.

Le pathologiste réfléchissait à voix haute en faisant danser le tournevis au bout de ses longs doigts.

— Vous avez bientôt fini? s'impatienta Jérôme.

Comme s'ils n'avaient pas entendu, les techniciens s'arrogèrent cinq minutes encore pour classer les empreintes et prendre les dernières photos. C'est en refermant leur coffre à outils seulement qu'ils invitèrent le pathologiste à jouer du tournevis. Une fois la porte ouverte, Jérôme enjamba le seuil avec précaution et s'avança sur une petite plateforme dominant la voie ferrée. Derrière lui, au-dessus de la porte, un écriteau lumineux indiquait la sortie de secours. Trente minutes s'étaient écoulées depuis la conversation téléphonique avec le vice-président de l'AMT. Le service avait été interrompu. La voie était libre. Jérôme emprunta l'échelle sur le côté gauche et descendit au niveau des voies. O'Leary le suivit. Ensemble, ils s'avancèrent dans cette section du tunnel qui était de construction récente. Le véritable corridor sous la montagne commençait plus loin au nord. Comme le tronçon était bien éclairé, ils éteignirent leurs torches électriques. Il n'y avait aucune trace au sol. À partir de ce moment, c'était une affaire d'instinct.

Sans se consulter, ils partirent vers le nord. Le sol entre les rails était couvert de galets, qui rendaient la marche difficile. Jérôme savait qu'O'Leary en aurait vite marre. Surtout que Zehrfuss avait aiguisé ses nerfs.

— On fait quoi, là ? Du tourisme ? commença-t-il par dire.

Pas question de réagir aux humeurs de l'Irlandais. Jérôme essayait plutôt de trouver un lien entre tout ce qu'il savait de cette affaire. Trente personnes se réunissant dans un bunker oublié. Un individu, homme ou femme, brûlé vif. Des traces sur le seuil d'une porte à trente mètres de là. Quelqu'un qui s'était traîné les pieds ou qui avait été traîné. Il ne voulait pas entendre O'Leary, mais il ne pouvait s'empêcher de s'entendre, lui. Plus il avançait dans le tunnel, plus il avait l'impression de s'éloigner du but. Il n'y avait apparemment aucun lien entre cette masse de sang à moitié coagulé trouvée sur le sol et le souterrain. S'il avait fait interrompre le service ferroviaire, s'il avait proféré des menaces à l'endroit du vice-président de l'AMT, bref, s'il s'était montré intraitable, c'était par pur caprice. Il ne l'aurait pas avoué, surtout pas à l'Irlandais, mais il avait toujours voulu voir le plus vieux tunnel de la ville.

Il savait qu'il ne trouverait rien, mais il voulait voir quand même. De tous les corridors qui se croisaient et s'entrecroisaient dans le sous-sol de Montréal, celui-ci était de loin le plus mystérieux et le plus inquiétant. On l'avait creusé au début du siècle précédent et on l'avait fait si étroit qu'un train moderne y passait tout juste. Il relevait davantage de l'oubliette que d'un grand axe de circulation. Le passage sous la montagne était un tronçon sans aération et sans sortie de secours. Jérôme ne voyait pas l'intérêt de s'y rendre. Il allait rebrousser chemin quand O'Leary le retint par le bras.

— C'est quoi, là-bas?

Il montrait une alcôve en tout point semblable à celle d'où ils étaient partis. Une sortie de secours avec une enseigne lumineuse et un trottoir le long de la voie ferrée. La porte, munie elle aussi d'une barre horizontale à poussoir, donnait sans doute sur les garages d'un immeuble voisin. Jérôme réquisitionna la torche électrique d'O'Leary et trouva l'échelle de secours permettant d'accéder au plateau. En s'approchant, il se rendit compte qu'il y avait eu du grabuge dans le coin. Sur le mur bétonné près de la porte, il y avait des taches de sang. À un endroit, on devinait la forme d'une main.

— Ç'a cogné fort! fit remarquer O'Leary en s'agrippant à l'échelle pour grimper.

Jérôme l'arrêta.

— Non! Faut pas passer ici. Il y a des traces fraîches.

Jérôme pointait le sol au pied de l'échelle de secours. Il y avait des empreintes de souliers. Plusieurs. Il y avait aussi un objet qui brillait. Un bracelet ou une chaîne dans la poussière, juste à côté d'un magma pourpre. Jérôme se pencha.

— Du sang… ici aussi !

O'Leary s'éloigna entre les rails, regardant de tous les côtés, s'arrêtant sur des détails, cherchant des indices. Jérôme était toujours agenouillé près de l'échelle. S'étirant au-dessus de l'objet, il essayait de lire ce qui était écrit sur la plaquette. Il distinguait les lettres A et N, mais il y en avait une troisième qu'il n'arrivait pas à identifier.

Derrière lui, en équilibre sur un rail, O'Leary se donna un élan. Utilisant le deuxième rail comme marchepied, il se projeta sur le trottoir un mètre plus haut.

— Le gars s'est fait tabasser. C'est un homme. Regarde les mains, indiqua Jérôme.

O'Leary enchaîna.

— Il a essayé de se sauver. Il s'est jeté sur la porte… et puis il a arrêté de se battre.

Dressé sur la pointe des pieds, Jérôme regardait le plateau près de l'échelle. Il y avait des coulures rouges. Quelqu'un avait été traîné sur le sol. Quelqu'un qui saignait.

— Ils l'ont poussé en bas, suggéra Jérôme. Il s'est ramassé au pied de l'échelle. Il y a eu du brasse-camarade… et quelqu'un a perdu ce qui semble être un bracelet. A, N, quelque chose.

— Là, regarde ! lança O'Leary en pointant du doigt.

À une dizaine de mètres vers le sud, sur les galets entre les rails, il y avait une tache de sang séché. Elle leur avait échappé lorsqu'ils étaient passés, mais de la plateforme O'Leary l'avait repérée.

— Il doit y en avoir d'autres.

L'Irlandais descendit de son perchoir et rejoignit Jérôme. L'homme qui avait été passé à tabac près de la porte de secours avait été traîné dans le tunnel. Plus les enquêteurs revenaient sur leurs pas, plus ils trouvaient de traces de sang. Peut-être y en avait-il jusqu'à la prochaine sortie de secours, dans les garages de la Place Ville-Marie. Mais où se trouvaient-ils exactement ? Jérôme ressortit son téléphone et tenta d'obtenir une position, mais il y avait de l'interférence. Lecture impossible. Il dut se contenter d'une approximation. Lui et O'Leary avaient marché pendant cinq bonnes minutes en direction du nord avant d'atteindre la deuxième sortie de secours. À partir de la Place Ville-Marie, en longeant la rue University, cela donnait grosso modo le boulevard de Maisonneuve. Il y avait des gratte-ciel à cet endroit, beaucoup de tunnels et de garages souterrains que Jérôme connaissait assez bien. Mais à quoi cela rimait-il ? On avait battu un homme dans les sous-sols d'un immeuble du boulevard de Maisonneuve. À un certain moment, il avait cessé de se défendre. Puis on l'avait tiré dans le tunnel ferroviaire jusqu'à la sortie de secours suivante, qui menait au bunker, où l'on donnait une fête pour une trentaine d'amis.

— On va étendre la scène de crime jusqu'ici, annonça Jérôme. Va prévenir les techniciens. Je te rejoins.

O'Leary reprit sa torche électrique et s'éloigna aussitôt. Jérôme se remit à quatre pattes devant l'échelle et regarda de plus près le bracelet marqué des lettres A et N. Il enfila un gant de latex et, du bout de l'index, déplaça très légèrement la plaque. La troisième lettre apparut : un C. Jérôme reconnut le sigle de l'African National Congress, ce mouvement de contestation sud-africain devenu parti politique et dont le plus illustre membre était nul autre que Nelson Mandela. Jérôme avait une grande admiration pour cet homme. Il avait lu des tas de choses à son sujet, il s'en était même inspiré. Après un interminable séjour dans les geôles de Robben Island, le célèbre politicien avait terminé sa traversée du désert en accédant à la présidence du pays. Jérôme faisait un parallèle avec son très long passage à la SCS, la Sécurité et le Contrôle souterrains. On l'avait maintenu dans les sous-sols de la ville à cause de son bras atrophié et de la couleur de sa peau. Il ne correspondait pas à l'image qu'on se faisait d'un policier. Mais il avait été patient et, comme Mandela, il avait eu gain de cause. Comme lui, il avait accédé à la présidence. Enfin, façon de parler. Contre toute attente, il était devenu le chef des homicides. Quel hasard qu'il trouve ce bracelet le jour même !

Lorsque Jérôme leva la tête, O'Leary n'était plus qu'un point lumineux dans le tunnel. Autour de la plateforme, l'éclairage de secours allumé en permanence permettait d'y voir clair. Mais sans la torche, il était condamné à attendre que les renforts arrivent.

— Hé, O'Leary ! Attends-moi !

Le rayon bleuâtre s'immobilisa, cinquante mètres plus loin. Jérôme rejoignit l'Irlandais, qui continuait de trouver des taches de sang.

— Le bracelet au pied de l'échelle, fit Jérôme en arrivant à sa hauteur, il y a du sang dessus. Il faut le montrer au pathologiste. Voir s'il y a un lien…

O'Leary ne l'écoutait pas. Jérôme n'avait qu'à le dire lui-même à Zehrfuss. Il n'était pas son pense-bête ! Et puis, de toute façon, c'est lui qui aurait dû l'avoir, ce poste. Il avait été ébranlé lorsqu'il avait appris la nouvelle, mais s'était vite consolé. Le fauteuil d'enquêteur chef aux crimes majeurs était un siège éjectable. Jérôme ferait immanquablement une erreur et son tour viendrait. Il suffisait d'être patient et de ne rien laisser paraître. Les deux hommes marchèrent en silence entre les rails de la voie ferrée, et lorsqu'ils émergèrent dans la grande salle sous la Place Ville-Marie, tous les yeux se tournèrent vers eux.

— On va maintenir l'interruption du service ferroviaire, décréta Jérôme. La scène du crime est étendue jusqu'à la sortie de secours suivante dans le tunnel.

O'Leary hochait ostensiblement la tête, donnant l'impression que Jérôme et lui faisaient équipe et parlaient d'une seule voix. Sans perdre de temps, il se dirigea vers les techniciens, qui en avaient presque terminé avec les cendres. En quelques mots, sous le regard de Zehrfuss, il leur raconta ce qu'ils avaient trouvé : les traces de bagarre, le sang sur le mur et le bracelet. La direction était toute tracée. Il fallait poursuivre les recherches dans le tunnel mais faire vite. Jérôme interpella Blanchet. Dès qu'elle aurait terminé sa collecte, elle se joindrait aux techniciens, comme O'Leary d'ailleurs, pour ratisser le tunnel et la sortie de secours suivante. Le trafic ferroviaire ne pouvait être suspendu indéfiniment. En signe de réponse, elle brandit une masse bleuâtre et informe.

— Un crapaud, soupira-t-elle en glissant dans un sac le batracien à la tête écrasée. N'importe quoi.

Jérôme examina la bête. On lui avait broyé la tête à coups de marteau. Les os du crâne en avaient gardé la forme. Un rituel, sans doute.

— Il y a des feuilles de verveine, des graines de toutes sortes, du thé aussi. Et un petit ange en plâtre à moitié cassé que j'ai trouvé là-bas.

Blanchet était toujours aussi professionnelle, aussi irréprochable. Ses sacs de plastique étiquetés remplissaient maintenant deux boîtes. Rien ne semblait lui échapper. Il y avait eu, à un moment ou à un autre, plusieurs personnes dans cette salle. Des gens qui avaient amené des tonnes de grigris. Y avait-il un lien entre tous ces objets et le drame qui s'était produit vingt mètres plus loin ?

Ces gens, qui étaient venus en grand nombre avec leurs crapauds, leurs graines et leurs plumes de tout acabit, étaient-ils présents lorsqu'on avait passé un pneu autour du cou d'un homme et qu'on l'avait brûlé vif?

Jérôme s'approcha des cendres et des cerceaux de métal près desquels Zehrfuss était allé se recueillir. Le médecin prétendait pouvoir entendre les morts. Entendre leur colère. Lorsque les corps étaient encore chauds, il leur arrivait de parler. Dans ce cas-ci toutefois, le mort n'était plus là. Il s'était envolé en fumée. Il restait des os, par-ci par-là. Conscient que Jérôme était tout près, le pathologiste pointa une protubérance dans les cendres.

— Si tu veux mon avis, c'est une mâchoire d'homme. Les dents ne sont pas trop mal aussi.

Regardant de plus près, Jérôme discerna la forme d'une mâchoire supérieure ainsi que celle de son articulation.

— Il avait un diastème, précisa Zehrfuss. C'était un *Black*.

Ces mots firent sursauter Jérôme.

— Ce n'est pas parce qu'on a les dents de devant écartées qu'on est un Noir!

— Beaucoup de Noirs ont cette particularité. Et comme ça prend du fric pour rectifier un diastème, il y a plein de *Blacks* qui restent avec ça toute leur vie.

— Tu es raciste, Zehrfuss. C'est une honte!

— Je ne suis pas raciste. Je suis pathologiste. *Facts, facts, facts!*

Jean-Claude Zehrfuss se trouva drôle. Son rire, énorme et gras, résonna sur les murs de béton en s'amplifiant au passage. Tous les regards se tournèrent vers lui dans la grande salle. Y compris celui d'un homme rondelet au visage rougeaud, qui se tenait à l'entrée de la salle 600. Jérôme l'avait déjà vu, mais il mit un moment à l'identifier. C'était un des journalistes qui avaient assisté à sa conférence de presse. Celui qui avait demandé des précisions sur le quarante-sixième meurtre à survenir sur le territoire du SPVM. Comment s'était-il faufilé jusque-là ? Allez savoir, mais il ne perdait pas un mot de ce qui se disait.

— Moi, je te gage dix dollars que le gars est un *Black* ! insista Zehrfuss. Ses dents l'ont trahi.

— Ta gueule, Zoro !

Le médecin se vexa. Jérôme s'approcha de lui.

— Il y a un journaliste à l'entrée. Tu emploies le mot *Black* encore une fois et je te garantis que ça se retrouve dans les journaux demain !

Jean-Claude Zehrfuss baissa la tête.

— Excuse-moi, *boss*.

Depuis que Jérôme était chef, c'était la première fois qu'on l'appelait ainsi.

4

Jérôme était assailli par mille questions lorsqu'il quitta la salle 600. La plus agaçante de toutes concernait le bracelet. Y avait-il un lien entre les cendres découvertes dans la salle et les lettres A, N, C ? Que signifiait ANC ? African National Congress ? Le supplice du pneu était monnaie courante du temps de l'apartheid. Mandela était déjà en prison lorsque cette pratique était devenue une façon de régler ses comptes. Le chef s'était opposé à cette justice sommaire, mais elle s'était inscrite dans les mœurs de l'Afrique du Sud et même au-delà de ses frontières. Il y avait des exécutions du même genre au Congo à l'endroit des sympathisants du Rwanda. Même chose au Mali et au Burundi. « Le supplice du pneu se répand comme de la mauvaise herbe », avait-il lu dans un article consacré à l'Afrique. Jérôme frémissait à l'idée que cette violence, ce châtiment sans nom, ait migré dans les sous-sols de sa ville.

L'agent qui avait accueilli Jérôme devant la porte de l'escalier de secours avait été remplacé. Moins jasant, plus austère, le nouveau venu salua son chef d'un geste timide alors que celui-ci s'engageait dans l'escalier. Dans l'écho métallique de ses pas, une question s'imposa. Mais que diable ces gens faisaient-ils là ? Blanchet parlait d'une trentaine d'individus. Ce supplice du feu s'était-il vraiment produit devant public ? Si oui, ces personnes savaient-elles à quoi elles allaient assister lorsqu'elles s'étaient rassemblées dans cet endroit ? Tout le monde était parti si vite, laissant des indices derrière eux. Rien n'avait été fait pour effacer les traces de sang, que ce soit devant la seconde sortie de secours, sur la ligne ferroviaire ou dans la salle 600.

Une voiture attendait Jérôme au quatrième sous-sol. Il continua de jongler avec ces éléments en se glissant sur le siège arrière.

— Au QG, s'il vous plaît.

La banquette était moelleuse. C'était la voiture de fonction de Lynda. Très ordinaire à l'extérieur, elle avait un petit côté « limo » à l'intérieur.

— Moi, c'est Greg, dit le chauffeur en croisant son regard dans le rétroviseur.

Jérôme le salua. Il n'avait jamais vu cet agent. Il faudrait se souvenir de son nom. Quoi qu'il en soit, il n'arrivait pas à s'enlever Nelson Mandela de l'esprit. Il avait tout lu sur lui. Et tout retenu. Le jour de sa nomination, pourquoi le nom de Mandela lui tournait-il ainsi dans la tête ? Si les lettres A, N, C du bracelet signifiaient bien African National Congress, qu'est-ce que ce parti sud-africain venait faire dans tout ça ? Jérôme était au courant de tiraillements au sein de l'ANC. On en avait parlé dans la presse. Depuis que Jacob Zuma, un Zoulou, était devenu chef du parti et président du pays, la grogne et la discorde étaient revenues. Se pouvait-il que Montréal ait été le lieu d'un règlement de comptes commandé depuis Le Cap ? L'idée pouvait paraître farfelue, mais Jérôme ne voulait pas l'écarter. L'important était de prévenir un nouveau crime du genre. Et peut-être même un troisième. En matière de vengeance, les mauvaises habitudes sont si vite acquises! La sonnerie d'un de ses téléphones l'arracha à ses pensées. C'était un texto de Gabriel: *Je peux te voir maintenant ?*

Voulait-il dire « maintenant que tu es patron » ? Ou voulait-il le voir immédiatement ? Poser la question, c'était y répondre. Gabriel voulait le voir tout de suite. Il en informa Greg, qui changea de route. Jérôme se tassa contre la portière pour rédiger une réponse convenable : *On se voit sous la verrière au même endroit que la dernière fois.*

Lorsque le chauffeur le déposa devant la bouche de métro, coin Sainte-Catherine et Berri, Jérôme passa de la voiture à l'entrée de la station en deux enjambées, sans voir que le ciel était noir et qu'un orage était imminent. Il sauta dans le métro juste avant que les portes se referment, s'impatienta lorsque l'arrêt à l'île Sainte-Hélène lui parut trop long et grimpa quatre à quatre les marches de la station Longueuil, en se demandant dans quel état il trouverait Gabriel. Il était quatorze heures. Jérôme avait vingt minutes à lui consacrer, pas plus. Ils ne s'étaient pas vus depuis un moment. La dernière fois, le jeune homme était triste. Leur discussion avait porté sur ses études. Devait-il ou non retourner à l'université ?

Contrairement à ses habitudes, Gabriel était à l'heure. Jérôme le trouva assis sous la grande verrière, cette espèce de cafétéria de l'Université de Sherbrooke, voisine du métro. Plutôt fier de Jérôme, l'étudiant poussa un sandwich au rosbif devant lui.

— Ça y est ! Tu es patron, maintenant !

De toute évidence, Gabriel avait quelque chose à lui demander. Discret, Jérôme écarta le pain du sandwich pour voir s'il avait pensé à la moutarde forte. Même ça, il s'en était souvenu ! Vêtu d'un jeans propre et d'une chemise fraîchement repassée, Gabriel, le corps élancé, les épaules larges et la chevelure rebelle, semblait en pleine forme. Mais quelque chose dans ses yeux le trahissait. Une tristesse qu'il ne parvenait pas à dissimuler. Gabriel alla droit au but.

— L'appartement de ta mère au Port-de-Mer… il est inoccupé en ce moment?

Jérôme s'attendait à tout sauf à cela. Il se garda bien de le montrer. Gabriel ne lui faisait pas cette demande sans raison. Au lieu de répondre, le policier mordit dans son sandwich. La suite débcula comme une avalanche sur un champ de glace.

— J'ai décidé de reprendre mes études, finalement. J'ai abandonné mon programme de socio à l'UQAM. Je suis rendu ici, en philo. Mon appart est trop grand et trop cher. Si je pouvais crécher chez ta mère durant mon premier semestre… J'ai trouvé quelqu'un pour reprendre mon bail.

Le campus de l'Université de Sherbrooke à Longueuil et le Port-de-Mer faisaient effectivement bon voisinage. Un réseau de passages surélevés et de corridors rattachait l'un et l'autre au métro et à la gare d'autobus. Jérôme avala de travers.

— Philo? Tu vas étudier la philo?

Gabriel n'avait pas fini. Il prit une gorgée d'eau à même la bouteille et se lança de plus belle:

— Je vais te payer! C'est pas un problème. Mais pas tout de suite. Le temps de retomber sur mes pieds, tu comprends. De toute façon, l'appartement de la rue Montcalm me rappelle trop Rashmi. C'était notre projet, ça. Notre appart. Mais ça n'arrivera pas. Ça n'arrivera plus.

— Tu vas faire quoi avec un bac en philo?

Jérôme se mordit la lèvre. La question était sortie toute seule. Il n'aurait jamais dû la poser. Gabriel venait de vivre quelque chose d'éprouvant. L'affaire s'était soldée par une mort atroce. D'ici peu, il serait appelé à la barre d'un tribunal pour un procès qui ferait du bruit. Sanjay Singh Dhankhar serait condamné. Comme sa femme d'ailleurs, qui refusait de se dissocier de lui. Ce procès ferait revivre des tas de souvenirs à Gabriel. S'il trouvait quelque consolation à étudier la philosophie, n'était-ce pas mieux ainsi?

— C'est une solution temporaire, crut bon d'ajouter Gabriel. Quelques mois seulement. Au pire jusqu'au printemps.

Le procès de Singh Dhankhar aurait commencé à ce moment-là. Plus que jamais, Gabriel aurait besoin d'aide. Besoin d'un proche. De son propre aveu, il n'en avait pas. D'où le réflexe de se rapprocher. Il voulait être près de l'université, certes, mais aussi de Jérôme, qui était en quelque sorte sa police d'assurance. Et comme Gabriel serait le témoin vedette du procès Dhankhar, Jérôme devait s'assurer qu'il s'y présente dans un état d'esprit convenable. Un échange de bons procédés, en somme. Mais c'était quand même l'appartement de sa mère. Le lit de Florence.

— Est-ce que je peux y penser?

— Bien sûr! On peut toujours penser. C'est ce qu'on dit dans mes cours de philo…

Jérôme savait que le jeune homme n'avait pas dit le fond de sa pensée, que cette phrase n'était qu'un paravent rempli de sous-entendus.

— Mon nouveau locataire arrive demain.

La précision était loin d'être anodine. Non seulement Gabriel avait décidé de déménager, mais c'était chose faite. À partir de demain, il aurait besoin d'un toit.

Depuis le départ de sa mère, Jérôme n'était allé qu'une fois dans le logement. Le bail se terminait en juin. Il avait le temps. Toutefois, l'idée de transformer la dernière résidence de Florence en piaule d'étudiant ne l'enchantait pas. C'est vrai que l'espace ne servait plus à rien. Mais il avait du mal à s'y résoudre. En revanche, il imaginait les remarques de Gabriel. « Sales *baby-boomers*! Cul bordé de nouilles, égocentriques… Mais votre héritage, c'est une dette! Parce qu'il n'y en a toujours que pour vous! »

— Je vais y penser, d'accord? répéta Jérôme.

— On s'en reparle demain alors?

Pour Jérôme, ce garçon était ce qui ressemblait le plus à un fils. Sans trop savoir pourquoi, il s'inquiétait pour lui. C'était une preuve irréfutable. Il y avait quelque chose dans ses yeux. Une tristesse, qu'il croyait voir par moments… aussitôt remplacée par les luttes du quotidien. Même au naturel, Gabriel luttait. Il luttait et était en colère. Avalant la dernière bouchée de son sandwich, il bredouilla :

— Au fait, tu as des nouvelles de Dhankhar?

C'était nouveau, ça. Jamais Gabriel ne prononçait ce nom. Même lorsqu'il était question du procès, il s'arrangeait pour ne pas nommer les parents de Rashmi. Jérôme termina son sandwich en se demandant ce que cela pouvait bien vouloir dire. Les dossiers étaient confidentiels. Le jeune homme le savait. C'était une diversion pour que Jérôme se sente coupable. Donner les clefs de l'appartement de sa mère à Gabriel changerait tout entre eux. Ils avaient entretenu des rapports cordiaux jusque-là, s'encourageant l'un l'autre lorsque la mort et ses trous noirs leur donnaient le vertige. Jérôme s'en était remis plus vite, cependant. Avec ses nouvelles fonctions, il n'aurait même plus le temps d'y penser. On ne pouvait en dire autant de Gabriel. Il était encore fragile.

— Tu m'en demandes beaucoup, commença Jérôme, avant de se rendre compte que Gabriel pâlissait.

Il n'était pas habitué à se faire dire non, de toute évidence. Vexé, il détourna le regard pour ne pas le montrer. Jérôme changea d'attitude :

— Reparlons-en demain, tu veux ? Je vais y réfléchir.

Des rayons obliques formaient un pied-de-vent sous la verrière. Jérôme se lécha les doigts, savourant jusqu'au bout ce sandwich inespéré. Gabriel était debout maintenant, le soleil dans le dos. Il ne pouvait s'attarder plus longtemps, il avait un cours.

— À demain alors, lança-t-il en s'éloignant.

Aveuglé par la lumière, Jérôme ne pouvait voir son visage. Mais à sa voix, il savait qu'il l'avait déçu.

***

Lorsque Jérôme mit les pieds au quartier général, il fut aspiré dans un tourbillon, un vortex qui ne le lâcherait qu'à la nuit venue. Lambert Grenier l'attendait dans son bureau. Bert, comme on l'appelait au service, dirigeait la deuxième équipe des crimes majeurs. La deuxième ligne. Jérôme avait eu peu de rapports avec Grenier du temps où il était l'adjoint de Lynda Léveillée. Dorénavant, celui-ci serait sous ses ordres. Ancien indicateur ayant fait l'école de police sur le tard, il s'était arrangé pour gravir les échelons au SPVM. C'est à titre de spécialiste des gangs de rue qu'il avait atterri aux crimes majeurs. Il avait une manière bien à lui de faire les choses. Dès que Jérôme se glissa derrière son bureau, Bert se lança dans un interminable laïus.

— C'est la guerre entre les *Bloods* et les *Crips*. Le meurtre d'Escondida, tu sais, ce garçon qui a été descendu devant l'école Évangeline à Cartierville… Manuel, son nom. Manuel Escondida, un *Rouge*… tu me suis ? Les *Rouges*, ce sont les *Bloods*. Les *Bleus* se sont vengés de la mort de Léo Dieudonné, un des leurs. C'est les *Crack*

Down Posse qui ont été les exécuteurs, si on peut dire. Les CDP, comme ils s'appellent. C'est le groupe le plus violent des *Bleus*. Ils ont choisi un gars, Bobby Ruiz, un Colombien arrivé ici il y a cinq ans. Il a descendu Escondida devant l'école à la sortie des classes.

Jérôme avait écouté, impassible. Il posa une simple question :

— Il n'y avait pas déjà une guerre de gangs entre les *MS-13* et les *18th Street* ?

Bert mit la pédale douce. Jérôme avait connu les gangs de rue lorsqu'il était à la SCS. Il ne pouvait pas lui raconter n'importe quoi.

— Exact, reconnut-il. Mais les *18*, comme on les appelle habituellement, font partie des *Bloods* ; les *Rouges*. Alors que les *MS-13* sont avec les *Bleus*.

— Et alors ? s'impatienta Jérôme.

— C'est la même guerre qui continue. Les *Bad Boys* contrôlent Montréal-Nord et Rivière-des-Prairies…

— Je sais, fit Jérôme, plus pressant encore.

Cherchant une issue, Bert y alla d'une nouvelle salve.

— Il y a les *Kazee Brezze* aussi. Ils ne resteront pas les bras croisés, ceux-là. Je ne sais pas si tu vois le scénario.

Lambert Grenier avait cherché à le confondre, mais n'avait pas réussi. Il lui avait lancé la hiérarchie tarabiscotée des gangs de rue à la figure sans arriver à le perdre. Une question s'imposait :

— Si vous connaissez le type qui a tué Escondida… Il s'appelle Bobby Ruiz, c'est ça ? Si vous savez si bien ce qui s'est passé devant cette école, pourquoi vous ne lui collez pas un meurtre au premier degré et hop, on passe au suivant ?

Lambert Grenier ferma les yeux.

— J'aimerais bien t'y voir, toi ! Et la preuve, on la prend où ?

Voilà pourquoi les règlements de comptes et autres méfaits des gangs de rue n'intéressaient pas Jérôme. Des histoires faites pour s'enliser à perpétuité dans les terrains meubles de la bureaucratie. Il y en avait tellement! Les tribunaux ne savaient plus qu'en faire. Plus souvent qu'autrement, ça se terminait en peine réduite ou en non-lieu. Jérôme préférait de beaucoup les vrais meurtriers, ceux tapis dans l'ombre et qu'il fallait débusquer.

— Alors, on continue comme avant? demanda Bert avec une pointe d'appréhension dans la voix.

— On continue comme avant, répéta Jérôme.

Lambert Grenier était à la fois soulagé et satisfait. Le *statu quo*. N'était-ce pas ce qu'il voulait? Depuis quelques années, une tranchée invisible s'était creusée aux homicides entre l'équipe de Grenier et les autres, ceux qui enquêtaient sur les crimes courants. Sans le dire trop fort, Jérôme, O'Leary et Corriveau soutenaient que Bert et sa bande n'étaient pas dignes des crimes majeurs. Une unité spéciale aurait été plus appropriée. Un mort ou deux à l'occasion. Des enfants qui se battent dans les ruelles, pensaient-ils à l'époque. Lambert Grenier connaissait le mépris que l'équipe des crimes majeurs nourrissait à son endroit. Mais il avait tenu le coup jusque-là.

— C'est parfait! fit-il en se levant. Tu viens de faire ma journée.

Jérôme esquissa un sourire.

— On continue comme avant… sauf pour un détail. Les lundis, je veux un *briefing* avec toi et tes poilus! Ça me prend des résultats. Des noms avec des dates pour aller devant les tribunaux. Et je veux que vous embarquiez Ruiz. Ça devrait être fait depuis longtemps!

— Manque de preuves.

— Manque de preuves? Le gars est entré illégalement au pays. Il a tué un jeune. Il y a des témoins…

— Pas fiables.

Le teint de Lambert Grenier avait changé. Stupéfait, il regardait Jérôme, croyant peut-être qu'il allait avancer un argument. Un de ses téléphones se mit à sonner. C'était Nathalie Blum, qui annonçait sa venue. Grenier reconnut sa voix à travers le grésillement de l'appareil. Il se leva.

— À lundi, alors.

— À lundi.

Bien fait, pensa Jérôme en regardant Grenier sortir. Il aurait quelques jours de répit du côté des gangs de rue, ce qui lui permettrait de se concentrer sur le supplice du pneu. En reculant son fauteuil, il se rendit compte que ses pieds touchaient à peine le sol. Depuis qu'il avait repris le bureau de Lynda, il n'avait pas encore ajusté le siège pivotant. Il s'agenouilla et chercha à en comprendre le mécanisme. Au même moment, Nathalie Blum entra dans son bureau.

— Je viens de parler avec John LeBreton au téléphone.

— Connais pas !

— Tu aurais avantage.

— Un des nôtres ?

— Pas tout à fait. Un journaliste.

Blum, habituellement bien coiffée, donnait l'impression de s'être électrocutée. Le veston de son tailleur était déboutonné, elle avait la peau moite et cherchait ses mots.

— Il avait des rapports très… comment dire… très cordiaux avec Lynda.

— Je veux encore moins le connaître !

L'attachée de presse prit une grande respiration.

— Il était à la conférence de presse ce matin. C'est lui qui a posé cette question à propos du quarante-sixième meurtre. Il m'a aussi dit qu'il s'était rendu dans les garages de la Place Ville-Marie et qu'il avait entendu de drôles de choses.

— Le rougeaud qui m'a rappelé que j'étais noir ?

— Oui, c'est ça. Le rougeaud qui écrit une chronique judiciaire extrêmement lue…

Jérôme se leva, contourna son bureau et sortit de la pièce. Nathalie Blum le prit en chasse dans les corridors.

— Que s'est-il passé dans les garages de la Place Ville-Marie ?

Jérôme croyait qu'elle parlait de l'homme brûlé vif. Elle avait autre chose en tête :

— Il a entendu une conversation entre toi et le pathologiste. Je dois savoir. C'est mon boulot.

— D'abord, il n'aurait jamais dû être là. Je veux savoir qui l'a laissé entrer et pourquoi.

Ce n'était pas la réponse que Blum attendait. Jérôme pressa le pas. Il n'avait pas envie de discuter avec l'attachée de presse. La rencontre qui s'annonçait avec son équipe l'accaparait complètement.

— Il écrit un papier sur toi, qui paraîtra demain ! dit-elle encore.

Même cette information ne le fit pas ralentir. Il avait les journalistes en horreur et ça ne changerait pas, même s'il était patron. Haussant les épaules, il passa dans la salle de conférences en laissant Blum derrière. Il trouva Blanchet et O'Leary au fond de la pièce, discutant à voix basse. Jérôme aurait juré qu'il n'était pas question de l'enquête. Il y avait quelque chose de différent dans leur façon de se tenir, d'être l'un près de l'autre. Son regard et celui de Blanchet se croisèrent. Elle se tourna vers la table, attrapa un gros dossier et des DVD, puis s'avança vers lui.

— J'ai obtenu les vidéos de sécurité du garage.

Posant son fatras près d'un ordinateur, elle attrapa un DVD et l'inséra dans le lecteur avant de jeter un œil vers O'Leary. On aurait dit qu'elle cherchait son approbation.

— Juste avant l'incident…

Elle se reprit en précisant :

— … le supplice du pneu… il s'est passé quelque chose d'étrange. Les caméras sont mal placées, mais ça donne une idée.

Blanchet tourna l'écran vers Jérôme. L'heure était inscrite au bas de l'image.

— À minuit, ce qui n'est pas tout à fait l'heure pour faire son magasinage, ils arrivent en bande, continua-t-elle, pince-sans-rire.

— On parle d'hier soir ?

— C'est ça.

À l'écran, on pouvait voir des voitures défiler devant les caméras de sécurité, puis aller se garer plus loin, hors champ. La plupart étaient munies de vitres teintées. Au volant d'une d'entre elles, Jérôme crut apercevoir un Noir.

— J'en ai compté quinze. Elles sont toutes arrivées entre minuit et minuit cinq. À cette heure, les étages supérieurs du stationnement sont vides. Ces gens n'avaient pas besoin de descendre au sixième sous-sol !

Blanchet avait regardé les vidéos avec O'Leary, de toute évidence. Celui-ci suivait la scène à distance, comme s'il préférait voir la réaction de Jérôme plutôt que les images elles-mêmes.

— Et ça continue, fit Blanchet en éjectant le DVD et en le remplaçant par un autre.

Concentrée, elle regardait l'heure défiler dans le bas de l'image. L'endroit n'était pas le même. C'était le poste de péage à la sortie des garages. Il était mieux éclairé. Jérôme s'approcha, juste assez pour sentir le parfum de Blanchet. Un effluve qu'il connaissait. Il allait fermer les yeux, se remémorer un moment furtif, lorsqu'elle se tourna vers lui, le regard pétillant.

— Trois heures plus tard, les même quinze voitures quittaient les lieux à toute vitesse.

Sur les images du deuxième DVD, on distinguait mieux les visages. Ils étaient tous noirs mais, surtout, ils étaient tous effrayés. Et le mot était faible. Ces gens qui sortaient du garage de la Place Ville-Marie, rue Cathcart, étaient terrorisés.

— Est-ce qu'il y a une communauté sud-africaine à Montréal? demanda Jérôme.

— Certainement, fit Blanchet en soutenant son regard.

— Commençons par là. Combien sont-ils, depuis combien de temps vivent-ils ici? Ont-ils une association? Se réunissent-ils souvent? Je veux des noms. Surtout ceux des plus radicaux.

— Ce sera fait, même si j'y passe la nuit! dit-elle, volontaire.

Jérôme se tourna vers O'Leary.

— Il y a une question à laquelle il va falloir répondre: est-ce que le sang trouvé à la deuxième sortie de secours est le même que celui découvert sur le seuil de la porte dans la petite salle? Et ce sang appartenait-il à l'homme brûlé – si c'est un homme, bien sûr – au milieu de la grande pièce?

— C'est Zehrfuss qui pourra nous le dire, fit O'Leary, comme s'il avait hâte d'en finir.

Jérôme venait d'afficher un plan des souterrains de la ville sur son téléphone. Un plan d'une grande précision. Tout y était, y compris les égouts. Et, bien sûr, on voyait le tracé du tunnel ferroviaire passant sous le mont Royal. Comme de fait, à l'intersection de la rue University et du boulevard de Maisonneuve, une sortie de secours était indiquée.

— L'issue de secours où le type s'est fait tabasser donne dans les garages de la tour des Promenades Cathédrale.

Jérôme connaissait le coin. Le nombre de corridors et de stationnements jouxtant la station de métro McGill faisait de ce secteur le territoire souterrain le plus dense de la ville. Une véritable ruche.

— Pas d'images vidéo de ce côté-là, précisa l'Irlandais sur un ton sec. Le système est hors service depuis un mois. Refonte complète de la sécurité.

— Donc pas moyen de savoir à quelle heure le type a été agressé.

— Avec les échantillons de sang qu'on a récupérés, on va le découvrir. Mais c'est long, le labo.

Blanchet s'était approchée. Jérôme était entre elle et l'Irlandais. De nouveau, il sentit son parfum. Elle les embaumait tous les deux, mais il était le seul qui semblait s'en rendre compte.

— Et toutes ces ordures que tu as recueillies là-bas ? demanda Jérôme sans céder la place.

Blanchet fit un pas de côté. O'Leary s'impatientait. Ces histoires de grigris et de sorcellerie l'énervaient, de toute évidence. Il leur tourna le dos.

— J'ai de tout, annonça Blanchet d'un ton narquois. Un crapaud écrasé, des os broyés, des plumes, un *chewing-gum*, des mégots. J'ai identifié un certain nombre de choses. Des poils de bêtes. Zehrfuss va me fournir une liste détaillée. Trente-sept spécimens en tout.

— Encore Zehrfuss ?

O'Leary s'éloigna en laissant traîner sa main sur la longue table. Il était mieux habillé que d'habitude, plus soigné. Son veston n'était pas froissé. Son éternel jeans avait cédé la place à un pantalon noir. Pas de doute, il se passait quelque chose entre lui et Blanchet. Il s'était même rasé.

— Tu veux vraiment que tout ça soit lié ! lança-t-il de l'autre bout de la salle. Mais c'est peut-être toutes des choses différentes.

— Peut-être, concéda Jérôme.

Il étouffait dans cette salle. O'Leary y faisait régner une telle atmosphère ! Il jetait des regards obliques vers Blanchet puis regardait Jérôme de haut, comme si une bataille de coqs se préparait. Le principal intéressé était ailleurs. Les luttes de pouvoir, très peu pour lui ! Ça finirait par lui passer, à l'Irlandais. Pourtant, Jérôme sentit quelque chose dans son pantalon. Le frottement de son prépuce sur son slip. Son sexe s'éveillait. Il avait envie de faire l'amour. Pas avec Blanchet. Mais il avait envie de baiser, comme ça.

Jérôme secoua vigoureusement la tête. Ce n'était pas le moment. La journée n'était pas terminée.

— Au fait, est-ce qu'on t'a dit à propos de Sanjay Singh Dhankhar ? lança Blanchet en remballant ses affaires.

— Dit quoi ?

— Il a reçu une raclée en prison. Une bonne. On l'a transporté au General Hospital, dans l'aile à haute sécurité.

— Comment va-t-il ?

— Comme ci comme ça. Il s'est fait cogner solidement.

L'incident s'était passé quarante-huit heures plus tôt, avant qu'il soit en poste. Sanjay était resté vingt-quatre heures à l'hôpital en observation. On l'avait ramené à Sainte-Anne-des-Plaines depuis. Il était en isolement pour sa propre sécurité. Depuis que Jérôme faisait ce métier, il avait vu des dizaines et des dizaines de prisonniers se faire tabasser. Les règlements de comptes derrière les barreaux étaient sévères, parfois mortels. On trouvait rarement les coupables, cependant. Chaque fois, et bien qu'ils soient incarcérés eux aussi, ils semblaient s'être volatilisés.

Jérôme regagna son bureau, où Martine, celle qu'on appelait toujours « la secrétaire de Lynda », l'attendait.

Vêtue de son éternel tailleur gris, elle emprunta le ton de la confidence en lui remettant l'agenda de la journée du lendemain.

— Vous avez rendez-vous avec le Dr Legault, à neuf heures. Sa secrétaire a appelé pour confirmer.

Jérôme épia discrètement Martine en cherchant quelque chose sur sa table. Elle semblait inquiète de le voir arriver dans le fauteuil de Lynda.

— Vous pouvez annuler ce rendez-vous ?

— Elle a insisté. C'est important.

Elle baissa encore la voix.

— C'est pour votre bras.

Jérôme retira son veston, glissa la main dans la poche intérieure et trouva le calepin qu'il cherchait. Deux fois déjà, il avait vu le Dr Legault. Cela suffisait largement pour conclure qu'il n'y aurait jamais rien à faire avec son moignon.

— J'ai trop de travail. Trouvez une excuse ! Je n'irai pas.

Anxieuse, Martine se retira sans insister tandis que Jérôme ouvrait son carnet. Des idées lui étaient venues en circulant dans le métro, sans qu'il trouve le temps de les écrire. Il se mit au travail en relisant d'abord ses notes.

5

Jérôme venait de gribouiller huit pages de notes. Des éléments disparates, des détails, des flashs jetés cul par-dessus tête dans un ordre que lui seul comprenait. Le temps passé dans le garage souterrain avait apporté son lot d'indices, mais les images de la sécurité ramenées par Blanchet étaient ce qu'il y avait de plus tangible dans cette affaire jusqu'ici. Certains visages captés par les caméras le hantaient. La terreur saisie au vol. Ces gens fuyaient la Place Ville-Marie, ils n'en repartaient pas le cœur léger. Quelque chose s'était produit au sixième sous-sol de l'immeuble. Quelque chose qui les avait surpris et apeurés à la fois.

Comme toujours, Blanchet se manifesta la première. Un *mail* détaillé, une heure à peine après leur rencontre. Elle creusait la filière sud-africaine. Une dizaine d'appels jusque-là : personne ne voulait lui parler. Gros malaise chez ses interlocuteurs. Elle avait mis en pièce jointe une liste de noms et de courriels, une esquisse, en quelque sorte, de la diaspora sud-africaine de Montréal. À vue de nez, affirmait Blanchet, des gens qui n'avaient rien à voir avec ce qui s'était passé dans la salle 600. La piste sud-africaine était donc tiède.

Avant de partir, Martine rappliqua avec le *briefing book*. Ce cahier à couverture rigide était le centre de la vie de l'ancienne enquêteure chef aux crimes majeurs. Lynda le traînait partout, comme si son existence en dépendait. Lorsqu'elle avait recruté Jérôme pour en faire son adjoint, c'était entre autres pour qu'il s'occupe du *briefing book*, de sa perpétuelle mise à jour et de ses redoutables statistiques. C'était une sorte de bulletin de santé constamment révisé de la criminalité sur le territoire de la ville. Jérôme avait parlé plusieurs fois d'informatiser ce livre. Un iPad aurait suffi. Mais Lynda s'y était opposée. « Une question de sécurité », avait-elle dit.

Jérôme croyait que Martine avait terminé, mais elle déposa une demi-douzaine de requêtes sur le coin du bureau en lui tendant son stylo.

— C'est quoi au juste ? s'enquit-il.

— Des autorisations de paiement. Lynda les signait sans les lire.

— Paiement de quoi ?

Elle haussa les épaules, comme s'il ne lui appartenait pas de le dire. Il prit les requêtes en question et les examina. Elle s'éclaircit la voix :

— Vous allez faire des changements dans le personnel, n'est-ce pas ? Chaque fois qu'il y a un nouveau chef…

Martine semblait déjà connaître la réponse. Cela expliquait sans doute l'inquiétude que Jérôme avait remarquée chez elle depuis son arrivée. La secrétaire de Lynda se voyait-elle déjà à la porte ? Lui permettrait-on d'écouler ses semaines de congé accumulées ? Y avait-il une vie après les crimes majeurs ? Autant d'interrogations et de peurs qu'on pouvait lire sur les rides de son front.

— Je préférerais les lire, ces requêtes, avant de les signer, marmonna Jérôme. Pour ce qui est du personnel, il n'y aura pas de changement. Tout le monde reste à bord.

— Merci, fit-elle, soulagée. Merci. Vraiment, merci.

Son sourire faisait contraste avec le gris trop gris de son tailleur. Jérôme savait qu'elle nè connaissait rien d'autre que la loyauté. Si elle avait été loyale avec Lynda, elle le serait avec lui aussi. Du moins, il osait le croire. Martine sortit en survolant littéralement le sol tandis qu'il ouvrait le *briefing book*. Soudain, Jérôme ressentit de la nervosité. Il avait le trac. Il n'avait pas consulté ce cahier depuis son départ involontaire des homicides, neuf mois plus tôt. Beaucoup de rattrapage à faire. Mais en gros, il connaissait les chiffres. Le supplicié du stationnement de la Place Ville-Marie était le quarante-sixième homicide survenu sur le territoire du SPVM depuis le début de l'année. Dix cas avaient rapidement été résolus. Dix-huit enquêtes étaient en cours et quatre meurtres en attente de procès. Le reste était entre les mains de Bert et ses jeunes loups, champions toutes catégories en matière d'enquêtes interminables.

Le *briefing book* était irremplaçable dans la mesure où on y trouvait tout. Jérôme voyait, par exemple, qu'O'Leary et Blanchet avaient uni leurs forces dans trois enquêtes depuis deux mois. L'une d'elles, qui portait sur un jeune Italien retrouvé mort dans la rivière des Mille Îles, piétinait. En réalité, l'homme avait été poignardé à la sortie d'un bar puis jeté à l'eau. O'Leary penchait pour le règlement de comptes ; Blanchet, pour le crime passionnel. Dans un cas comme dans l'autre, l'affaire tournait en rond. Jérôme savait que s'il poussait l'Irlandais, s'il parvenait à rallumer le feu, celui-ci trouverait quelque chose. Même s'il était acoquiné avec Blanchet, qu'est-ce que ça changeait ? Une fois la surprise passée, on s'y faisait. Le *briefing book* lui apprit aussi des choses sur Bert. Des meurtriers reconnus se promenaient en liberté dans les quartiers où lui et sa bande enquêtaient. À la direction, on commençait à s'impatienter. Lambert Grenier ne traînait pas assez de tueurs devant les tribunaux. Il faudrait y voir, songea Jérôme. Repenser les affectations. S'il reprenait seul l'enquête du supplicié de la Place Ville-Marie, O'Leary et Blanchet se consacreraient entièrement à leur propre enquête. Des accusations seraient bientôt portées. Il fallait l'espérer. Même scénario pour Lambert Grenier. Bobby Ruiz, le tueur patenté, dont il était question dans le *briefing book*, était libre. Il fallait qu'il se retrouve devant un juge le plus tôt possible pour meurtre au premier degré. Ce plan lui paraissait viable.

Il allait refermer le livre lorsqu'une note de service, collée au bas d'une page, attira son attention. Un mémo de l'ambassade de l'Inde envoyé au ministère des Affaires étrangères à Ottawa. Un diplomate dénonçait, en termes polis, le traitement réservé à l'un de ses ressortissants à la prison de Sainte-Anne-des-Plaines. Apparemment, Sanjay avait pris une sacrée raclée, mais l'incident n'aurait aucun impact sur le procès. La date prévue était maintenue.

Jérôme glissa le *briefing book* dans son sac de cuir. Avec l'ordinateur, c'était un peu serré. Attrapant la pile de dossiers à lire et à signer sur le coin du bureau, il sortit en éteignant derrière lui. Avant de dormir, il trouverait le temps de voir ce qu'il en était. C'est bien ma chance, pensa-t-il en s'éloignant dans le corridor. Première journée en poste et vlan! un incident diplomatique. Il était fatigué, tout lui paraissait gros. Plutôt que de prendre le métro et d'emprunter les corridors habituels, Jérôme sortit rue Notre-Dame et leva les yeux vers le ciel. La nuit tombait. Sur les trottoirs, les gens allaient et venaient. Au coin de la rue, il ouvrit son téléphone et chercha dans le répertoire. Sous la lettre H, il n'y avait rien. Pas de Haddad. C'est qu'il l'avait inscrite sous la lettre J alors. Pour Jessica. Comment avait-il pu oublier une telle chose ? Il appuya sur la touche de composition automatique et approcha le cellulaire de son oreille. Après trois sonneries, une voix d'un calme déconcertant répondit :

— Tu en as mis du temps à rappeler.

— Tu vas bien, Jessica ?

— Oui, et toi ?

Jérôme hésita. Il n'allait quand même pas lui servir une formule de politesse. Le silence durait. Elle demanda :

— Tu voulais passer ?

***

Elle avait pris du poids, mais ça lui allait bien. Avec ses cheveux auburn et ses yeux foncés, Jessica Haddad était ravissante. Et surtout en pleine santé, ce qui n'avait pas toujours été le cas. Lorsque Jérôme l'avait connue, elle était anorexique. Que la peau sur les os. Elle avait failli y rester, d'ailleurs, mais elle s'en était sortie. C'est pour cette raison qu'ils avaient sympathisé. Parce que, comme elle, Jérôme revenait de loin. En plus, ils se ressemblaient. Le père de Jessica était algérien et sa mère, française. Comme lui, elle avait un teint basané et l'œil noir lorsqu'elle était contrariée.

— Je n'ai pas beaucoup de temps, fit-elle en consultant sa montre. Après, je dois sortir.

— Je voulais t'appeler, bredouilla Jérôme.

— Entre.

Jessica portait un tailleur ajusté sur un chemisier de soie blanche. Le corps bien droit et la chevelure abondante, elle avait quelque chose d'un mannequin, même dans la démarche. Sans dire un mot, elle le guida vers le petit salon qu'il connaissait bien. L'aménagement avait changé. Il y avait un bureau avec des ordinateurs dans la pièce. Plus loin, une enseigne d'agence immobilière était appuyée contre un mur. En se laissant tomber dans la causeuse, Jérôme pensa qu'il avait fait une erreur. Jessica était marquée. Venir la voir le jour de sa nomination représentait un risque. On aurait pu le suivre. Mais il n'avait pu s'en empêcher.

— Ça va faire neuf mois, fit-elle remarquer en s'assoyant dans le fauteuil devant lui.

À sa gauche, il y avait une table basse sur laquelle Jessica avait posé une théière japonaise. Jérôme compta à rebours. La dernière fois qu'ils s'étaient vus, c'était avant la fusillade, au palais de justice. Juste avant l'assassinat du juge Rochette.

— J'ai eu des ennuis de santé, murmura-t-il en guise d'excuse.

— Je sais. Je l'ai lu dans les journaux. Ça m'a inquiétée. J'ai pensé que tu viendrais quand tu te sentirais mieux.

— Congé prolongé. Je n'avais plus de badge, je n'étais plus de la police. Tu connais les règles. On doit s'abstenir de parler aux indicateurs.

Jessica eut un léger tressaillement. Elle avait été plus qu'une indic. Mais elle ne dit rien. Ne laissa rien paraître. Se tournant vers la table basse, elle servit le thé. Une première tasse d'abord, qu'elle offrit à Jérôme. Il précisa, avant de la porter à ses lèvres :

— Je voulais que tu saches que je suis patron, maintenant.

Jessica ne savait trop que penser de cette visite. Jérôme et elle se connaissaient depuis trois ou quatre ans. Elle avait travaillé pour lui, évidemment. Mais pendant cette période, il y avait eu plus que cela : elle avait été sa maîtresse. Jérôme préférait peut-être ne pas s'en souvenir.

— Tu as peur que je parle ? Tu es venu pour prévenir les coups ? demanda-t-elle froidement.

La vérité, c'est qu'il voulait la revoir. Savoir ce qu'elle faisait. Ce qu'elle devenait. Lorsqu'elle lui avait ouvert sa porte, son cœur avait fait un bond. Il la désirait. Il était venu pour dormir avec elle, comme autrefois. Elle devina bien sûr ce qu'il pensait et desserra légèrement les mâchoires.

— Tu m'as fait tellement de peine, Jérôme. Même pas un coup de fil. Pas la moindre nouvelle. Pendant un an !

Les yeux de Jessica s'étaient remplis d'eau. Jérôme regarda ailleurs. Elle l'avait prévenu dès le départ : « Après, je dois sortir », avait-elle dit. Il s'éclaircit la voix et emprunta un ton professionnel, comme s'il était venu pour une autre raison.

— L'Afrique du Sud, ça te dit quelque chose ? La communauté sud-africaine… à Montréal ?

Elle tourna la tête, séchant discrètement une larme. Feignant de réfléchir, elle refit la ligne de maquillage de son œil gauche. Jessica Haddad était la meilleure indicatrice en ville. Elle était imbattable dans les rôles où il fallait de la classe. C'était une femme tellement belle et tellement intelligente que Jérôme s'était toujours demandé pourquoi elle l'avait invité dans son lit la première fois. Il n'avait jamais pris leur relation au sérieux, avait tout fait pour la cacher, mais à son insu elle s'était attachée à lui. Et c'est maintenant qu'il le découvrait. « J'ai eu tellement de peine », venait-elle de lui avouer. Il continua, un peu honteux :

— Je suis sur une affaire bizarre. Un meurtre qui pourrait avoir des liens avec l'Afrique du Sud. Avec l'ANC.

— C'est un contrat ? demanda-t-elle en retrouvant ses moyens.

— Ça pourrait être un contrat.

Elle renifla discrètement, passa le revers de sa main sous son nez et résuma :

— Tu veux savoir si des Sud-Africains d'ici ont trempé dans un meurtre ?

— Une exécution, disons.

Jérôme sentit l'hésitation de Jessica. Cherchant ses mots, elle lui parla de la vie rangée qu'elle menait depuis qu'ils s'étaient quittés. Il sursauta en entendant ces mots. Ils ne s'étaient jamais quittés puisque, à ses yeux, ils n'avaient jamais formé un couple, mais elle semblait le croire.

— Depuis que nos vies ont pris des chemins différents, rectifia-t-elle en constatant sa réaction.

Elle continua sans fléchir, parlant de ses affaires qui étaient florissantes tout en précisant qu'elle n'avait plus de contacts avec la police depuis un moment et qu'elle ne s'en portait que mieux.

— C'est vrai que j'aurais dû te faire signe, admit Jérôme, sincère. Je suis désolé.

Les lèvres de Jessica s'affaissèrent dans une moue boudeuse.

— Je ne te demande pas de faire du bénévolat, reprit Jérôme. Je suis patron, il me suffit de réactiver ton dossier. L'argent te parviendra par les canaux habituels.

— J'ai tout changé dans ma vie, jusqu'à la couleur des murs de ma maison. Je me sens très bien comme agente immobilière.

Avec beaucoup de conviction, elle lui raconta sa métamorphose, d'indicatrice pour le SPVM à vendeuse d'appartements et de condos haut de gamme dans les tours et les gratte-ciel du centre-ville. Jérôme se montra intéressé, mais pour les mauvaises raisons. Agente immobilière était une couverture parfaite. Chez Millia Immobilier en plus, une des plus grosses boîtes en ville.

— Rien ne t'empêche de travailler pour nous en continuant ton boulot.

Dubitative, elle fit signe que non. Cette enquête sur les Sud-Africains ne la laissait pas indifférente, loin de là. Son refus était plutôt dû au fait que Jérôme l'avait quittée sans explication.

— Allez, Jess. On a un mort. Il pourrait y en avoir d'autres. Tu me connais, les crimes qui m'intéressent sont ceux qu'on parvient à prévenir.

L'argument était valable, mais ce sont plutôt les mots qu'il avait choisis qui la touchèrent. Le «Tu me connais» employé pour la convaincre lui rappelait de toute évidence qu'ils avaient été proches.

— Je peux tendre l'oreille, concéda-t-elle. Si j'entends quelque chose, je te préviens. C'est tout ce que je peux faire.

Du coup, elle se leva. La rencontre était terminée. Il voulut la retenir, parler de choses et d'autres, étirer le moment, mais elle n'était pas intéressée. En le raccompagnant, elle fit tout de même remarquer :

— Si tu veux mon opinion, l'association des Sud-Africains de Montréal, ça ne doit pas faire beaucoup de vagues par ici.

C'est à peine si elle croisa son regard, sur le seuil de la porte.

— Bonsoir.

Comment ai-je pu faire une chose pareille ? se demanda Jérôme en se retrouvant sur le trottoir. Jessica l'avait aimé et il ne s'en était même pas rendu compte. Quel gâchis. D'un pas lourd, il descendit la rue et se dirigea vers le métro Mont-Royal, qui était tout près.

6

Le lendemain de l'événement de la Place Ville-Marie, un coup de fil réveilla Jérôme à cinq heures trente-huit. C'était Nathalie Blum. Il y avait un article de John LeBreton dans *The Gazette*, le seul quotidien qui faisait état de sa nomination, malgré la conférence de presse donnée la veille. Elle préférait ne pas en dire plus, mais elle craignait le scandale. En le prévenant ainsi, elle lui donnait une heure d'avance sur la meute de journalistes qui ne manqueraient pas de le harceler et de lui courir après.

— Quelqu'un a écrit quelque chose sur le supplice du pneu ? demanda-t-il.

— Pas à ma connaissance, répondit-elle, mais lis l'article de LeBreton et reviens-moi. Je dois te laisser.

Jérôme s'était assis sur le bord du lit. Mal réveillé, il regardait autour de lui, se demandant par où commencer. *The Gazette* devait nécessairement avoir un portail sur la Toile. Il trouva son sac de cuir dans le salon, en extirpa son ordinateur et se mit à chercher. Il repéra rapidement l'article. John LeBreton n'y était pas allé de main morte. Le titre était : *SPVM'S NEW BOSS RACIST*. Heureusement, il n'y avait pas de photo. Le journaliste relatait une conversation entendue dans le stationnement souterrain d'une tour du centre-ville. Devant des restes humains, le nouvel enquêteur chef avait décrété qu'il s'agissait d'un *Black*. Le texte se poursuivait sur un ton accusateur, soulignant le manque de décorum du nouveau patron des homicides – lui-même un Noir – devant la dépouille calcinée d'un individu qui, de toute évidence, ne pouvait être identifié puisqu'il n'en restait rien. Les crimes majeurs du SPVM n'avaient pas eu bonne presse dernièrement en raison des soupçons de corruption planant sur Lynda Léveillée. Jérôme Marceau était-il l'homme capable de redresser la situation ? se demandait LeBreton. Bien mauvais départ, s'inquiétait-il. LeBreton continuait en rappelant certains meurtres survenus depuis le début de l'année sur le territoire montréalais. Les mêmes que Jérôme avait vus dans le *briefing book*. Quarante-cinq bien comptés, avant celui de la Place Ville-Marie. De ce nombre, quatre accusés seulement étaient devant les tribunaux. Les autres s'étaient perdus dans les dédales de la bureaucratie et de la justice. « À quand un réel coup d'éclat aux crimes majeurs du SPVM ? » demandait le journaliste en guise de conclusion.

Jérôme n'était ni surpris ni blessé. Blum avait crié au loup – un peu trop tôt à son goût –, comme d'habitude. Le scandale annoncé n'était que l'habituel tricot de rumeurs, d'accusations sans fondement et de ragots. Il était à parier que la horde de journalistes qui devaient se jeter sur lui ne se matérialiserait pas. En réalité, il était soulagé. LeBreton ne disait à peu près rien sur l'incident de la Place Ville-Marie et, surtout, n'avait pas écrit qu'il s'agissait d'un supplice du pneu. Le commentaire de Zehrfuss, qui lui était injustement attribué, n'avait trouvé d'écho que dans le titre et les trois premières lignes de l'article. Pas de quoi en faire un plat.

Vers six heures trente, il quitta son appartement des Cours Mont-Royal, acheta tous les journaux, même *The Gazette*, et les parcourut dans le métro. Comme le lui avait dit Blum, on ne parlait nulle part du meurtre de la Place Ville-Marie. C'était très bien ainsi et ça devait le rester le plus longtemps possible. En feuilletant les pages des quotidiens, il pensa aussi à Sanjay Singh Dhankhar. Les doléances de l'ambassadeur de l'Inde avaient été entendues aux Affaires étrangères à Ottawa, comme il l'avait appris par la filière interne, mais la presse n'en avait apparemment pas été informée. Ça ne saurait tarder toutefois. Sa revue de presse terminée, Jérôme quitta le métro, emprunta le corridor sécurisé qui menait au palais de justice, puis se dirigea vers le quartier général du SPVM en préparant mentalement sa journée.

Avant de partir de chez lui, il avait envoyé un texto au pathologiste, lui demandant de se présenter à son bureau dès sept heures. La réponse avait été presque instantanée : *À quoi bon ?* lui avait écrit Zehrfuss. *Les résultats d'analyse ne seront disponibles que demain.* Jérôme avait insisté. Il voulait le voir, un point c'est tout. Si bien que le médecin se pointa à son bureau à l'heure, mais de mauvaise humeur.

— Je n'ai rien à dire, lança-t-il d'entrée de jeu. Aucun résultat. L'odontologiste n'a même pas vu les dents. Tout n'est que spéculation pour l'instant.

— Tu as apporté le bracelet ?

Zehrfuss connaissait cette manie de Jérôme. Une compulsion qui l'avait toujours amusé. Lorsque le policier plantait son compas, tirait une ligne ou établissait une scène de crime, il lui fallait un objet, une image, n'importe quoi. Cette fois, c'était un bracelet. Zehrfuss le sortit de la valise à roulettes qu'il traînait avec lui.

— Il vaut mieux le laisser dans son sac de plastique, suggéra-t-il. D'après les premières analyses, le sang sur le maillon du bracelet et celui coagulé sur le seuil de la porte semblent provenir de la même personne.

— Je croyais que tu n'avais rien à me dire ? C'est le même sang, donc.

Comme pour le narguer, le pathologiste déposa le bracelet sur le bureau de Jérôme en précisant :

— On verra lorsqu'on recevra le résultat des analyses. Mais il y a des choses tellement plus significatives. Vous devez me laisser travailler, monsieur Marceau.

Le ton était méprisant. Il l'avait vouvoyé aussi, alors que la veille il le tutoyait comme s'ils avaient traîné sur les bancs d'école ensemble. C'était exprès. Jérôme se passa la main sur le visage, devinant la suite.

— Lynda et moi, on avait une entente…

L'enquêteur chef lui coupa la parole :

— Tu as lu les journaux, ce matin ?

Zehrfuss parut surpris. Décontenancé, même, par l'agressivité de Jérôme. Celui-ci sortit sa copie de *The Gazette* et la lui mit sous le nez en désignant l'article de LeBreton. Le pathologiste commença à lire. Moins arrogant au bout de deux paragraphes, il réalisa l'ampleur de sa gaffe.

— Ce n'est pas vous qui avez dit ça. C'est moi !

L'homme était honnête, au moins. Jérôme se devait de l'être lui aussi.

— Avec Lynda, tu attendais d'avoir tous les résultats du labo avant de faire ton rapport. Avec moi, ça ne se passera pas comme ça. Je veux tout savoir à mesure.

Le vent avait tourné et Zehrfuss s'en était bien rendu compte. Il afficha un sourire poli et n'osa plus le tutoyer.

— Je comprends que vous vouliez obtenir des résultats.

Jérôme acheva de le déstabiliser en jouant la franchise, cette fois.

— À la direction, on se pose de sérieuses questions. Trop d'enquêtes qui n'aboutissent pas. Trop d'accusations qui ne sont pas portées. Où sont les tueurs? Certainement pas devant les tribunaux. Il faut faire quelque chose, et vite. J'ai donc pris une décision. O'Leary et Blanchet vont boucler leur enquête sur l'Italien retrouvé dans la rivière des Mille Îles. Je vais demander à Lambert Grenier de faire de même pour ses nombreux dossiers en suspens et je vais m'occuper de l'affaire de la Place Ville-Marie seul.

Il fit une pause avant d'ajouter:

— Tu vas me donner un coup de main, bien sûr.

Zehrfuss n'eut aucune réaction. Considérant que les dés étaient jetés et qu'il n'avait d'autre choix que de jouer le jeu, il se pencha sur sa valise, en tira un calepin et relut ses notes pour se resituer. À deux reprises, il encercla un passage avant d'affirmer:

— Le feu a été de courte durée.

Le pathologiste se tourna à nouveau vers sa valise, chercha un moment puis sortit une boîte transparente. À l'intérieur, on pouvait voir la mâchoire supérieure de la victime ainsi qu'une partie de sa mâchoire inférieure. La soulevant devant les yeux de Jérôme, il précisa:

— Je dois la rapporter au labo. L'odontologiste va passer cet après-midi.

À l'aide de son stylo, il pointa une dent percée de plusieurs trous.

— Si le feu avait atteint mille six cents degrés, les dents auraient fondu, l'émail se serait liquéfié. Par contre, l'or fond à mille soixante-quatre degrés.

Autant Jérôme en voulait à Zehrfuss pour son commentaire raciste de la veille, autant il avait du respect pour sa compétence. Dans son domaine, c'était un virtuose.

— Regardez, là. C'est la molaire inférieure droite, dit-il. Elle a été traitée deux fois, cette dent. Une fois avec un amalgame. On a trouvé des résidus. Et une deuxième fois avec de l'or, qui n'a fondu qu'à moitié. Voilà comment j'ai déterminé l'intensité du feu et sa durée.

Zehrfuss regardait la mâchoire comme s'il voyait à travers. Comme si rien ne lui échappait.

— Lorsqu'ils sont arrivés sur les lieux, les techniciens ont fait des lectures thermiques. Le brasier était encore chaud. Avec un modélisateur, on peut déterminer avec une certaine précision ce qui s'est passé…

— Hier, entre minuit et trois heures, précisa Jérôme.

— C'est ça. Entre minuit et trois heures. Mais c'est l'analyse du sang qui va nous le dire plus précisément.

Jérôme était insatiable.

— Est-ce qu'on sait si c'est un homme ? En as-tu la preuve ?

Zehrfuss remit la mâchoire dans sa valise et attrapa une enveloppe dont il extirpa une demi-douzaine de photos 8×10. Des clichés infrarouges. On y voyait une masse carrée traversée de couleurs, comme un arc-en-ciel cassé. Aux yeux de Jérôme, cela ne voulait rien dire.

— Intéressant, vous ne trouvez pas ? fit le pathologiste en pointant une des courbes de couleur. À l'infrarouge, on reconnaît le bassin.

Jérôme regarda de plus près. Effectivement, la façon la plus sûre de différencier un homme d'une femme était par la forme du bassin. Mais pouvait-on faire cette distinction à partir d'un tas de cendres ?

— Tout ne brûle pas à la même vitesse, dit le pathologiste comme s'il avait lu dans ses pensées. C'était vrai pour l'or, c'est aussi vrai pour les os. Plus la masse osseuse est importante, plus c'est long.

Zehrfuss passait à répétition le doigt sur l'image, esquissant le contour du bassin de la victime. Jérôme n'était pas trop mauvais en anatomie. Le bassin d'une femme est évasé. La personne brûlée par le feu dans les garages de la Place Ville-Marie était donc un homme.

— Un type plutôt costaud, estima le pathologiste. Début cinquantaine. Et si vous regardez bien, ajouta-t-il, l'intérieur de la cage thoracique est à peu près intact. Tout a cuit, mais ce ne sont pas des cendres.

— Ce qui veut dire ?

— L'estomac. Je suis arrivé à l'isoler et à le retirer. Ça va être intéressant de voir ce qui s'y trouve.

— Mais ça ne confirmera pas si c'est un Noir ou non.

— Effectivement. Mais ça ne m'empêche pas de le penser.

— Heureusement que tu n'avais rien à me dire.

Zehrfuss rangea ses photos et Jérôme se tourna vers le bracelet, qu'il admira à travers le plastique transparent.

— Tu n'as pas d'objection à ce que je le garde ? demanda-t-il.

— Si ça vous inspire.

Ce bracelet n'avait aucun intérêt aux yeux du pathologiste. Les breloques ne font que distraire dans une enquête ; seuls les morts parlent, semblait-il croire. La voix nasillarde de Nathalie Blum retentit à l'interphone, mettant un terme à la rencontre.

— Jérôme, il faut que je te voie. C'est à propos de l'article.

Jean-Claude Zehrfuss se retira, conscient qu'il y était pour quelque chose dans la tempête qui s'annonçait. Jérôme eut tout juste le temps de se lever et de passer son nouveau veston que l'attachée de presse faisait irruption dans son bureau en brandissant une copie de *The Gazette*.

— Le texte de John LeBreton fait des vagues. On en parle dans les émissions radiophoniques. J'ai cinq demandes d'entrevue à l'heure. Je ne sais pas comment on défend ça, moi, des propos racistes tenus sur une scène de crime par quelqu'un qui est lui-même...

— Noir, compléta Jérôme. J'ai été mal cité. Voilà tout.

— C'est ce que j'ai répété toute la matinée. Mais je parle aux murs.

— Je ne donnerai aucune interview, annonça-t-il en ajustant son veston.

Et, à la plus grande surprise de Nathalie Blum, il lui tapota l'avant-bras.

— Tu as fait de l'excellent travail! Personne n'a parlé de l'incident dans les sous-sols de la Place Ville-Marie. Pour l'instant, c'est tout ce qui compte.

Le compliment lui fit plaisir. Lynda ne devait pas lui en adresser souvent. Pas plus qu'elle ne faisait de confidences, d'ailleurs. Mais Jérôme allait changer ça et il voulait qu'elle le sache.

— L'enquête sur le supplicié, c'est moi qui la mène, dorénavant. Tout seul, avec l'aide de Zehrfuss.

Blum s'étonna de l'apprendre. Elle ne put s'empêcher de dire:

— C'est ça, ton truc? Tu donnes l'exemple en réglant les dossiers à vitesse grand V, avant qu'on en parle dans les journaux. Et les autres n'ont qu'à faire pareil.

— Ce serait une bonne explication.

Jérôme quitta son bureau, l'attachée de presse sur les talons. O'Leary et Blanchet discutaient devant le bureau de celle-ci, dans la salle commune. Il leur envoya la main en montrant la porte de la salle de conférences:

— On se retrouve tout à l'heure.

Blum lui faussa compagnie devant les portes de l'ascenseur, sans en apprendre plus sur cette prétendue politique du bon exemple. Plutôt contente du compliment qu'elle avait reçu, elle s'enferma dans son bureau et passa le reste de l'avant-midi à répéter que le nouvel enquêteur chef n'accorderait aucune entrevue.

Jérôme se présenta au bureau du brigadier général Lemieux cinq minutes avant l'heure du rendez-vous, ce qui sembla plaire au grand patron. Un heureux contraste par rapport à sa prédécesseure. Lynda avait la manie de se faire attendre. Ils bavardèrent de tout et de rien. Au bout de ces cinq minutes gagnées, les deux hommes donnaient l'impression de se connaître depuis toujours. Lemieux excellait dans l'art d'amadouer les gens. Il savait exactement à quel moment il fallait mettre la main sur l'épaule de quelqu'un, ou encore rire avec enthousiasme même si ce qui venait d'être dit n'était pas drôle. Plus tard, il fit un calembour que Jérôme ne comprit pas, mais celui-ci lui rendit la pareille en s'esclaffant. Les dents serrées, Lemieux précisa sa pensée :

— Il n'y a pas de doute, c'était un *Black*.

— Un Noir, le reprit Jérôme.

— Un *Black*, répéta-t-il. Mais il ne faut pas le dire. Ça ne se dit pas, ces choses-là.

Le brigadier avait lu les journaux, évidemment, et semblait approuver les propos qu'on lui avait attribués sans se rendre compte que Jérôme était aussi un *Black*.

— Ne vous en faites pas, ajouta-t-il, paternaliste. Ce sera oublié demain.

Quinze minutes après que Jérôme eut mis les pieds dans le bureau du grand patron où il venait en principe présenter ses lettres de créance, Lemieux lui passa une main autour du cou et l'entraîna vers la porte.

— Ils vont être dix mille à vous demander en entrevue, le prévint-il.

— C'est déjà fait.

— Ne leur parlez pas. Ne leur donnez aucune emprise. Ils vont trouver un autre os à ronger.

En mettant la main sur la poignée, le brigadier Lemieux se pencha vers lui et décréta, d'une voix suave mais ferme :

— De toute façon, vous connaissez notre nouvelle ligne de conduite. Amener le plus d'accusés possible devant les tribunaux. Il y a eu du laxisme, ces derniers temps. Il faut rectifier la situation.

— C'est entendu, fit Jérôme. Je me suis déjà attaqué au problème.

La rencontre était terminée et Lemieux était content. Jérôme reprit l'ascenseur et, deux minutes plus tard, il retrouvait O'Leary et Blanchet dans la salle de conférences. D'entrée de jeu, il leur lança :

— Les caméras de surveillance dans les garages des Promenades Cathédrale, qu'est-ce qu'elles disent ?

— La sortie de secours où le type a été tabassé a été passée au peigne fin. Un périmètre de sécurité a été établi au sixième sous-sol de l'immeuble… mais malheureusement, il n'y avait pas de caméra, lui répondit Blanchet.

Comme s'ils sentaient ce qui se préparait, elle et O'Leary s'installèrent de part et d'autre de la table. Jérôme avait posé cette question pour la forme. Il n'avait avec lui ni ordinateur ni carnet de notes. S'il leur avait demandé de venir, ce n'était pas pour discuter du supplice du pneu. L'Irlandais, qui le connaissait comme le fond de sa poche, l'avait deviné.

— Bon, crache le morceau. Qu'est-ce qu'il y a ?

Ce n'était pas pour rien que Jérôme avait aussi parlé à Lambert Grenier et à Martine de la nouvelle orientation. L'un ou l'autre avait-il prévenu O'Leary et Blanchet ?

— Je n'irai pas par quatre chemins. Je vais reprendre l'enquête de la Place Ville-Marie seul. Pendant ce temps, vous allez terminer ce que vous avez commencé. Il me faut des accusations pour le noyé de la rivière des Mille Îles. Quelqu'un doit passer à la caisse. Même chose pour l'autre affaire. Celle de la rue Mantha. O'Leary faillit tomber de sa chaise. Blanchet, qui était debout près de son ordinateur portable, dut s'asseoir pour accuser le coup. Jérôme enfonça le clou.

— J'ai demandé la même chose à Lambert Grenier pour le meurtre du jeune Escondida. On se partage les tâches, on fait un peu de ménage. Il y a trop de choses qui traînent.

O'Leary se recula sur sa chaise, croisa les bras et détourna le regard. Cette nouvelle le contrariait profondément. Il était arrivé le premier sur les lieux du supplice et l'avait tout de suite prévenu que Blanchet était sur le coup. C'était leur enquête. De quel droit le nouveau patron la reprenait-il? Feignant de ne pas voir son mécontentement, Jérôme continua sur sa lancée.

— Par contre, si vous avez de nouvelles informations, si vous avez trouvé autre chose depuis hier, j'aimerais bien le savoir.

O'Leary cligna des yeux. «Informations, mon cul!» sembla-t-il dire sans ouvrir la bouche.

Mécontent, il remit ses affaires dans son sac. Parvenant à cacher ses émotions, Blanchet fit meilleure figure en débitant le résultat de ses recherches.

— Les Sud-Africains de Montréal sont principalement des Blancs. Ils sont éduqués et pour la plupart fortunés. Ils sont arrivés ici au cours des vingt dernières années, mais plusieurs ont encore des intérêts économiques dans leur pays. Sans l'avouer ouvertement, ils se sentent menacés. On pourrait imaginer que quelqu'un vienne de là-bas régler ses comptes ici.

— Compte tenu de la situation politique, on peut l'imaginer, concéda Jérôme.

Blanchet n'était pas en terrain connu et elle l'admit d'emblée.

— Si j'ai bien compris, depuis la fin de l'apartheid, le pouvoir économique des Blancs n'a pas vraiment diminué. Les Noirs le prennent de plus en plus mal. Il y a des tensions.

Jérôme se redressa sur sa chaise. Les propos de Blanchet étaient intéressants, pour ne pas dire surprenants.

— Tu penses que des Sud-Africains seraient venus ici pour brûler un Blanc. C'est bien ce que tu dis?

O'Leary n'entendait rien, lui. Il s'était levé et rassemblait ses affaires à l'autre bout de la table. Blanchet continua d'une voix presque éteinte.

— Si les Blancs d'Afrique du Sud réfugiés ici ont gardé quelque chose que les Noirs veulent, on peut concevoir qu'un tel incident s'est produit. Que quelqu'un est venu ici pour régler ses comptes ou pour se venger.

— Un Blanc, répéta Jérôme tandis qu'O'Leary quittait la pièce.

Il n'y avait pas pensé.

— Les Sud-Africains d'ici forment une communauté extrêmement fermée, très secrète. J'ai dû faire des dizaines d'appels pour trouver quelqu'un qui m'explique cela. Et encore, je n'ai recueilli que des bribes d'information, des bouts de phrases que j'ai dû en quelque sorte compléter.

Songeur, Jérôme la remercia. À son tour, Blanchet se leva et rassembla ses affaires. Elle était aussi déçue qu'O'Leary de ne plus faire partie de l'enquête, mais elle le manifestait autrement. Loin de s'avouer vaincue, elle suggéra avant de fermer la porte:

— Je ne suis plus sur le coup, j'ai bien compris, mais si tu veux mon avis, les Sud-Africains n'ont rien à voir là-dedans. C'est autre chose.

Jérôme ignora le commentaire. Blanchet lui avait tendu une perche, proposé une piste, mais voilà qu'elle la reprenait. L'idée était pourtant bonne. Pourquoi la victime ne serait-elle pas blanche, après tout ? C'était loin d'être bête. Zehrfuss s'était peut-être trompé en affirmant d'emblée que l'homme était noir.

Jérôme regagna son bureau en jonglant avec cette nouvelle donnée. Penser en dehors de la boîte, voilà ce qu'il devait faire. Mais surtout, il avait besoin de se rafraîchir la mémoire sur la situation en Afrique du Sud. Plongeant la tête la première dans la Toile, il trouva assez rapidement de l'information sur le sujet. Un article fort bien documenté donnait, d'une certaine façon, raison à la thèse de Blanchet. Jacob Zuma, l'actuel président du pays, était un homme qui n'avait jamais fait dans la dentelle. L'autodidacte aux quatre femmes et aux nombreuses maîtresses, chef zoulou et membre de l'ANC depuis toujours, avait été emprisonné à Robben Island avec Mandela. Arrivé à la tête du pays en 2009, il avait aussitôt affiché ses couleurs. Presque vingt ans après la fin de l'apartheid, il était temps que le pouvoir économique passe aux mains des Noirs. Ce discours avait ravivé les passions, bien sûr. Dans la dernière année, plusieurs supplices du pneu avaient été rapportés dans la région du Cap. Chaque fois, la victime était blanche.

Jérôme creusa plus loin et trouva des sites spécialisés : partout, on s'entendait pour dire que Zuma était une bête politique. Non seulement il avait survécu aux prisons du régime d'apartheid, mais il avait aussi survécu aux tribunaux sud-africains. Poursuivi pour le viol d'une séropositive, le chef zoulou s'était battu bec et ongles sans jamais céder son poste de vice-président de l'ANC. Il avait gagné sur tous les plans. C'est dans la controverse qu'il régnait sur le pays depuis.

Jérôme repoussa son portable au bout d'un moment. Le doute s'était emparé de lui. À quoi tenait son hypothèse, en fait ? À un bracelet sur lequel étaient gravées les lettres A, N, C. Si un fier-à-bras de l'African National Congress avait été dépêché à Montréal dans le but d'exécuter quelqu'un, il n'aurait certainement pas arboré un tel insigne. Et si la victime était blanche, elle n'en aurait pas porté non plus. Tout cela était ténu, fragile, improbable même. Mais aucune piste ne devait être écartée. Il nota deux ou trois choses dans son carnet, puis leva les yeux sur la pile de dossiers nouvellement apparue sur son bureau. Avec les requêtes que lui avait données Martine la veille et qu'il n'avait pas encore signées, ça commençait à faire beaucoup. Et puis il pensa à Gabriel et à cette histoire d'appartement. Il avait promis de lui parler dans la journée, mais il remit la conversation à plus tard. Il ne s'était pas encore fait une idée sur la question. Il allait attraper le premier document sur le dessus de la pile lorsque son téléphone sonna.

— Marceau à l'appareil.

Dans l'empressement, il avait omis de regarder l'afficheur. Il emprunta une voix calme au cas où ce serait un journaliste.

— Enquêteure Jane Dorothy, GRC. Vous avez deux minutes pour moi, inspecteur Marceau ?

Jérôme ne connaissait pas l'enquêteure Dorothy, mais si elle l'appelait « inspecteur », elle ne lui téléphonait certainement pas afin de le féliciter pour sa nomination.

— C'est à propos de Sanjay Singh Dhankhar et de l'incident qui s'est produit en prison.

Dorothy parlait sans passion, sans modulations de voix, mais sans jamais hésiter. En peu de mots, elle expliqua qu'on l'avait dépêchée à la prison de Sainte-Anne-des-Plaines pour faire enquête.

— Vous avez vu le mémo des Affaires étrangères ? demanda-t-elle.

— Je l'ai vu passer. Je suis en poste depuis hier seulement.

Dorothy sembla comprendre. Jérôme était l'allié de la Couronne dans cette affaire. Il serait le premier témoin appelé à la barre au procès des Singh Dhankhar, le printemps suivant. Il devait savoir ce qui s'était passé. C'était un appel de courtoisie, comprit-il.

— Sanjay Singh Dhankhar s'est fait tabasser. On ne connaît pas l'identité du prisonnier qui a fait le coup, ni celle du pourvoyeur, celui qui a payé, mais on a quelques pistes. Est-ce que ça vous dit quelque chose ?

— Quelqu'un a payé pour qu'on batte Dhankhar en prison ? s'étonna Jérôme. Qu'est-ce que c'est que cette histoire ?

— Ça ne vous dit rien, donc.

— Je peux vérifier, mais comme ça, à vue de nez, non. Vous avez quelque chose ? Des noms ? Des numéros de téléphone ?

Dorothy n'appelait pas pour qu'on lui pose des questions. C'est elle qui les posait. Sa voix devint plus froide, plus distante.

— Savez-vous pourquoi on voudrait battre M. Dhankhar ?

— Plutôt subjectif comme question !

Il savait que le mot ferait effet sur Dorothy. Devançant le coup, il s'empressa d'ajouter :

— Je vois votre numéro de téléphone. S'il me vient quelque chose, je vous fais signe, enquêteure. Ça vous va comme ça ?

— Très bien, je vous remercie, monsieur Marceau.

Il voulut la reprendre, lui rappeler qu'il était enquêteur chef, mais il raccrocha plutôt. Les déboires de

Singh Dhankhar en prison ne le laissaient pas indifférent, certes, mais il n'y avait pas eu mort d'homme. L'Indien s'en remettrait et son procès aurait lieu comme prévu. Chassant cette affaire de sa tête, Jérôme s'attaqua aux documents à signer, pour se rendre compte que les requêtes que lui avait remises Martine la veille étaient en fait les notes de frais des indicateurs travaillant pour le service. Factures de restaurant, frais de voyage, de transport… Jérôme connaissait ce trafic. Lynda lui en avait enseigné les rudiments. Une invention de son cru, qu'elle payait à même un budget discrétionnaire. Une valeur ajoutée, en quelque sorte, aux cachets que les indicateurs recevaient déjà. Une somme faramineuse pour que ces bandits mangent dans les restaurants les plus chics de la ville, apparemment parce qu'ils suivaient ou espionnaient quelqu'un. Le champion toutes catégories pour le nombre d'indicateurs à son service était Lambert Grenier, bien sûr. Bert avait une taupe dans tous les gangs de rue : *Bo-Gars, Bad Boys, 18th Street* pour les *Rouges* ; *47, 67, 99, Kazee Brezze, MS-13* pour les *Bleus*. O'Leary aussi en avait. Les siens vivaient surtout dans l'ouest, chez les Irlandais, mais aussi dans les quartiers italiens du nord de la ville. Blanchet était la seule à se passer d'indicateurs.

Jérôme fit un calcul rapide avant de signer. Il y en avait pour soixante-dix mille dollars. Un jour, il faudrait mettre un frein à ces dépenses et revoir le réseau d'indicateurs. À bien y penser, l'idée de reprendre Jessica au service n'était peut-être pas si bonne. La faire revenir pour ensuite la renvoyer n'améliorerait pas leurs relations.

Deux heures plus tard, la pile avait diminué de moitié et Jérôme signait toujours lorsque Martine se faufila dans son bureau avec le *briefing book* mis à jour et de nouveaux documents à lire. Il y en avait pour la journée et même plus. L'enquête sur l'incident de la Place Ville-Marie devrait attendre.

***

Il était vingt-deux heures lorsque Jérôme quitta son bureau. Greg était parti depuis un moment déjà, mais c'était très bien ainsi. Il avait besoin de se dégourdir les jambes. Devant l'escalier menant au passage vers le palais de justice, il hésita tout de même. Il neigeait. De gros flocons humides tombaient, passant la ville à la chaux. À dix minutes de marche vers le nord, il y avait le quartier chinois. Il emprunta les voies étroites du Vieux-Montréal, remonta jusqu'à la rue de la Gauchetière et tourna à gauche vers le boulevard Saint-Laurent. En passant devant les restaurants chinois de la *Main*, il sentit l'odeur de soupe. Jacob Zuma le rattrapa. Ce mécréant avait dit des énormités sur le sida lors du procès tapageur qu'on lui avait fait. Des bribes de scandales, des rumeurs sulfureuses relatives au président s'entrechoquaient dans sa tête. Il pensait aussi à Jessica. Depuis leur rencontre, un nœud au ventre ne l'avait pas quitté. Une boule faite de doutes et de culpabilité. Il n'avait pas réalisé qu'elle l'aimait. Ou avait-il voulu l'ignorer? Ils couchaient ensemble, pourtant. Et souvent. Mais il croyait qu'il n'était qu'un parmi tant d'autres.

Ne pouvant plus résister aux odeurs, Jérôme entra au restaurant Hunan, s'installa au comptoir et commanda une soupe sichuanaise. Il avait presque oublié Jessica et Jacob Zuma lorsque le souvenir de Gabriel se rappela à lui. Il était tard pour quitter le bureau, mais encore tôt pour sortir dans les bars. En attendant son repas, il composa le numéro de téléphone de l'étudiant.

«Salut, c'est Gabriel. Laissez-moi un message.»

Jérôme raccrocha. Il y avait du bruit dans la grande salle à manger. Des Chinois surtout, qui mangeaient après leurs heures de travail. Il rappellerait plus tard, de chez lui, et laisserait un message. On lui servit rapidement sa soupe. Elle était bonne et Jérôme l'avala en moins de deux. Pas question de s'éterniser. En payant la note, il demanda au serveur de lui appeler un taxi.

Sur la banquette arrière, quelques minutes plus tard, il regarda la neige tomber et fondre aussitôt jusqu'à ce que la voiture s'arrête devant les Cours Mont-Royal. C'est en payant la course qu'il repensa au tunnel, celui qui passait sous la montagne. Toute la journée, il avait envisagé d'aller y faire un tour, mais il avait repoussé l'idée. Quelque chose lui disait qu'il devait s'y rendre maintenant, malgré l'heure.

À peine eut-il mis les pieds chez lui qu'il se jeta sous la douche. Sa journée repassait en accéléré dans sa tête sans qu'il parvienne à retrouver l'ordre dans lequel les choses s'étaient déroulées. L'adrénaline coulait encore dans ses veines lorsque l'idée lui traversa à nouveau l'esprit. Il mettrait des heures à s'endormir s'il allait au lit tout de suite. Une marche lui ferait le plus grand bien. Les Promenades Cathédrale n'étaient qu'à deux pas. Pas de doute qu'on ouvrirait les portes à l'enquêteur chef s'il en faisait la demande. Il ne lui en fallait pas plus pour le convaincre.

Jérôme donna un coup de fil aux homicides, discuta un moment avec le vigile et demanda qu'on le mette en communication avec l'agent de faction dans les garages des Promenades. Il annonça son arrivée dans la prochaine heure, puis téléphona à la permanence de l'AMT. Après s'être présenté, il expliqua que son appel était en lien avec l'incident survenu dans les sous-sols de la Place Ville-Marie. L'homme à qui il parlait était au courant de l'affaire. Il savait aussi que Jérôme était le nouveau patron des homicides. Sa conversation avec François Belzile, le vice-président, avait fait grand bruit dans la boîte.

— J'ai une question, continua Jérôme. Peut-être pouvez-vous me répondre.

Le ton était cordial. Le type de l'AMT souhaitait l'aider.

— Le service entre Deux-Montagnes et le centre-ville de Montréal s'arrête à minuit, n'est-ce pas?

— C'est exact. Il reprend à trois heures trente.

— Très bien. C'est tout ce que je voulais savoir.

— C'est tout?

Jérôme s'excusa d'avoir appelé si tard mais ne mentionna rien de ses intentions. Moins on en saurait sur la visite qu'il s'apprêtait à faire, mieux ce serait. Il attrapa son nouvel imperméable, un peu chic pour l'occasion, et une vieille paire de bottes contrastant singulièrement avec sa tenue. Qu'à cela ne tienne, elles lui seraient bien utiles pour se déplacer sur les galets entre les rails. Il finit de les attacher dans l'ascenseur en déposant sa lampe torche par terre et enfonça une tuque sur sa tête pour se protéger de la neige. Jérôme avait une drôle d'allure lorsqu'il se présenta dans les garages des Promenades Cathédrale, mais l'agent à qui il avait parlé le reconnut tout de suite.

— C'est là-bas? demanda-t-il en pointant du doigt.

Le policier l'accompagna jusqu'aux rubans jaunes qui avaient été déployés au fond du garage. La scène de crime était limitée à ce secteur.

— Si vous devez aller dans le tunnel, proposa-t-il, je peux vous accompagner.

— Non merci, ça ira. Je n'en ai pas pour longtemps.

L'agent acquiesça sans faire de difficultés. Il avait affaire à l'enquêteur chef après tout. Pour le mettre dans le coup, Jérôme suggéra tout de même:

— Je préfère que vous restiez ici. Personne ne doit descendre. Je peux compter sur vous ?

L'agent hocha la tête et Jérôme s'éloigna en fouillant dans la poche de son imper. Il avait apporté un tournevis à tête carrée, juste au cas où. La porte n'était pas sous scellés, ce qui simplifia son travail. Il enfonça l'outil dans le trou, donna un coup de poignet doublé d'un coup de pied, et la porte s'ouvrit.

Une question le taraudait depuis sa première visite dans le tunnel avec O'Leary. Lors du supplice du pneu, la victime avait été amenée sur les lieux à partir de cette deuxième sortie de secours, située plus au nord sur la voie. Était-il possible qu'une troisième porte ait été utilisée, encore plus au nord ? Une manœuvre, en quelque sorte, pour brouiller un peu plus les pistes ? Jérôme s'avança sur le petit plateau longeant la voie. Identique à la sortie de secours sous la Place Ville-Marie, celle des Promenades Cathédrale était cependant moins éclairée. Il alluma sa torche électrique, emprunta l'échelle sur le côté gauche et descendit en faisant bien attention où il mettait les pieds. Ceux qui avaient brûlé un homme vif dans la salle 600 avaient non seulement le sens du spectacle, mais aussi une excellente connaissance de ce tunnel et de ses portes d'accès. Était-il possible qu'ils aient poussé l'audace jusqu'à s'enfuir par la sortie nord du tunnel située dans Ville Mont-Royal, de l'autre côté de la montagne ?

Jérôme progressait lentement sur les galets. Le choix des bottes était le bon. L'éclairage, en revanche, laissait à désirer. Il jonglait avec divers scénarios en balayant du rayon de sa torche les murs bétonnés du tunnel. S'il s'agissait d'une mise en scène émaillée de fausses pistes, la supposée bagarre devant la deuxième sortie de secours avait atteint l'objectif. Ils avaient perdu une journée dans les garages des Promenades Cathédrale à chercher des indices qui n'existaient pas. Ceux qui avaient fait le coup étaient peut-être sortis à l'autre bout du tunnel, à deux ou trois kilomètres de là. Mais comment avaient-ils fait leur compte ? À moins d'avoir un véhicule capable de rouler sur les rails, c'était impossible.

Jérôme marchait depuis dix minutes, échafaudant des hypothèses plus farfelues les unes que les autres, lorsqu'il perçut un changement. L'odeur n'était plus la même. Le tunnel était plus humide. Bientôt, les galets disparurent, cédant la place à un sol en béton. C'était le début du vieux tunnel, nettement plus étroit et beaucoup plus bas. Les murs suintaient, les traverses entre les rails étaient maintenant surélevées, ce qui rendait la marche plus laborieuse. Jérôme changea de rythme. Il se mit à enjamber deux traverses à la fois, en faisant une pause tous les vingt mètres. Pour quelqu'un d'autre, ce tunnel aurait été oppressant, angoissant. Lui s'y sentait bien. Il adorait ces endroits où personne n'allait jamais. Ses meilleures idées, il les avait toujours dans des corridors de métro, ceux qui sont interminables et déserts. Il les trouvait inspirants.

Il n'eut aucun flash cependant, cette nuit-là. Aucune idée géniale pour comprendre ce qui s'était passé dans la salle 600. Il pensa plutôt à sa mère. Florence était décédée depuis bientôt deux mois, mais il lui arrivait encore de la sentir à ses côtés, lui prodiguant des conseils. Sur son téléphone personnel, il appuyait parfois sur la touche de composition automatique de son numéro, par mégarde. Il entendait sa voix mais ne raccrochait pas, écoutant le message jusqu'à la fin. Et il la croisait dans ses rêves. Elle lui disait toujours la même chose : « Tu es aussi bien que n'importe qui, Jérôme ! Ne perds pas confiance. Tu vas réussir ! »

Le départ de Florence n'avait pas eu que de mauvais côtés. Pendant son agonie, au moment de sa mort et durant les semaines qui avaient suivi son décès, les repas et les petits cafés avec Gabriel s'étaient multipliés. Peu à peu, Jérôme avait appris à le connaître. Ce garçon était extrêmement branché, voire érudit pour son âge. Il avait lu des tas de livres dont lui-même n'avait jamais entendu parler. Sa tête était en bouillonnement constant et son sujet de prédilection était la politique internationale. Le policier apprenait toujours quelque chose lorsqu'ils s'aventuraient ensemble sur ce vaste terrain.

À quelques reprises, Jérôme avait tenté d'en apprendre plus sur sa famille. Voyait-il ses parents ? Qui étaient-ils ? Que faisaient-ils ? Chaque fois, Gabriel s'était défilé, trouvant un prétexte pour ne pas en parler. La conversation revenait immanquablement sur ses dadas. « L'Inde n'a toujours pas voté son projet de loi condamnant les crimes d'honneur ! » s'offusquait-il. Ou encore : « Ça fait trois ans qu'a eu lieu le tremblement de terre en Haïti et certains sinistrés vivent toujours sous des tentes ! »

Ce que Jérôme avait au départ considéré comme une responsabilité – être l'ange gardien du jeune homme pendant son deuil et l'attente du procès Dhankhar – s'était transformé en thérapie, autant pour l'un que pour l'autre. Ce rapprochement les avait aidés à faire leur deuil. Tout compte fait, Gabriel n'allait pas si mal. La mort de Rashmi l'avait mis K.-O., certes, mais il s'en remettait. Son retour aux études n'en témoignait-il pas ? Le choix de la philo restait une énigme pour Jérôme, d'autant que le principal intéressé n'était pas très bavard sur le sujet, mais cela n'avait aucune importance. Il s'était remis en selle. C'est tout ce qui comptait.

Jérôme marchait depuis près d'une demi-heure lorsqu'il vit quelque chose bouger sur la droite. Il pointa son faisceau lumineux. Un gros rat bien dodu était penché sur une flaque d'eau, à la droite des rails, et s'abreuvait. Ses yeux rouges étaient effrayants. Sans doute aveuglé par la lumière, il s'était arrêté et ne bougeait plus. Jérôme s'immobilisa sur une traverse. À l'endroit où se trouvait le rongeur, il y avait un affaissement de béton sur deux mètres. Un trou devenu avec le temps un point d'eau pour la vermine. Depuis qu'il marchait dans la vieille partie du tunnel, il n'avait rien vu de tel. Il détourna le rayon de sa torche vers le fond du souterrain, et le rat lui faussa compagnie.

Jérôme continua sa marche nocturne sur cinq cents mètres encore, essayant d'évaluer où il pouvait bien être rendu. Sous le point culminant de la montagne peut-être? Et là, subitement, il se rendit compte qu'il se mentait à lui-même. S'il était là, ce n'était pas parce qu'il poursuivait une piste, mais bien parce qu'il aimait les tunnels et qu'il était toujours ravi d'en découvrir un nouveau. Même s'il se rendait jusqu'à l'autre bout, il ne trouverait pas d'autres sorties de secours, pour la simple raison qu'il n'y en avait pas. On n'en avait pas prévu à l'époque. Quant à l'hypothèse que les meurtriers se soient enfuis vers le nord, c'était pratiquement exclu. Beaucoup trop loin.

Immobile entre les rails, prêt à rebrousser chemin, Jérôme reprenait son souffle lorsqu'il sentit une vibration sous ses pieds. Il y prêta peu attention d'abord, mais la sensation s'accentua. Incertain, il mit un pied sur le rail. Pas de doute possible, un train venait. Il baissa le rayon de sa torche, tendit l'oreille et entendit le bruit grinçant des roues d'acier. Désemparé, il s'agenouilla et colla son oreille sur le rail. Même bruit d'acier sur acier, amplifié cette fois. Jérôme éteignit sa lampe et fixa le noir en direction du sud. Il y avait bien un faisceau lumineux.

Minuscule, certes, mais ç'en était un. Celui du projecteur frontal d'une locomotive. Affolé, il évalua la distance entre les rails et les murs latéraux du tunnel. Pas assez d'espace pour s'y coucher sans être frappé par les marchepieds des wagons.

Jérôme pensa alors au trou dans le béton aperçu un peu plus tôt. La dépression du sol suffirait à le mettre à l'abri. Sans hésiter, il se mit à courir vers le train, espérant atteindre le trou avant lui. La locomotive s'approchait tel un cyclope dans la nuit et Jérôme sautait d'une traverse à l'autre, conscient que s'il glissait c'était la fin. Combien de temps avait-il marché après avoir croisé le rat? Cinq minutes, dix minutes? La silhouette de l'engin se découpait de plus en plus clairement au bout du tunnel. Jérôme pointa le rayon de la torche vers la gauche. Trente ou quarante mètres plus loin, il aperçut le trou. C'était jouable. Il fit un sprint, volant littéralement sur les derniers mètres, mais dans l'empressement, son pied heurta le rail. Il perdit l'équilibre, mais pas le sens de l'orientation. Le trou était à sa gauche. Il devait coûte que coûte s'y jeter. Le train était si près que tout tremblait dans le tunnel. Jérôme fit de son mieux pour orienter sa chute et ferma les yeux.

Il atterrit dans l'affaissement du sol, qui était moins profond qu'il l'avait cru. Il avait battu la locomotive, mais à quel prix! Il éprouva une douleur aiguë au côté droit. Le côté de son bras atrophié. Jamais il n'avait ressenti une telle chose. Et encore moins en dessous du coude. Une sensation étrange qui en même temps lui faisait du bien. Difficile à expliquer. Sa mère l'avait tellement protégé, tellement couvé, enfant, qu'il avait échappé à ce genre de blessure. À l'école de police, il y avait eu quelques accrochages, mais rien de comparable à la brûlure lancinante qui l'envahissait et irradiait jusqu'à l'épaule. Jérôme plongea la tête sous l'eau avant qu'un marchepied le frappe. Un bouillonnement furieux gronda dans ses oreilles. Un train lui passait sur le corps ! Au bout d'un moment, il releva la tête, s'essuya les yeux et chercha à voir. Les terribles marchepieds passaient à vingt centimètres au-dessus de lui dans un bruit infernal. Il prit une grande inspiration et replongea la tête sous l'eau.

Combien de wagons y avait-il ? Pourquoi le train roulait-il si lentement et que faisait-il là à cette heure ? Impossible de trouver la réponse à ces questions la tête sous l'eau, dans un vacarme semblable. Et ça ne finissait plus. Lorsqu'une deuxième fois il redressa la tête, le train passait toujours. Le wagon de queue devait approcher puisqu'une lumière bleuâtre gagnait le tunnel. Jérôme remarqua alors deux points rouges à quelques centimètres de lui. Il plissa les yeux et constata que c'était un rat. Probablement celui qu'il avait croisé un peu plus tôt. Il était tout près de son visage, fuyant lui aussi le train en s'immergeant dans l'eau. Sa tête était énorme. Jérôme eut un geste de recul et faillit se relever, mais pensa aux marchepieds qui continuaient de défiler. Il remit sa tête au niveau de l'eau, le plus loin possible du rongeur, et le fixa pendant ce qui lui parut une éternité. La bestiole aurait-elle décidé de lui sauter au visage qu'il n'aurait pu se défendre. La peur lui faisait oublier la douleur à son bras. Le wagon de queue passa enfin et le rat, qui visiblement avait l'habitude, sortit de l'eau, sauta par-dessus les rails et disparut.

Tétanisé, Jérôme mit un bon moment avant de se relever et de regarder par-dessus son épaule. La lumière du train s'éloignait. Il chercha sa torche, qu'il trouva dans l'eau. Elle était hors d'usage. Une décision s'imposait. Tant que le dernier wagon éclairerait le tunnel, il y verrait assez clair pour revenir sur ses pas. Dégoulinant, Jérôme sortit du trou, remonta sur les traverses et partit vers le sud d'un pas rapide. Sur une centaine de mètres, il se pressa, puis au loin il aperçut une lueur. C'était la nouvelle section du tunnel ferroviaire, qui était éclairée. Lorsqu'il l'atteindrait, il ne mettrait pas plus de dix minutes à regagner la sortie de secours. Pour oublier ce qu'il venait de vivre, il se rappela que ses promenades solitaires dans les sous-sols de la ville avaient l'habitude de l'inspirer. Il fallait espérer que ce soit le cas, une fois encore.

7

Elle prenait le petit déjeuner chez Beauty's, au coin des
rues Saint-Urbain et Mont-Royal. Quand Jérôme lui
avait dit qu'il voulait la voir, elle n'avait pas paru surprise. Elle lui réserverait une place sur la banquette voisine de la sienne en y déposant son imperméable. Le
code habituel. Jérôme n'avait pas discuté. Son bras lui faisait encore mal, ce qui le rendait irritable. Tout comme
le froid humide qui avait embrassé la ville. Un froid à
briser les os. Il était venu en métro, même s'il savait
que le réseau souterrain jouxtant le métro Mont-Royal
était pauvre. Beauty's était plus à l'ouest. Il avait traversé trois pâtés de maisons, peut-être quatre, dans ce
froid de canard, vêtu de son vieil imper, nettement moins
chaud que le nouveau mais beaucoup plus présentable.
Après la rue Saint-Denis, il leva les yeux et chercha le
nom des rues. Arrivé à l'avenue Coloniale, il se demanda
s'il ne s'était pas trompé mais se ravisa en atteignant le
boulevard Saint-Laurent. Le restaurant était encore à
deux coins de rue, mais heureusement son bras atrophié, engourdi par le froid, lui faisait moins mal. Il aurait
pu prendre la voiture de fonction, se faire conduire. Et
même demander qu'on fasse nettoyer son imperméable.

Toutefois, il préférait garder son aventure dans le tunnel pour lui-même. Tout comme cette rencontre avec Jessica, d'ailleurs.

À six heures dix-huit, il passa sous le néon rose pâle du Beauty's, entra dans la salle à manger et balaya la pièce du regard. Il y avait du monde malgré l'heure matinale, mais il repéra tout de suite Jessica, au fond dans un coin tranquille. Son imperméable rouge était déposé sur la banquette voisine, comme convenu. S'approchant, il se pencha et demanda poliment :

— Pardon, est-ce que cette banquette est prise ?

Jessica lisait les pages immobilières du journal. Elle prit son imper, le glissa tout près d'elle, gratifia l'enquêteur chef d'un sourire et se remit à lire. Jérôme s'installa sur la banquette, ouvrit lui aussi son quotidien et se cacha derrière. Une serveuse l'avait repéré. Elle s'approcha, une cafetière fumante dans les mains :

— Un petit remontant, monsieur ?

Il acquiesça et commanda tout de suite. Deux œufs pochés, des rôties et de la confiture. La femme, bien en chair, gribouilla sur son calepin et s'éloigna. Jérôme releva son journal et murmura à l'intention de Jessica :

— Je suis vraiment désolé pour ce qui est arrivé. Si j'avais su que tu tenais autant à moi…

Elle n'eut pas la moindre réaction. Jérôme passa la main sur son bras et fit la grimace. À la chaleur, la douleur était revenue. Il prit une gorgée de café.

— C'est pour me dire ça que tu es venu ? dit-elle finalement.

— C'est important. Je ne pensais pas que… enfin, que toi et moi…

Jessica baissa légèrement son journal. Elle attendait la suite. Jérôme détourna les yeux et regarda un moment du côté de la salle. Personne ne leur prêtait attention. Il prit bien son temps.

— Je n'avais pas réalisé que tu étais amoureuse.

Jessica releva son journal et en tourna ostensiblement les pages. La serveuse venait vers eux avec le petit déjeuner de Jérôme. Feignant de s'intéresser à un article, elle attendit que l'employée reparte avant de dire :

— À propos des Sud-Africains, j'ai eu deux ou trois conversations. À mon avis, tu es dans le champ ! Ils ne sont en bagarre avec personne. Cherche ailleurs.

— Ah oui ? s'étouffa Jérôme en avalant la moitié d'un œuf poché.

— J'irais plutôt voir du côté des Haïtiens. Il y a des chances que ce soit eux.

Jérôme en perdit l'appétit. Contrarié par les propos de Jessica, il aurait voulu discuter, défendre son point de vue. Mais ce n'était pas l'endroit. Elle ne lui parlait plus, de toute façon. Elle faisait les mots croisés. Il la regarda en silence. Quel gâchis ! Jess, comme il l'appelait parfois, était d'une élégance troublante. Une femme parfaite. Voilà pourquoi il ne s'était rendu compte de rien. Elle était trop bien pour lui. Inaccessible, même quand ils avaient une liaison. Sans réfléchir, il frotta à nouveau son bras atrophié en grimaçant.

— Il t'est arrivé quelque chose ?

— C'est rien. Je suis tombé.

— Tu as vu un médecin ? Si ça te fait mal, soigne-toi !

Ces bons conseils furent ses derniers mots. Jessica se leva, laissa un généreux pourboire et se faufila entre les tables en repliant son journal. Elle s'arrêta pour payer à la caisse puis sortit sans regarder derrière elle. Jérôme prit aussitôt son téléphone pour demander à Martine d'envoyer la voiture de fonction. Ils échangèrent quelques banalités, puis il repensa à Jessica en raccrochant. Elle avait été froide et distante pendant leur brève rencontre. Campée dans son rôle d'indicatrice, même s'ils n'avaient eu aucune entente, même s'il ne l'avait pas ajoutée à la liste. Pour quelqu'un qui disait l'avoir beaucoup aimé, c'était troublant. Lorsqu'elle lui avait déclaré que les Haïtiens étaient derrière le coup plutôt que les Sud-Africains, elle avait même semblé prendre plaisir à son désarroi. Le chauffeur s'annonça alors que Jérôme réglait son addition. Il sortit rue Saint-Urbain, fit quelques pas sur le trottoir enneigé et se glissa sur la banquette arrière de la voiture.

— Bonjour, enquêteur chef!

Jérôme crut d'abord qu'il avait mal entendu. Il y avait quelque chose de forcé dans le ton. Il chercha le regard de Greg dans le rétroviseur. Celui-ci haussa les épaules.

— C'est ça, non? Enquêteur chef?

Jérôme réprima un sourire en trouvant les grands journaux, dans les deux langues, sur la banquette près de lui. L'idée était de Lynda, comme le «Bonjour» du chauffeur, sans doute.

— Au quartier général, fit-il en prenant *The Gazette*.

Il trouva les pages judiciaires et lut les grands titres, comme son ex-patronne devait le faire chaque matin. Pas une minute de perdue. Comme ça, lorsque Nathalie Blum lui tomberait dessus, il saurait que John LeBreton n'avait pas écrit d'article ce jour-là, par exemple. Ou que nulle part on ne parlait de lui ou du supplice du pneu survenu à la Place Ville-Marie.

Jérôme avait fait le tour des journaux lorsque Greg le déposa aux homicides. Il s'engouffra dans l'immeuble et, par coquetterie, enleva son vieil imper avant de traverser la salle commune. Il portait un nouveau costume, que Jessica n'avait même pas remarqué ce matin. Un costume sombre avec une cravate noire, comme s'il allait à un enterrement. O'Leary et Blanchet n'étaient pas à leur bureau. Il salua Martine en se dirigeant vers le sien.

— M. Zehrfuss vous attend, eut-elle le temps de dire.

En ouvrant la porte, Jérôme s'arrêta net. Le pathologiste, aussi sombre que son costume, alignait des sacs de plastique contenant des dents et des os sur le bureau. Trois rangées bien serrées. Zehrfuss se retourna, l'air grave.

— C'était une messe vaudoue. Et ces gens étaient des *Hoodoos*.

Le médecin semblait envoûté, complètement pris par ce qu'il disait.

— C'est une minorité extrémiste. Adoration des esprits maléfiques, orgies, sacrifices humains, ce genre de choses.

Jérôme contourna le bureau et se glissa dans son fauteuil. Il n'était pas certain de vouloir entendre cela. D'autres pistes étaient privilégiées pour l'instant, dont la sud-africaine, quoi que lui en dise Jessica. Comment Zehrfuss pouvait-il parler avec tant d'assurance ? Le spécialiste se mit à marcher devant lui en se tenant la tête, comme s'il cherchait à mettre de l'ordre dans ses pensées.

— On dit que soixante pour cent des Haïtiens vivant à Montréal pratiquent le vaudou. Ils sont pour la plupart des *Radas*, pratiquant un vaudou traditionnel. Beaucoup plus inoffensif.

— Pourquoi tu me dis ça ? Qu'est-ce que tu as comme preuve ?

Le pathologiste s'arrêta devant le bureau et contempla les pièces à conviction qu'il avait apportées. À la lumière de ce qu'il avait découvert depuis leur dernière rencontre, le scénario se précisait. Il résuma :

— J'ai passé la moitié de la journée d'hier dans le garage des Promenades Cathédrale à recueillir des échantillons de sang. À mon avis, l'affaire se joue à deux endroits, exactement à la même heure. Au sixième sous-sol de la Place Ville-Marie, d'abord. Un peu avant minuit, hors de portée des caméras de surveillance, des voitures se rangent de façon ordonnée autour de la porte donnant sur la salle 600. Des gorilles sont chargés de la sécurité. Dans une ambiance de marché agricole, une trentaine de personnes se préparent à entrer dans l'ancien bunker. Au milieu du brouhaha des conversations et des éclats de rire, les invités brandissent des poules, des oiseaux rares et même une chevrette. Il y a des crapauds et un serpent en cage. Chacun trimbale ses grigris. Des poils de singe, des coquillages broyés, des cierges aussi. Beaucoup de cierges.

— Ce n'est pas le travail d'un pathologiste, ça. Ce sont les échantillons que Blanchet a récupérés.

— Si j'ai bien compris, elle n'est plus sur le dossier. Il n'y a que vous et moi. J'ai fait des recoupements.

Jérôme ignorait ce qu'il voulait dire mais lui fit signe de continuer.

— J'ai assisté plusieurs fois à ces cérémonies, à ces messes noires. Le phénomène m'intéresse. Le vaudou est une religion reconnue en Haïti.

Jérôme regrettait de lui avoir confié qu'ils faisaient équipe. Zehrfuss l'avait pris au mot et débordait largement le cadre de ses compétences. Il se lança dans une tirade divertissante, certes, mais qui n'avait rien à voir avec l'art de faire parler les morts.

— C'était une messe vaudoue, répéta-t-il. L'ambiance était festive. Il y avait des tambours qui donnaient le rythme. Ça se passe toujours un peu de la même façon. En point d'orgue, à la fin de la soirée, la *mambo*, la prêtresse, offrira un sacrifice de son cru. Il y a un pneu dans un coin au fond de la salle. Personne n'y prête vraiment attention, pas plus qu'ils ne se rendent compte que la *mambo* qui les accueille est une *Hoodoo* et non une *Rada* comme eux. Comment savoir ? Au même moment, dans le garage souterrain des Promenades Cathédrale, quatre cents mètres plus au nord, deux hommes descendent d'une voiture qui vient de se ranger près de la sortie de secours du tunnel ferroviaire. On sort une valise et une glacière du coffre de la voiture, et on traîne le tout vers une porte sans poignée. Ces gens savent ce qu'ils font. Ils sont venus là auparavant. L'un d'eux introduit un tournevis à tête carrée dans l'étroite fente qui fait office de serrure. Un tour de poignet et la porte s'ouvre. Ils jettent la valise et la glacière de l'autre côté, et reviennent vers la voiture chercher un homme aux mains liées. Peau d'ébène, cheveux poivre et sel, une cinquantaine d'années. Il est déjà drogué lorsqu'il se retrouve sur la plateforme surplombant la voie ferrée. Il a l'estomac en feu.

Le pathologiste était revenu dans ses terres. L'estomac du mort avait parlé. Jérôme le nargua.

— Il est quelle heure à ce moment-là ?

Zehrfuss ne connaissait pas la réponse. Il balbutia quelque chose d'à peine audible.

— Après minuit. Ça n'a pas d'importance.

— Si ! Ça en a beaucoup. Il est plus de minuit vingt.

— Pourquoi minuit vingt ? demanda-t-il, intrigué.

— Le service de train de banlieue s'interrompt à minuit à la gare Centrale. Mais il faut ramener le train à Deux-Montagnes, d'où il repart à trois heures trente. Il repasse donc en direction du nord à minuit vingt.

Zehrfuss avait perdu de sa superbe. Conscient qu'il ne pouvait dire n'importe quoi, il reprit son récit, en parlant au conditionnel cette fois.

— Sauf erreur, il y aurait eu une quatrième personne dans la voiture. La *mambo*. Celle qui excite les gens dans la salle 600 n'est qu'une *hounci*, une assistante. Elle réchauffe l'auditoire en attendant l'arrivée de la prêtresse.

Tout cela devenait compliqué. Et hypothétique surtout.

— Résumons, reprit Jérôme. Le type ligoté est sur le plateau devant la voie ferrée. Il y a une valise, une glacière et deux fiers-à-bras. La prêtresse les rejoint. Mais qu'est-ce qu'ils font ? Où vont-ils ?

— Ils s'habillent, d'abord. Ils se préparent pour la messe noire, qui est déjà commencée dans les garages de la Place Ville-Marie, à quatre cents mètres de là. La *mambo* passe une tunique et une étole qui lui descendent jusqu'aux pieds. Elle met un chapeau en pointe qui lui cache le visage : seules des fentes horizontales à la hauteur des yeux lui permettent de voir. Les fiers-à-bras, comme vous les appelez, s'habillent eux aussi. Leurs tuniques sont moins élaborées, moins ostentatoires. Ce sont des servants de messe, si on veut. C'est alors que l'un d'eux ouvre la glacière et en sort un thermos. Il en retire le couvercle et le tend à la *mambo*, pour qu'elle fasse boire le supplicié. L'homme…

Jérôme l'interrompit :

— Celui qui avait un diastème ?

Zehrfuss acquiesça.

— C'est ça. Le type qui a un diastème et qui est à moitié drogué a un regain de vie. C'est l'énergie du désespoir. Il sait ce qui va lui arriver s'il boit cette mixture.

— Alors ils le battent ?

— Absolument ! Ils le battent et il y a du sang partout. L'homme tombe même de la plateforme, mais on finit par lui faire avaler le contenu du thermos.

— C'est là qu'il perd son bracelet, celui sur lequel sont inscrites les lettres A, N, C.

— Le bracelet appartient peut-être à l'homme au diastème, mais peut-être aussi à un des deux autres. Difficile à dire, bien que le sang trouvé dessus soit celui du supplicié.

— Et ce cocktail? De quoi s'agit-il?

— Un mélange de bien des choses. Des feuilles d'acajou, des racines de mandragore, une décoction de lierre, ce qui semble être de la peau de tarentule et des orties broyées, le tout dans du jus d'orange.

— Il avait tout ça dans l'estomac?

— Tout ça dans l'estomac, répéta Zehrfuss. Malgré le feu, la composition chimique est demeurée identifiable. Le centre du brasier, comme je l'ai dit, est resté relativement intact.

Jérôme siffla. Regardant de plus près les sacs de plastique, il vit bien qu'il n'y avait pas que des cendres. Il s'arrêta sur l'un d'eux.

— Mandragore?

— C'est une plante hallucinogène. On trouve dans ses racines de la scopolamine, qui, à forte dose, peut tuer un homme. J'en ai découvert des traces de la plateforme aussi. Dans la bagarre, le thermos a dû se renverser.

— Continue, lança Jérôme, expéditif.

— Après avoir ingurgité cette bouillie, le type devient un zombie. Un mort-vivant. Son cœur bat très faiblement. Il ne respire à peu près plus.

— Les deux fiers-à-bras doivent donc le soutenir, suggéra Jérôme. S'il ne tient plus sur ses pieds, ils doivent le porter jusqu'à la Place Ville-Marie, qui n'est pas à côté. Toute une marche sur les traverses entre les rails.

— Cela ne fait que les exciter davantage. Ce soir, c'est une fête *hoodoo*. Ceux qui dansent là-bas, ceux qui sont en transe, ne le savent pas encore. Quelle surprise ils vont avoir en les voyant arriver avec un zombie! Un grand spectacle!

— Aboutis, Zehrfuss. Tu as des hypothèses, mais rien de concret… à part l'estomac et ce machin de mandragore.

— C'est vrai. Mais c'est comme ça que ça s'est passé.

— Vas-y! Termine.

— La porte de la sortie de secours, celle où on a trouvé du sang, a intentionnellement été laissée ouverte. La fête est bien engagée lorsque la *mambo* et les deux fiers-à-bras soutenant le zombie arrivent. Quelqu'un lance une bombe fumigène, dont on a retrouvé les restes, d'ailleurs. La *mambo*, la vraie, fait son entrée en traversant un mur de fumée. Le spectacle est impressionnant. Devant elle, trente *Radas* exaltés, des femmes en transe et des danseurs qui tournent et qui tournent. Au rythme des tambours de plus en plus assourdissants, la *mambo* assiste les adeptes, l'un sacrifiant un oiseau, l'autre une grenouille. Le zombie, qui attend dans la petite salle, va mourir, mais personne ne le sait pour l'instant.

— Il est quelle heure? demanda à nouveau Jérôme.

Zehrfuss l'ignora. Il ne voulait surtout pas s'aventurer sur ce terrain.

— La fête dure au moins deux heures, se contenta-t-il de dire. Deux heures pendant lesquelles ils égorgent, éviscèrent, trucident tout ce qui leur tombe sous la main, dans une sorte de crescendo. Le délire atteint son paroxysme lorsque, soudain, on va chercher le zombie qui attend dans la pièce voisine, un sac de jute sur la tête. On lui passe le pneu autour du cou, mais chez les *Radas*, personne ne croit qu'on va réellement y mettre le feu. Tout cela, c'est du spectacle. Et quel spectacle! Mais voilà que le zombie bouge. L'effet de la scopolamine s'atténue et les fiers-à-bras s'agitent. Le temps est venu de passer à l'action et c'est la *mambo* qui donne le signal en levant la main. Lorsqu'on voit un des *hounci* vider un bidon d'essence sur la tête du zombie, c'est la consternation chez les *Radas*.

— Il est donc entre deux heures et demie et trois heures moins quart, précisa Jérôme. S'il faut faire vite, c'est parce que le train venant de Deux-Montagnes est sur le point de passer, et que la *mambo* et ses hommes ne pourront regagner les Promenades Cathédrale d'où ils sont partis.

Le pathologiste fit une pause, considéra les propos de Jérôme et acquiesça.

— Peut-être. L'urgence, c'était peut-être le train. Mais peu importe.

Il se tourna vers sa valise à roulettes et en sortit une image. Le triangle du Saint-Esprit.

— Dans le fatras qu'ils ont laissé derrière, il y avait ça !

Jérôme prit le dessin que lui tendait le pathologiste et se rappela instantanément son enfance, et plus particulièrement les cours de catéchèse. Le triangle du Père, du Fils et du Saint-Esprit avec un œil au milieu avait un coin déchiré.

— On l'a trouvé devant le brasier, lui expliqua Zehrfuss.

— Et ?

Le pathologiste haussa les épaules, comme si Jérôme venait une fois de plus de le prendre en défaut.

— Bon, ce n'est peut-être pas avec l'image que la *mambo* a donné le signal, et c'est peut-être à cause du passage du train qu'il y avait urgence, mais le zombie prend feu et les *Radas* sont sous le choc. Certains croyaient toujours que c'était un truc, mais ils déchantent rapidement ! Le caoutchouc dégage une fumée noire et étouffante en brûlant. Tout à coup, c'est la panique. Ou bien on fuit, ou bien c'est l'asphyxie. Voilà ce qui s'est passé.

Zehrfuss se tut. Il n'avait rien d'autre à dire. Tirant sa valise vers lui, il remballa ses sacs de plastique – le contenu de l'estomac de la victime principalement – sans lever les yeux vers Jérôme, aussi circonspect qu'au début de la rencontre. Tant de questions subsistaient. Qui était cette *mambo*? Pourquoi les *Radas* étaient-ils venus à cette cérémonie, à ce sacrifice officié par des *Hoodoos*? Et surtout, qui était la victime?

— Je ne comprends pas ce coup d'éclat, ajouta le pathologiste en refermant sa valise. Soit ils veulent passer un message, soit c'est une affaire de vengeance. Mais le supplice du pneu à Montréal, c'est fort!

Jérôme lui donnait raison sur ce point, tout de même. Si ces sorciers, quelles que soient les raisons qui les motivaient, avaient eu l'audace de faire un tel spectacle à la Place Ville-Marie, il n'était pas impensable qu'ils récidivent ou que quelqu'un cherche à les imiter. Voilà pourquoi il tenait à garder cette affaire loin des médias. Moins on en parlerait, moins ça donnerait des idées aux autres.

— J'attends d'autres résultats, poursuivit-il en sortant. Mais tant que vous n'aurez pas une piste ou des noms, ça va être difficile de prouver quoi que ce soit.

— Si j'ai un conseil à te donner, lui renvoya Jérôme, continue à faire parler les morts. Je m'occupe des hypothèses.

— Bien sûr, bien sûr, fit Zehrfuss en se retirant.

Jérôme attendit que la porte se referme avant de frotter son bras atrophié. La douleur était revenue en force pendant la rencontre, mais il n'avait rien laissé paraître. C'était vraiment nouveau, ce mal. Et il repensa au rat. Son moignon était peut-être infecté. Encore un problème! Rien n'allait comme il aurait voulu depuis qu'il avait remplacé Lynda. Il avait passé les premières quarante-huit heures de son enquête – les plus importantes – à chercher midi à quatorze heures ! Sans donner le bon Dieu sans confession à Zehrfuss, Jérôme admettait que son hypothèse se tenait nettement plus que celle de l'ANC. Mais ces histoires de zombies et de vaudou lui donnaient froid dans le dos. C'était trop extravagant pour lui !

Au même moment, son téléphone sonna. Il allait rejeter l'appel lorsqu'il reconnut le numéro de Gabriel. Il répondit d'une voix chaleureuse :

— Salut, Gabriel !

— Tu as vu l'article dans le *Métro* ?

Égal à lui-même, il faisait dans l'économie de mots.

— Quel métro ?

— Le journal *Métro*, précisa-t-il. Il y a un article sur Dhankhar.

Jérôme n'avait pas trouvé d'exemplaire du quotidien gratuit sur la banquette de sa voiture de fonction. On ne parlait pas de Sanjay Singh Dhankhar dans les journaux qu'il avait consultés.

— On peut se voir vers onze heures trente ? continua Gabriel.

— Le téléphone, c'est pas suffisant ?

— Ça peut être midi, si tu es coincé. Métro Longueuil, comme la dernière fois.

— Midi trente alors.

— C'est bon ! Midi trente. Ciao !

Et la ligne fut coupée. Jérôme referma son téléphone en pensant qu'il serait évidemment question de l'appartement de sa mère, ce qui était embêtant. Il n'avait encore rien décidé à ce sujet.

***

En descendant du métro à la station Longueuil, Jérôme prit bien son temps dans le grand escalier. Il monta les marches sans se presser, s'arrêta au kiosque à journaux, comme il le faisait auparavant lorsqu'il venait voir sa mère, et se rappela brusquement un rêve qu'il avait fait la nuit précédente. John LeBreton le poursuivait dans le tunnel sous la montagne. Celui que Nathalie Blum avait décrit comme un type sympathique entretenant des relations cordiales avec Lynda Léveillée avait les yeux rouges, comme ceux du rat qu'il avait croisé la veille. Jérôme sortit du kiosque sans rien acheter. La grande place vitrée du pavillon universitaire était noire de monde à cette heure. Un curieux mélange d'étudiants, d'utilisateurs des transports en commun et de piliers de bistro. Jérôme s'avança en regardant à gauche et à droite. Gabriel l'attendait à leur place habituelle, un sandwich à la main. Il y en avait un deuxième sur la table devant lui.

— Je l'ai pris au jambon, aujourd'hui. Tu aimes le jambon, non?

Dévorant le sandwich des yeux, Jérôme se glissa sur la banquette et lui sourit.

— C'est bien de me nourrir comme ça!

Gabriel était aussi affamé que lui, mais il l'avait attendu. Sans façon, Jérôme déballa son sandwich tandis que Gabriel prenait sa première bouchée. Ils mangèrent en silence, leurs regards se croisant quelquefois. En moins de deux, tout était avalé. Jérôme croyait le festin terminé lorsque Gabriel sortit un troisième sandwich de sa besace.

— Le dessert! annonça-t-il. Il est aux tomates, celui-là.

Après l'avoir partagé en deux, il en offrit la moitié à Jérôme, qui sembla hésiter avant de le prendre.

— Tu travailles sur quoi en ce moment ? demanda le jeune homme.

Lors de leurs rencontres, tout au long de l'automne, ils avaient souvent parlé d'enquêtes. Celles que Jérôme avait menées avant qu'ils se connaissent. C'était pour ne pas tomber dans le vif du sujet. Leur deuil respectif. Pour se divertir, en quelque sorte. Mais cette fois, la question était au présent.

— Je n'en parle pas. Je ne peux pas discuter d'enquêtes en cours.

— Tu ne me fais pas confiance ?

Gabriel attendait une réponse qu'il était certain d'obtenir en continuant de le dévisager. Jérôme réprima un sourire. Quelle tête il avait ce garçon ! Quel caractère ! Ils terminèrent leur sandwich sans se dire un mot, s'essuyèrent la bouche, échangèrent quelques banalités, puis Jérôme appuya son coude sur la table. À voix basse, il susurra :

— Je suis sur une affaire de vaudou.

Gabriel fut tout de suite intéressé. Spontanément, il demanda :

— Il est arrivé un truc chez les Haïtiens ?

— Pourquoi tu dis ça ?

— Si tu enquêtes sur le vaudou, tu enquêtes chez les Haïtiens. Les trois quarts d'entre eux le pratiquent.

— Soixante pour cent, peut-être ?

— Je peux vérifier si tu veux.

Gabriel avait déjà une main sur sa tablette électronique. Jérôme l'arrêta.

— Dis-moi plutôt comment tu sais ça.

— J'ai un chum. Un Haïtien. Il est cool. Alors, tu y as repensé pour l'appartement de ta mère ? Je ne dérangerai pas.

Jérôme était habitué à ces coq-à-l'âne. Il arrivait souvent qu'il parle d'une chose avec Gabriel et que celui-ci change brusquement de sujet. C'était comme ça dans sa tête bouillonnante.

— Depuis sa mort, commença-t-il, je n'y suis pas retourné. Il y a trop de souvenirs là-haut. Demande-moi autre chose. De l'argent, si tu veux...

— Mais pas l'appartement de ta mère.

Jérôme baissa les yeux. Il n'avait pas eu beaucoup de temps pour y penser, mais son instinct lui disait que laisser l'appartement à Gabriel était une mauvaise idée.

— Même si je n'utilise que le salon et la cuisine?

Jérôme appréhendait sa réaction. Déjà, il l'entendait dire : «Tu as deux maisons dont une qui est vide et tu me refuses l'hospitalité! Mais quelle sorte d'ami es-tu?»

— Un jour ou l'autre, lui renvoya plutôt Gabriel, tu vas devoir y retourner, dans cet appartement. Cela fait partie du deuil, non? Apprivoiser la disparition, l'absence...

Jérôme n'avait pas cru que Gabriel ferait appel à ses sentiments. L'étudiant avait pourtant un argument solide. La visite de l'appartement de Florence faisait partie du processus de guérison, ce pour quoi ils se voyaient depuis quelque temps.

— C'est juste à côté, insista-t-il. On monte faire un tour? Ce serait cool que je puisse t'aider là-dedans.

— M'aider? s'étonna Jérôme.

— Si j'habite là un bout de temps, tu vas venir, tu vas passer me voir... et tu vas apprivoiser les lieux.

Gabriel développa son raisonnement avec un certain panache pour en arriver à la conclusion que lui refiler l'appartement équivalait à poursuivre leur thérapie. Jérôme aimait l'audace de ce garçon! Défendre une idée pareille sans sourciller, sans détourner le regard était en soi un exploit.

— Très bien, fit-il en consultant sa montre. J'ai un peu de temps. Allons voir. Mais en chemin, j'aimerais que tu me parles de ton ami.

— Mon chum haïtien ? Tu veux savoir quoi ?

Jérôme se garda bien de répondre. Ils jetèrent leurs serviettes de table dans la poubelle en passant et quittèrent le pavillon par l'allée centrale. Regagnant le métro, ils empruntèrent le passage vers le Port-de-Mer et traversèrent le grand hall en bavardant. Le copain de Gabriel s'appelait Désiré. Orphelin, il était arrivé au pays lorsqu'il avait six ans, recueilli par un oncle chauffeur de taxi et sa femme. À l'adolescence, il avait assisté plusieurs fois à des cérémonies vaudoues. Ses parents adoptifs étaient des *Radas*, comme tous les Haïtiens qu'ils connaissaient, d'ailleurs. Ces rassemblements étaient colorés et parfois même excentriques, mais jamais violents.

Gabriel était étonnamment bien informé. Désiré et lui avaient beaucoup parlé de ces rituels. Jérôme en aurait appris davantage si l'échange s'était poursuivi dans l'ascenseur, mais ils n'étaient pas seuls. Deux voisins de palier de sa mère, qu'il n'avait pas vus depuis le décès de celle-ci, les avaient rejoints au moment où les portes se refermaient. Ils lui avaient offert leurs condoléances avant de le surprendre en demandant :

— Est-ce que vous comptez vendre l'appartement de votre mère ?

Peut-être ne le savaient-ils pas, mais Florence était locataire. Il allait le leur dire lorsque les portes de l'ascenseur s'ouvrirent.

— Si jamais vous vous décidez, lui lança la femme en sortant, nous habitons juste à côté et ça pourrait nous intéresser.

Jérôme la regarda d'un drôle d'air.

— Pourquoi ils disent ça ? Elle était propriétaire, ta mère ? s'étonna Gabriel.

Jérôme ne sut quoi répondre. Florence était bien capable de lui avoir caché cela aussi. Il haussa les épaules sans répondre et ouvrit la porte. L'odeur de renfermé lui serra la gorge. Une bouffée de nostalgie. Voulait-il revoir cet endroit ? Gabriel se faufila derrière lui.

— C'est beaucoup mieux que ce que je pensais, décréta-t-il en se dirigeant vers la porte-fenêtre donnant sur la terrasse.

Jérôme était toujours dans l'entrée. L'odeur le tuait. C'était celle de sa mère. On aurait dit qu'elle y était, dans la pièce voisine peut-être. L'angoisse. Gabriel, en revanche, ne cessait de se pâmer devant la vue sur le Saint-Laurent.

— Je pourrais déplacer deux ou trois meubles. Bloquer l'accès à l'arrière de l'appartement. Ce serait très bien pour moi.

Il avait fait un grand geste en disant ces mots, désignant la cuisine, la salle à manger et le salon. Jérôme ne pouvait rester indifférent à son enthousiasme. Gabriel désignait un meuble et le faisait disparaître, tel un magicien avec sa baguette. On voyait apparaître un loft au bout de son index.

— Tu veux m'aider à bouger le vaisselier, là ?

Jérôme allait le faire quand il songea à son bras. Il s'était habitué à la douleur, mais elle était toujours présente. D'un geste énergique, il se massa et Gabriel le remarqua.

— Tu t'es fait mal ?

— Non, non. Allons-y ! Avec un bras, j'en fais plus que toi avec deux !

Jérôme avait dit cette phrase des centaines de fois dans sa vie. Il aurait pu épargner Gabriel et lui dire qu'il s'était fait mal. Mais il n'en fit rien, et même si la douleur décupla sous l'effort, ils déplacèrent le divan, rangèrent une demi-douzaine de chaises et glissèrent le vaisselier devant le corridor afin d'en bloquer l'accès.

— C'est fou ce que deux ou trois changements peuvent faire! concéda Jérôme.

— Comme ça, tu n'es pas contre? Ça ne te gênerait pas trop si j'habitais ici un moment?

Jérôme fit la grimace, mais ce n'était pas parce que l'idée lui déplaisait. Son moignon s'était remis à le faire souffrir. Horriblement, mais il était trop fier pour le dire. Gabriel s'en aperçut.

— Tu as mal.

— Je vais voir un docteur. Ce qui m'embête, c'est la chambre de ma mère.

Gabriel se tourna vers la barricade qu'ils avaient érigée.

— Je n'y mettrai pas les pieds, promis!

— C'est moi qui dois y aller. J'ai quelque chose à récupérer, pour le notaire.

— On retire le vaisselier, c'est tout!

Jérôme se tenait debout devant le passage bloqué. Se frottant compulsivement le bras, il cherchait à se souvenir d'un détail. Lors de sa rencontre avec le notaire après le décès de Florence, celui-ci lui avait demandé quelque chose, mais il avait oublié de quoi il s'agissait. L'émotion sans doute.

— On y va!

Le ton de Gabriel avait changé. On aurait dit qu'il cherchait à le protéger. D'autant que Jérôme semblait considérer le vaisselier le séparant de la chambre comme un obstacle infranchissable.

La clef! se rappela Jérôme. La clef de son coffret de sûreté. Voilà ce qu'il veut, le notaire.

Ils firent glisser le vaisselier une nouvelle fois, dégageant l'entrée du corridor. Jérôme s'avança seul, trouva l'interrupteur sur le mur de la chambre et entra avec beaucoup d'appréhension. Ce n'était pas un endroit où il voulait aller. Encore moins pour des questions de testament. Il ne gardait d'ailleurs qu'un souvenir diffus de celui de Florence. Alors que Jérôme était encore bouleversé par son départ, le notaire Fillion l'avait reçu entre deux rendez-vous tellement cette affaire était simple à ses yeux. Sa mère lui léguait tout. Il recevrait le montant de son assurance vie, dont il ignorait pour l'instant la valeur, et le contenu d'un coffret de sécurité à la banque. Mais il ne savait pas ce qui se trouvait dedans. Pas un mot sur l'appartement. Était-il acheté ou loué ? La seule chose que le notaire lui avait demandée, en fait, c'était de lui donner la clef dudit coffret, qu'elle gardait dans le tiroir de sa table de nuit avec de l'argent.

L'odeur de Florence était encore plus présente autour du lit. L'odeur de sa mort surtout. Elle avait passé ses dernières heures ici, refusant d'être admise à l'hôpital. Jérôme tira le rideau, alluma toutes les lumières, puis ouvrit la porte de la garde-robe. Il s'étonna d'y voir si peu de vêtements. Florence, qui était coquette, savait faire beaucoup avec peu. Engourdi, il revint vers le lit et resta un long moment debout sans bouger.

— Tu as besoin d'aide ? lui lança Gabriel du corridor.

— Non, non, ça va. Tout va bien, mentit-il.

Les pas s'éloignèrent et Jérôme ferma les yeux. Il n'était venu là que pour récupérer une clef. En cinq secondes, il aurait pu le faire et sortir. Mais il décida de prendre son temps. Assis sur le bord du lit maintenant, il contemplait la table de nuit et ses trois tiroirs. C'était dans le premier qu'elle gardait le petit coffre où se trouvait la clef. Du moins le croyait-il. Il l'ouvrit doucement, chercha la boîte en maroquin mais ne trouva que des médicaments. Dans le deuxième tiroir, il mit la main sur ce qu'il prit d'abord pour un album photo. C'était en fait un journal. Tournant les pages, il reconnut l'écriture fine de Florence. Il y avait quelques lettres aussi, glissées çà et là. Le dernier texte était daté du 8 octobre 1971. Jérôme ne voulait pas s'y attarder, encore moins le lire. Il remit le journal là où il l'avait pris et trouva le coffre dans le troisième tiroir. À l'intérieur, il y avait une enveloppe dans laquelle se trouvait de l'argent – trois mille dollars à peu près – et la clef. C'est alors seulement qu'il remarqua une lettre qui lui était adressée. Il ne voulait pas la lire, pas plus que le journal. Il rangea la clef dans un compartiment de son porte-monnaie et glissa les billets au fond de sa poche. Alors qu'il remettait tout en place, il se ravisa soudain. Peut-être devait-il lire ce mot maintenant! L'enveloppe était mince. Elle ne comptait qu'un feuillet, qu'il déplia tout doucement:

Mon cher Jérôme. Si ma mémoire est bonne, il y a des choses à toi dans le coffret de sûreté. Il y a si longtemps que je ne suis pas allée vérifier, je ne me souviens plus très bien. À toi de voir. Même chose pour mon journal abandonné il y a si longtemps. Fais-en ce que tu veux. Florence

Jérôme rouvrit le deuxième tiroir, contempla le journal en question mais ne le prit pas. Une autre fois peut-être. Ce n'était pas le moment. Retrouvant ses moyens, il passa par la salle de bain et chercha de la soie dentaire dans le cabinet au-dessus du lavabo. Il en coupa un bout, regagna la chambre, balaya la pièce du regard une dernière fois et sortit. De sa bonne main, il tira sur la poignée, attrapa le bout de soie dentaire qu'il avait entre les lèvres et le coinça entre le cadre et la porte. Il éteignit le plafonnier du corridor et rejoignit Gabriel.

— As-tu trouvé ce que tu cherchais?

— Oui, oui, c'est bon, répondit-il en se tournant vers le vaisselier.

Sans échanger un mot, ils replacèrent le mastodonte dans l'entrée du corridor. En son absence, Gabriel avait continué à déplacer les meubles. L'endroit avait changé. C'était devenu un logement d'étudiant.

Jérôme affichait un air calme, mais il était ébranlé par cette brève incursion dans la chambre de sa mère. Le journal surtout l'avait déstabilisé. N'en connaissant même pas l'existence, il se doutait que sa lecture lui serait pénible. Voilà pourquoi il avait préféré la remettre à plus tard. Mais il faudrait bien le lire un jour. Et que dire de ces quelques mots dans la lettre : *Il y a des choses à toi dans le coffret de sûreté.* Pour l'instant, il ne voulait même pas y penser.

— Tu es sûr que ça va ? insista Gabriel. Je ne t'ai jamais vu pâle comme ça !

Évitant de répondre, Jérôme lui tendit plutôt la main. Ils se serrèrent la pince sans que Gabriel sache pourquoi.

— Tu peux habiter ici, ça va me faire plaisir. De temps en temps, je viendrai te voir et chercher des choses. Tu me parleras de philo si tu veux ! Ça fera changement.

— J'aimerais bien te parler de philo ! Tu y connais quelque chose, toi ? Platon, ce genre-là ?

Jérôme retira une clef de son trousseau en essayant de se souvenir d'une idée quelconque de Platon. Une phrase peut-être. Mais il ne lui vint rien.

— Je te donne celle-là, murmura-t-il en lui remettant la clef. J'ai un double chez moi. Tu peux apporter tes affaires quand tu veux.

Gabriel semblait étourdi, comme s'il n'y croyait pas. Il avoua que personne ne lui avait jamais fait un tel cadeau, donné une telle chance. Cette déclaration levait un peu le voile sur sa vie, sur sa famille, dont il ne parlait jamais. C'était un enfant sans passé, sans souvenirs. Tout s'était effacé, aurait-on dit. Lorsqu'il était poussé dans ses derniers retranchements, tout au plus admettait-il être issu de la pauvreté, comme d'autres viennent du tiers-monde. Mais rien de plus.

Fébrile, il continua de servir des arguments à Jérôme dans l'ascenseur, pour le convaincre qu'il avait pris la bonne décision. Associer leurs rencontres à cet appartement ne pourrait que leur faire du bien à tous les deux. Le principal intéressé n'écoutait que d'une oreille. L'affaire était conclue. Gabriel pourrait rester jusqu'à la fin du bail de sa mère, en juin. Si bien sûr il y avait un bail. Après, il faudrait voir.

Ils se quittèrent de l'autre côté de la passerelle, devant l'escalier menant au métro. Gabriel, qui avait un cours, ne savait plus comment le remercier. Surtout qu'ils n'avaient parlé ni d'argent ni de conditions particulières. Une demi-heure plus tard, Jérôme se pointa aux homicides et regagna son bureau en demandant à Martine de téléphoner au Dr Legault afin de lui prendre un rendez-vous. Le plus tôt serait le mieux. Il récupéra la clef du coffret de sûreté dans son porte-monnaie et la glissa dans une enveloppe qu'il rangea dans un tiroir de son bureau. Puis il eut le malheur de répondre au téléphone. Ç'en était fait! Il passa le reste de la journée à rassurer les uns et les autres. Non, il n'y aurait pas de jeu de chaises musicales ni de mises à pied au service. Chacun resterait où il était. Pour l'instant du moins. À court terme, rien n'allait changer.

Évidemment, l'enquête sur le supplicié de la Place Ville-Marie ne progressait pas pendant ce temps. Trois jours se seraient bientôt écoulés depuis la mort de cet homme dans la salle 600 et on ne savait toujours rien sur lui. On n'avait pas la moindre idée de qui il était. Enquête au point mort. On n'aurait su mieux dire.

8

Baron marchait dans le salon sous le candélabre orné de têtes de morts. *Mambo* Freda était partie noyer sa peine dans les magasins. C'est du moins ce qu'elle lui avait dit. Elle voulait acheter des souliers. Elle en avait des dizaines et des dizaines de paires, mais lorsqu'elle n'allait pas bien, Freda achetait d'autres souliers. Elle pouvait sillonner la ville d'est en ouest, du nord au sud, s'arrêter dans dix magasins, en acheter vingt paires et ne pas encore être satisfaite. Papa Legba redoutait ces sorties, qui par moments frisaient la névrose. Dans la tristesse, *Mambo* Freda consolait d'abord ses pieds.

Trois jours après la mort d'Anatole, c'était encore l'effroi dans la grande maison. Le désarroi. Baron avait proposé d'organiser un sacrifice pour honorer le *hounci*. Papa Legba l'avait fait savoir aux adeptes, mais il n'y avait eu aucune réponse. Personne ne voulait prendre ce risque après ce qui s'était passé. La *mambo* avait failli en mourir de chagrin. En vingt ans, c'était la première fois que les disciples boudaient une invitation. Pour l'instant, la cérémonie était reportée. Baron avait évidemment demandé des explications, qu'il avait obtenues de Papa Legba. Les gens avaient peur. Sans le vouloir, sans se rendre compte de ce qui arrivait, ils avaient assisté à la mort d'Anatole. On leur avait promis un sacrifice spécial dans un endroit tout aussi spécial. Un coup d'éclat de Baron et de *Mambo* Freda, avaient-ils cru. Maintenant, ils avaient peur des représailles. Certains se tournaient vers Nachons Sécurité. C'était l'autre choix. Les Nachons étaient les rivaux de *Fanmi* Baron. Chaque fois qu'ils en avaient l'occasion, ils lui piquaient des fidèles.

Baron marcha jusqu'à l'entrée, jeta un œil à l'extérieur et revint vers le salon en se massant les mains. À cette heure, Papa Legba aurait dû téléphoner. Lorsque les courses s'éternisaient, il donnait toujours signe de vie. À cet égard, le chauffeur était irréprochable. Sa loyauté était sans bornes. Sans lui, Baron ne serait jamais parvenu à s'effacer comme il l'avait fait. Legba était de tous les complots. Mais l'homme n'avait pas de vie. Depuis cette soirée de sorcellerie à Miami, il était devenu, à sa manière, un zombie. C'était sans doute mieux ainsi. S'il avait continué dans la voie où il s'était engagé, il en serait mort. Cocaïnomane en Floride dans les années 1980, il y avait laissé sa paroi nasale et des sacs de plastique transparents remplis d'illusions. Sa rencontre avec Baron, à la suite de la débandade du lieutenant général en 1994, l'avait sauvé. Même après toutes ces années, la petite magie de *Mambo* Freda continuait de le maintenir en vie. Les efforts qu'il avait mis pendant tout ce temps à faire disparaître Baron donnaient un sens à sa vie. Il irait jusqu'au bout avec eux. Sa voie était toute tracée.

Personne n'avait vu le visage de Georges Nelson Cédras depuis le 3 septembre 1995. C'était à Miami. Anatole, son fils, avait arrangé la rencontre avec Legba pour négocier un contrat, un engagement de deux ans. Sauf qu'il y avait une condition. Legba devait mettre de côté la poudre blanche. Le garde du corps – c'est ce qu'il était au début – disait vouloir abandonner la drogue mais reconnaissait aussi en être incapable. Baron lui avait donc présenté Freda. Ils avaient parlé un long moment de pouvoirs et de magie. C'était ça le projet, ce qu'ils comptaient faire à Montréal. Il y avait beaucoup d'adeptes là-bas, lui avait-elle raconté. Baron, le *hounci* et elle avaient choisi ce point de chute après leur fuite en catastrophe de Port-au-Prince. Pour que tout fonctionne rondement, ils avaient besoin d'un secrétaire, d'un chauffeur, d'un garde du corps, tout ça à la fois. Mais surtout, ils avaient besoin de quelqu'un de loyal.

Ce soir-là, *Mambo* Freda avait organisé une cérémonie intime pour Legba. Après avoir sorti ses grigris et les avoir disposés autour de lui, elle avait préparé une boisson. Freda savait préparer et doser la racine de mandragore. Une infusion trop longue ou une quantité trop grande de racines produisait un poison mortel. Servie à petite dose, cette mixture faisait de celui qui la buvait un mort-vivant, un zombie qui ne redeviendrait jamais comme avant.

Lorsqu'il émergea du coma dans lequel l'avait envoyé *Mambo* Freda, le 5 septembre de la même année, Legba n'avait plus envie de cocaïne. C'était fini. Il était guéri. Sauf que dorénavant il était inféodé à Baron et à Freda. Il leur devait la vie et devrait leur en être reconnaissant jusqu'à sa mort.

Ils arrivèrent à Montréal le 30 octobre 1995. Plus jamais le nom de Georges Nelson Cédras ne serait prononcé. À partir de ce moment, il serait connu sous le nom de Baron, comme l'appelait Freda dans l'intimité. On ne le verrait que dans les cérémonies ou les sacrifices, vêtu d'une tunique ample, la tête recouverte d'une cagoule. Pour le reste, Papa Legba ferait en sorte qu'il demeure invisible. Le mystère autour du *hougan* avait grandi, les adeptes s'étaient multipliés, si bien que par un chemin détourné Georges Nelson Cédras était revenu aux affaires. Un *business* lucratif d'ailleurs. Contrairement aux vaudouïsants de Port-au-Prince, ceux de Montréal avaient de l'argent. Ils étaient prêts à payer pour des rendez-vous élaborés, des cérémonies sophistiquées. Anatole, quant à lui, était le lien avec les disciples. S'ils étaient si nombreux, c'était grâce à lui, à sa façon de les rassurer. Sous la protection de *Fanmi* Baron, rien ne pouvait arriver.

Le séjour à Deux-Montagnes avait été de courte durée. Deux ans tout au plus. Peut-être trois. Dans le but de faire disparaître Baron, de le faire oublier davantage, Anatole avait fait construire une deuxième maison et il n'avait pas lésiné sur le prix. Pour que cette demeure soit invisible, comme celui qui l'habiterait, elle devait être loin, dans un endroit retiré. L'immense résidence, qui donnait sur le chemin de la 3ᵉ-Ligne, à quelques kilomètres de Saint-Paul-de-l'Île-aux-Noix, était la plus imposante de Village-de-la-Belle-Élodie, mais aussi la plus mystérieuse. On ne savait rien des gens qui y vivaient. Leurs rideaux étaient toujours tirés, ils ne recevaient jamais de courrier ni de journaux. Une voiture aux vitres teintées allait et venait. Rien de plus.

L'illusion avait fonctionné beaucoup mieux qu'on aurait pu le croire. S'imposer comme *mambo* à Montréal après ce qui s'était passé en Haïti, après les années Cédras, n'était pas banal. Une disparition, voire une réincarnation, qui avait fonctionné à la perfection. Avec le temps, le lieutenant général lui-même s'était fait oublier. Qu'avait-il fait au juste? Était-il venu avant, pendant ou après Aristide, ou toutes ces réponses à la fois? Plus personne ne s'y intéressait. C'était du passé, tout ça. De l'histoire.

Maintenant il y avait la disparition d'Anatole. Et voilà que Freda ne revenait pas de la ville. Seul dans la grande maison, Baron se morfondait. Papa Legba n'avait donné aucun signe de vie. Ce n'était pas normal. À deux reprises, il avait tenté de le joindre au téléphone. Sans succès. Il regardait les champs à perte de vue par la fenêtre du grand salon. On cultivait des fraises juste à côté. Un soir, il y avait de cela huit ou neuf ans, il était sorti en pleine nuit et en avait mangé à s'en rendre malade. Il ne les supportait plus depuis.

Il avait beau regarder et regarder, la Mercedes n'arrivait toujours pas. Les derniers jours l'avaient épuisé. Il était trop vieux pour ce genre de choses. Son fils et sa mort tragique, Freda qui tout à coup manquait à l'appel. Il n'avait plus la force de se battre, surtout pas contre des *Hoodoos*. Ceux-là étaient particulièrement violents, lui avait dit Papa Legba. Ils étaient de «l'extérieur», avait-il aussi appris. D'ici ou d'ailleurs, ça ne changeait rien. Ceux qui en profiteraient ultimement, ce seraient les Nachons, vers qui les adeptes se tourneraient immanquablement. Ce serait eux, dorénavant, qui offriraient la protection. Changement de la garde.

La nuit tombait lorsque Baron se résigna. Il ne pouvait pas faire apparaître Freda. Papa Legba l'avait toujours ramenée à la maison. Avait-il d'autre choix que d'attendre ? Il s'installa sur un divan moelleux, pencha la tête vers l'arrière et ferma les yeux. Il n'avait pas l'intention de dormir. Il voulait se reposer, tout au plus. Mais le sommeil le gagna très rapidement.

9

Fidèle à ses mauvaises manières, Lambert Grenier entra dans le bureau de Jérôme sans s'annoncer. Il avait retourné le cas de Bobby Ruiz, celui qui avait tué le jeune Escondida, dans tous les sens. Présenter au tribunal un dossier aussi faible, c'était aller à l'abattoir.

— Bert, tu m'énerves! commença Jérôme. Ruiz l'a tué, oui ou non?

— Ah! C'est lui hors de tout doute!

— Dans ce cas, tu lui bottes le derrière et tu le traînes devant le juge!

L'enquêteur Grenier multiplia les arguments, mais Jérôme fit la sourde oreille. Il était sur le point de partir. Martine lui avait obtenu un rendez-vous éclair avec le Dr Legault.

— C'est la nouvelle direction, Bert! Il faut réduire le temps d'enquête, obtenir des résultats devant les tribunaux. Il faut que tu t'y mettes, toi aussi!

— Tu ne comprends rien à la rue! se plaignit l'autre. C'est long, ces trucs-là!

— Combien as-tu d'indicateurs sur le terrain, Bert?

La question était venue de nulle part. Lambert Grenier hésita un moment avant de répondre:

— Je ne sais pas. Une douzaine. Peut-être quinze.

— C'est beaucoup !

Ces mots le déconcertèrent. Qu'est-ce que Jérôme insinuait exactement ? Pourquoi parler d'indicateurs alors qu'il était question de Bobby Ruiz et de l'assassinat du jeune Escondida ? Le téléphone de l'enquêteur chef vibra. C'était un texto de Jessica. Incompréhensible à première vue. Jérôme revint à Bert.

— Tu regardes ça de plus près. Il faut que ça bouge !

— Les indics ?

— Non, non. Ruiz ! Il faut que tu portes des accusations. Et le plus tôt possible.

Lambert Grenier était déstabilisé. Le commentaire de Jérôme sur les indicateurs l'avait laissé pantois. C'était le but, d'ailleurs. Jérôme n'avait plus une seconde à lui consacrer. Il le raccompagna en consultant à nouveau l'afficheur de son téléphone : *Rififi chez les vaudous ! As-tu deux minutes ?*

Lorsqu'ils sortirent du bureau, Jérôme ne prêta plus attention à Lambert Grenier. Ce dernier voulait discuter, obtenir des éclaircissements, mais lui jouait du pouce sur le clavier de son téléphone : *Entrée principale, Hôtel-Dieu, 16 heures.* La réponse arriva instantanément : *O.K.*

O'Leary ne leva même pas la tête lorsque les deux hommes traversèrent la salle commune. Jérôme y abandonna Grenier et pressa le pas. Il avait prévenu Martine qu'il ne prendrait pas la voiture. Elle seule savait qu'il avait rendez-vous chez le médecin. Comme à son habitude, il disparut dans les dédales souterrains de la ville, empruntant le métro vers l'ouest et descendant exceptionnellement à la Place des Arts. Remontant à la surface, il traversa l'esplanade aux éclairages futuristes et trouva un taxi de l'autre côté, sur le boulevard de Maisonneuve. Il monta dans la voiture de tête et engagea la conversation. L'homme derrière le volant était né à Port-au-Prince, plus précisément à Pétionville, « un quartier bien », avait-il tenu à préciser. Comme le trajet jusqu'à l'Hôtel-Dieu n'était pas très long, Jérôme précipita les choses.

— On m'a dit que soixante pour cent des Haïtiens de Montréal pratiquent le vaudou. C'est vrai, ça ?

Erreur. Le chauffeur ne regarda même pas dans son rétroviseur. Jérôme avait touché une corde sensible, de toute évidence. Il essaya bien de se reprendre, mais l'homme refusa tout net de lui parler. Un long silence s'installa, qui ne fut rompu que devant la guérite de l'hôpital, rue Saint-Urbain.

— Devant l'entrée principale, c'est bon ?

Jérôme laissa un pourboire, qu'il aurait aussi bien pu appeler un « pour s'excuser ». En marchant dans un corridor de l'hôpital, deux étages plus haut, il se trouva stupide. Cette conversation à sens unique avec le chauffeur avait été d'une maladresse sans nom. Il devait s'en souvenir. N'entrait pas qui le voulait dans la culture vaudoue. Pour pouvoir s'y introduire et surtout comprendre ce qui s'était passé dans le garage de la Place Ville-Marie, il devrait procéder autrement. Avec plus de délicatesse.

Jérôme mit un moment à trouver la salle C-748, tout au fond de cet immeuble tarabiscoté, bâti à coups de rallonges sur une période de cent ans. Le Dr Legault l'attendait dans sa salle d'examen. Penché sur un appareil complexe monté sur des roulettes, le spécialiste faisait des tests. Il ajustait des boutons reliés à des voltmètres tout en examinant les lignes produites sur un écran. Une ligne bleue, une ligne rouge et une ligne verte. Ne lui prêtant aucune attention, il resta concentré sur sa tâche jusqu'à ce que les trois lignes soient parfaitement parallèles. Alors seulement il se tourna vers lui :

— Bien ! Voyons ça, dit-il en indiquant à Jérôme de retirer sa chemise.

Ce n'était pas trop tôt. La douleur était de plus en plus insupportable. Il fallait que ça cesse. Le médecin le fit asseoir sur la table d'examen, prit son bras atrophié avec une grande délicatesse et s'intéressa à l'ecchymose sous le coude que Jérôme n'avait pas vraiment remarquée.

— Que c'est intéressant ! dit-il. Je dirais même providentiel.

Jérôme hésitait à lui parler de l'incident du tunnel et de la possibilité qu'il ait contracté le choléra ou quelque chose du genre.

— Aucune coupure. Aucune éraflure. Pas de fracture non plus. Juste un bon vieux bleu.

Legault avait une façon très détachée de parler. Un bleu n'était qu'un bleu. Jérôme aurait préféré qu'il ait plus de compassion, et surtout qu'il lui donne des cachets contre la douleur.

— Si vous n'avez pas d'objection, je vais faire quelques tests. Peut-être faites-vous partie des chanceux.

Pendant que le médecin fixait des capteurs sur son bras, Jérôme se demanda ce qu'il avait voulu dire. En quoi était-il si chanceux ? Et pourquoi les spécialistes n'étaient-ils jamais capables de se faire comprendre ?

— Vous allez ressentir de la douleur, le prévint-il. Ne vous en faites pas. C'est bon signe.

Legault lui administra cinq décharges électriques de suite. Le mal, qui était supportable jusque-là, devint intolérable. Le bras en feu, Jérôme voulut arracher les électrodes, mais le médecin l'en empêcha.

— Attendez, attendez! Je dois faire des lectures!

Les yeux rivés à l'écran de l'appareil, il semblait ravi de ce qu'il voyait. Les lignes rouge, verte et bleue allaient dans tous les sens, montant vers le haut puis retombant.

— C'est presque terminé!

Retenant le bras de Jérôme de sa main gauche, il tourna un des boutons de l'appareil de son autre main. Les décharges électriques s'intensifièrent, décuplant la douleur.

— Encore deux autres, lança-t-il avec excitation. Ce sont les dernières.

Lorsque la torture cessa, Jérôme crut qu'il allait s'évanouir. Le Dr Legault, lui, n'en avait que pour les données recueillies, qu'il repassait à l'écran, l'air satisfait.

— Ce sont de très, très bonnes nouvelles, monsieur Marceau! Là où il y a de la douleur, il y a de la vie!

Le médecin délaissa son appareil, enleva les capteurs et frictionna vigoureusement le bras de Jérôme.

— Je vais vous prescrire des antidouleurs. Dans une heure, vous ne sentirez plus rien.

Il gribouilla une ordonnance sur le coin de son bureau, la lui remit, un grand sourire accroché au visage, et enchaîna :

— La sensibilité sous le coude, c'est la nouvelle du jour! Vous êtes le candidat idéal pour une prothèse intelligente. Une nouvelle vie vous attend!

La dernière fois qu'ils s'étaient vus, le Dr Legault lui avait aussi parlé de prothèse. Et de coude. S'il y avait de la vie au-dessus du coude, c'était bien. S'il y en avait en dessous, c'était mieux.

— Selon vos résultats, la masse musculaire n'est pas entièrement atrophiée. Le courant passe.

Le spécialiste imprima les résultats du test qu'il avait effectué. Les trois arcs témoignaient d'une activité intense lorsqu'il y avait stimulation. Une prothèse avec main articulée, branchée à la masse musculaire de son moignon, pouvait être envisagée.

— L'idée, c'est d'aller chercher le signal à même les muscles. Avec l'informatique, les prothèses ont fait des progrès incroyables, vous savez. On pourrait lui apprendre à faire plein de choses, à cette main.

— Comme attraper un ballon ? demanda Jérôme.

Legault s'étonna de cette question. Ou bien c'était impossible, ou bien il ne prenait pas Jérôme au sérieux. Cherchant son regard, il finit par dire.

— Effectivement, vous pourriez apprendre à attraper un ballon.

Jérôme ne s'attendait pas à ce que sa visite prenne cette tournure. En venant ici, il n'avait qu'une idée en tête : obtenir une ordonnance et courir à la pharmacie la plus proche pour en finir avec ce mal.

— Ce serait dommage de rater une pareille occasion. Comme vous ressentez de la douleur, là maintenant, ce serait beaucoup plus facile pour moi d'implanter une interface.

— Une interface ?

— Oui, c'est un peu compliqué, je l'avoue. Disons que pour aller chercher et traduire le signal musculaire, il faut une interface… un micro-ordinateur, si on veut.

Jérôme n'était pas intéressé. Servir de cobaye pour une expérience, très peu pour lui ! Il agita l'ordonnance devant les yeux du médecin.

— Si je prends les cachets, il faudra combien de temps pour que ça fasse effet ?

Legault fit mine de ne pas entendre.

— L'armée américaine fait des miracles avec certains blessés de guerre. Grâce à la technologie, votre bras n'est pas entièrement perdu…

Jérôme avait mal, trouvait le médecin trop insistant et désirait s'en aller. Il ne voulait pas d'interface ni de main articulée. Il aimait son moignon, souhaitait le garder et, surtout, voulait retourner au travail. Jessica l'attendait. Pas question de rater ce rendez-vous.

— Vous seriez inactif pendant quarante-huit heures. Rien de plus.

— Inactif ? Pourquoi je m'arrêterais ?

— C'est le temps qu'il faut pour implanter l'interface. Plus tard, on couperait le bras sous le coude et on fixerait l'ancrage pour la prothèse.

Jérôme le dévisagea avec horreur. Cet énergumène voulait couper sa main morte !

— Pourquoi je ferais une chose pareille ? s'indigna-t-il. Pourquoi je vous laisserais couper mon moignon ?

Le médecin prit un moment avant de répondre. Ses yeux brillaient lorsqu'il murmura :

— Parfois, il faut couper avec le passé.

Jérôme enregistra ces mots sans vraiment les entendre. Le temps avait filé, il était seize heures. Legault ajouta sur un ton cajoleur :

— Pensez-y ! Et rappelez-moi si jamais…

Ce furent ses derniers mots. Jérôme s'éloigna dans le corridor, son ordonnance au fond de sa poche. Il ressentait encore les décharges qu'il avait reçues. Se faire couper le bras ! Comme s'il n'avait que cela à faire ! Il emprunta l'escalier au lieu de l'ascenseur, consulta l'heure en traversant le hall et se rendit compte qu'il était en retard. Jessica n'était pas du genre à patienter. Dehors, il s'avança dans le stationnement en regardant à gauche et à droite. Une portière s'ouvrit. Celle d'une Acura aux vitres teintées. Il reconnut la main qui la maintenait ouverte de l'intérieur.

Jérôme prit place sur la banquette arrière, croisa le regard d'une jeune femme noire, assise sur le siège du passager, puis celui de Jessica dans le rétroviseur.

— Je te présente Amanda. Elle peut t'aider, mais personne ne doit savoir qu'elle t'a parlé.

— Personne ne le saura, promit-il.

Jessica mit la voiture en marche et sortit du stationnement sans qu'un mot de plus soit prononcé.

Sur Saint-Urbain, au coin de l'avenue des Pins, ils tournèrent à droite et s'éloignèrent rapidement vers l'ouest. En se faufilant dans la circulation, Jessica poursuivit les présentations. Amanda était secrétaire dans le bureau de la franchise immobilière à laquelle elle était associée. Devant la machine à café, la veille, les deux femmes avaient parlé de vaudou. Amanda prit le relais :

— Il y a trois jours, il y a eu une cérémonie vaudoue au centre-ville. Les adeptes qui s'y sont rendus croyaient être invités par *Mambo* Freda. La prêtresse de *Fanmi* Baron.

— Pas si vite ! *Fanmi* Baron, c'est une famille ?

Amanda parut agacée qu'il l'interrompe ainsi. Elle voulait bien raconter son histoire mais ne souhaitait pas subir un interrogatoire. Jessica fusilla Jérôme du regard dans le rétroviseur. Amanda se tut jusqu'au feu de circulation suivant :

— Une famille, si on veut, oui. Baron est le *hougan*. Le chef. *Mambo* Freda est la prêtresse. Ils organisent des messes. Ils ont beaucoup de fidèles.

— Il y en a beaucoup, des familles comme ça ? insista Jérôme.

— Quelques-unes. Mais laissez-moi parler, s'il vous plaît !

À nouveau, Jessica montra des signes d'impatience en conduisant. Comme si le temps était compté, Amanda se remit à parler très vite.

— L'autre soir, donc, les adeptes de *Fanmi* Baron se sont réunis dans un garage souterrain au centre-ville. L'invitation avait couru sous le manteau, comme d'habitude. Il y avait une trentaine de personnes, qui croyaient que celle qui officiait était *Mambo* Freda. Puis il s'est passé quelque chose. Quelque chose de terrible, que seuls les *Hoodoos* peuvent faire. Ce soir-là, ils ont brûlé un homme vif. Certains ont même dit que c'était le *hounci* de *Fanmi* Baron...

— *Hounci*? Attendez, je ne vous suis plus.

— Un assistant. Et chez *Fanmi* Baron, le *hounci*, c'est le fils.

Jérôme regrettait de ne pas avoir son calepin. Il aurait voulu noter tous ces noms qui défilaient et qu'il oublierait à coup sûr...

— Parlez-moi de cette famille. Il y a Baron, vous dites. C'est le chef. Et l'autre, l'assistant, c'est le fils. Donc la prêtresse est la femme de Baron. C'est bien ça?

— Si on veut. Personne n'a jamais vu Baron et il ne figure sur aucune photo. Il a présidé des dizaines et des dizaines de cérémonies, mais on ne sait rien de lui. Certains l'appellent «l'homme sans visage».

Jérôme s'efforçait de tout retenir, mais déjà certains mots, certains noms lui échappaient.

— *Fanmi* Baron, c'est la royauté ici, dans la famille vaudoue. Les «adeptes gros sous», ce sont eux qui les ont. Depuis vingt ans.

— Des adeptes qui ont de l'argent, c'est ça?

Moins effarouchée, Amanda hocha la tête.

— *Fanmi* Baron, *pou nan pwoteksyon*, lança-t-elle comme s'il s'agissait d'un slogan.

— Et ça veut dire?

— Famille Baron, pour la protection.

— La protection de quoi?

— *Mambo* Freda a des pouvoirs. Elle protège les disciples contre *Sa ki mal lespri.*

Jérôme se prit la tête à deux mains. Amanda s'empressa de préciser.

— Le mauvais esprit.

— Donc, si je comprends bien, il y a eu un sacrifice, une messe, dans un garage, au centre-ville. Quelqu'un a laissé croire que *Fanmi* Baron était derrière le coup. Mais c'étaient des *Hoodoos.*

— C'est ça. Des *Hoodoos* venus du Sud.

— Pourquoi du Sud ?

— Il n'y a pas de *Hoodoos* ici. Ils sont venus d'ailleurs.

— Peu importe. Ce qu'il faut retenir, c'est qu'ils ont brûlé vif le *hounci*, qui est, selon ce que vous dites, le fils de *Fanmi* Baron.

— Et personne ne peut expliquer cette histoire. Elle n'a pas de sens.

Amanda se tut. Elle était effrayée. Ça se voyait dans ses yeux lorsqu'elle se retournait vers Jérôme. Elle ne voulait plus répondre à ses questions. Elle voulait en finir.

— Encore une chose. Vous croyez qu'il y a quelqu'un à qui ça va profiter, cet incident ?

La question parut l'embêter. Elle répéta, dubitative :

— Profiter ?

Rien ne semblait lui venir. Jérôme croyait l'échange terminé lorsqu'elle ajouta :

— Si *Fanmi* Baron disparaît, les adeptes vont aller ailleurs. Ils vont se tourner vers quelqu'un d'autre.

— Une autre famille, suggéra Jérôme.

Alors que la voiture roulait sur le chemin de la Côte-des-Neiges, elle leva le doigt.

— Je vais descendre ici.

— Non, non! Attendez! Répondez à ma question.

Jessica rangea sa voiture le long du trottoir, devant une bouche de métro. Amanda mit aussitôt un pied à l'extérieur. Jérôme voulut descendre lui aussi pour la rattraper, mais elle se ravisa, rebroussant chemin vers l'automobile.

— On ne doit pas savoir que je vous ai parlé! répéta-t-elle en se penchant vers l'intérieur.

Cette fois, Jérôme vit de la terreur sur son visage. On aurait dit qu'elle venait de vendre son âme au diable!

— Je ne veux pas qu'on sache que c'est moi. Mais ce qui se passe n'est pas normal. Il n'y a jamais eu de violence comme ça chez nous.

— De qui parlez-vous lorsque vous dites «chez nous»?

Amanda mit un moment à répondre. Se mordant la lèvre, elle lâcha le morceau.

— Depuis cette histoire dans le garage au centre-ville, les adeptes de *Fanmi* Baron se sont tournés vers Nachons. Nachons Sécurité.

Aussitôt, elle porta une main à sa bouche, comme si elle regrettait ce qu'elle venait de dire. Pivotant sur ses talons, elle courut vers l'entrée du métro et disparut. Impassible, Jessica remit l'Acura en marche.

— Bravo. Je te dépose où?

Jérôme chercha un sourire dans le rétroviseur, un nanodegré de chaleur dans ses yeux, mais elle n'avait d'attention que pour la route. Pourquoi lui avait-elle fait rencontrer Amanda? Parce qu'elle croyait que tout était redevenu comme avant? Il aurait bien aimé que ce soit le cas, pour qu'il puisse se reprendre, mais à la voir éviter son regard, c'était rêver en couleur. Peut-être l'avait-elle aimé, beaucoup aimé, un an plus tôt, mais ce n'était plus le cas aujourd'hui. Alors qu'il la croyait enfermée dans son silence, dans sa colère, Jessica fit remarquer :

— Amanda doit être effrayée, en ce moment.

— Il ne lui arrivera rien. Personne ne nous a vus, dit-il pour la rassurer.

— Ce n'est pas des hommes qu'elle a peur. Les vaudous assistent à des messes et s'adonnent à des sacrifices. En échange, la prêtresse les protège contre le mauvais esprit. Sauf qu'en te parlant comme elle l'a fait, Amanda a trahi. À ses yeux du moins. Elle n'a plus de protection contre les esprits. La peur, elle vient de là.

Jérôme réfléchissait à ces paroles alors que l'Acura dévalait le chemin de la Côte-des-Neiges vers le sud. La colère de Jessica n'était pas celle qu'il croyait. Elle était bien dirigée contre lui, mais pour une autre raison. L'interrogatoire qu'il avait fait subir à Amanda l'avait choquée. Elle en redoutait les conséquences. À la hauteur de la rue Sherbrooke, le feu passa au rouge, mais Jessica enfonça l'accélérateur. Elle roulait beaucoup trop vite lorsque Jérôme vit apparaître la bouche du métro sur la gauche. Il leva le doigt.

— Oui, je sais, fit-elle calmement.

Lorsque la voiture s'arrêta au coin de la rue Guy, le cœur de Jessica était un iceberg et ses yeux, des dards. Il avait fait un faux pas et l'avait irritée. Sans doute ne la reverrait-il plus.

***

Lambert Grenier revint à la charge dès le retour de Jérôme aux homicides. Bobby Ruiz était bien le meurtrier d'Escondida, ça, personne ne le remettait en question. Mais de là à le traîner devant les tribunaux, c'était une autre paire de manches. Il avait besoin de temps. Jérôme fit la sourde oreille. Un jour ou l'autre,

134

il faudrait bien l'arrêter! Et ce jour, c'était maintenant. Bert demanda douze heures supplémentaires : il devait recueillir des preuves additionnelles. Jérôme se fit prier. Ils s'entendirent finalement sur le délai et Grenier s'en alla. Enfin seul, Jérôme recopia dans son carnet l'essentiel de la conversation qu'il avait eue avec Amanda. Il dut vérifier l'orthographe de *Hoodoo* sur la Toile et en profita pour s'instruire sur ce groupe si particulier. Les noms des autres familles – s'il s'agissait bien de familles – ne lui revenaient pas. Il avait retenu *Fanmi* Baron, mais Amanda en avait nommé d'autres. Nacho quelque chose…

Après avoir noirci une dizaine de pages de son calepin, il se tourna vers les documents administratifs qui ne cessaient de s'empiler sur son bureau. Concentré, il lut pendant un long moment. Quand Martine, sur le point de rentrer chez elle, passa le saluer, il leva à peine la tête. Il continua de travailler jusqu'à dix-neuf heures trente. Lorsqu'il ferma la porte de son bureau, il ne restait plus que le vigile aux homicides. Fidèle à ses habitudes, il emprunta le corridor privé menant au palais de justice, puis un autre, que peu de gens connaissaient, allant jusqu'au métro voisin. Tout en marchant, il revit les yeux apeurés d'Amanda, lors de leur brève rencontre. Et par association, il pensa à Désiré, cet ami dont Gabriel lui avait parlé et qui était haïtien. Il semblait s'y connaître en matière de vaudou. Jérôme voulait lui parler.

Pendant le trajet de Berri-UQAM vers les Cours Mont-Royal, il composa et recomposa un message à l'intention de Gabriel. Il aurait été plus simple de lui téléphoner, mais peut-être l'étudiant aurait-il cru qu'il le surveillait. Avait-il eu le temps de s'installer ? D'autres changements étaient-ils survenus dans l'appartement de sa mère ? C'est finalement dans le hall de son immeuble qu'il envoya le texto. Une réponse aurait dû lui parvenir dans les trente secondes – Gabriel avait habituellement le doigt sur la détente –, mais il ne reçut rien. Ni dans l'ascenseur ni chez lui, où il mit ses deux téléphones en charge dans sa chambre. Il ne demandait pourtant qu'à parler à Désiré.

Jérôme détestait ces histoires de fétichisme, d'idolâtrie et de superstitions. Les délires collectifs pouvaient mener aux excès les plus fous. Il en avait pour preuve une affaire qui s'était passée dix ans plus tôt, alors qu'il était à la SCS, la Sécurité et le Contrôle souterrains. Une messe noire avait mal tourné dans le tronçon, encore en chantier à l'époque, du métro allant vers Laval. Des adeptes de vaudou s'étaient réunis en pleine nuit sur le site en construction. Au cours d'une messe de feu, un incendie s'était déclaré et un homme avait été brûlé au troisième degré. Le projet souterrain avait déjà beaucoup de retard. Une enquête sur la sécurité du chantier n'aurait fait qu'aggraver les choses, si bien qu'on avait étouffé l'affaire. Le vaudou n'existait pas à Montréal. C'est du moins ce qu'on voulait croire. À bien y penser, c'était vrai. Un homme avait été brûlé vif dans les garages de la Place Ville-Marie et personne n'avait réclamé le corps. Selon Amanda, on savait qui il était. Mais personne n'en parlait. Pas d'obsèques, pas d'enterrement. Que le silence.

Lorsque le jet chaud de la douche fouetta le crâne fatigué de Jérôme, ses neurones se réactivèrent et il se rappela le nom qui lui avait échappé : « Nachons Sécurité », avait dit Amanda. Et si c'était ça ? Une guerre de pouvoir entre deux groupes vaudous, comme l'indiscrétion de la jeune Noire le laissait croire ? Mais alors, que venaient faire les *Hoodoos* dans cette affaire ? Les adeptes de Montréal étaient tous des *Radas*. Ça, il l'avait compris. Il en avait la certitude.

L'effet de la douche ne dura pas. Jérôme avait la cervelle aussi molle que son bras atrophié lorsqu'il traîna sa carcasse jusqu'à son lit, un peu après vingt-deux heures. L'ordinateur portable plaqué sur les genoux, il s'apprêtait à consulter un site de nouvelles en continu lorsque lui vint l'idée d'inscrire le nom du Dr Legault dans son moteur de recherche. Le médecin avait un site bien documenté et très convivial. Sous un des onglets, Jérôme trouva de l'information sur la prothèse avec main articulée de dernière génération dont le spécialiste lui avait parlé. Il lut en diagonale. Un véritable bijou de technologie, à en croire l'article. Muni de cinq minuscules moteurs et d'une batterie au lithium-ion, l'appareil était en fibre de carbone, un matériau ultraléger. Fixée à un ancrage à même le moignon, la prothèse était reliée à cette fameuse interface que le Dr Legault voulait lui implanter. La main devenait alors une extension des muscles encore vivants du bras. On pouvait la programmer pour accomplir un certain nombre de tâches, mais l'aspect le plus spectaculaire était sa sensibilité. Lorsque la prothèse était exposée au chaud ou au froid, lorsqu'on la heurtait ou la caressait, un signal était envoyé à l'interface, où il était traduit en une sorte de sensation, puis aussitôt acheminé au cerveau. Un article consacré à la programmation de la main renversa Jérôme. On y donnait comme exemple la façon d'«instruire» la prothèse afin d'attraper un objet. Une décharge électrique était envoyée à ce mini-ordinateur lorsqu'un ballon, disons, frappait la paume alors que les doigts étaient écartés. Le cerveau réagissait en retour, envoyant lui aussi un message qui, cette fois, devenait un réflexe. Les doigts se repliaient instantanément, retenant ainsi le ballon. La prothèse enregistrait même une sorte de pincement, une douleur synthétique, précisait-on.

Jérôme ferma son ordinateur et s'endormit presque aussitôt. Cette histoire de main articulée ne le fit même pas rêver. Sur le moment, il s'était senti ému. Mais on tenait le même genre de langage pour vendre des voitures ! Le cuir des sièges était si doux qu'il devenait en quelque sorte une deuxième peau ! Il n'avait pas plus besoin de cette prothèse que d'une bagnole. Son bras atrophié était parfait. Il avait autre chose à faire dans la vie que d'attraper des ballons.

10

Il était quatre heures huit lorsque le téléphone des homicides sonna. Jérôme pensa tout de suite à Gabriel. Il venait sûrement de lire son texto, celui où il demandait à rencontrer son ami Désiré. Quelle heure pour téléphoner! Mais il entendit plutôt la voix du vigile, qui l'appelait du quartier général.

— Désolé pour l'heure, chef. Mais je me suis dit que vous deviez le savoir.

C'était grave. Jérôme se redressa dans son lit.

— C'est dans le tunnel sous le mont Royal, cette fois. À la sortie nord.

— Quelqu'un s'est jeté devant le train? demanda Jérôme.

— Non, non! Un bûcher, comme l'autre jour sous la Place Ville-Marie.

L'électrochoc en pleine nuit. Ce que Jérôme redoutait depuis trois jours venait de se produire. C'était vite. Beaucoup trop vite.

— Vous êtes sûr? demanda-t-il quand même.

— On a deux agents sur place. Une personne a été brûlée. Elle a un pneu, enfin, ce qu'il en reste, autour du cou.

Jérôme sentit la chaleur lui monter au cou, puis aux joues. Ils avaient eu le culot de le refaire! Un deuxième supplice du pneu en… Il consulta sa montre, calcula les heures et murmura, pour lui-même:

— Soixante-douze heures.

— Pardon? entendit-il.

— La sortie nord du tunnel sous le mont Royal, c'est où, ça?

— Canora, répondit l'agent. Un arrêt à la sortie du tunnel au nord de Jean-Talon. On y accède par l'avenue Kirkfield.

— Qu'est-ce que vous savez encore?

— Le train de banlieue qui fait la navette entre la gare Centrale et Deux-Montagnes a repris du service à trois heures trente. Lorsque la première rame s'est arrêtée à la station Canora, le conducteur de la locomotive a vu une lueur dans le tunnel. Il a d'abord cru que c'était une plaisanterie et il est allé voir. Une personne brûlait avec un pneu autour du cou.

— Vous avez prévenu le coroner?

— C'est fait.

— Mais pas Zehrfuss!

— Non, monsieur. Est-ce que je vous envoie la voiture?

Jérôme situa la sortie du tunnel. À part ce vieux passage datant du siècle dernier, il n'y avait rien de souterrain dans ce coin de la ville. La voiture était la meilleure solution. L'agent promit qu'elle serait là dans quinze minutes et Jérôme raccrocha en pensant aux heures qu'il ne dormirait pas, mais surtout aux soixante-douze heures, très exactement, qui s'étaient écoulées entre les deux exécutions. Marchant sur son orgueil, il composa un numéro et laissa sonner. Une voix endormie répondit:

— O'Leary à l'appareil. J'écoute.

— Bon, je sais que ce n'est pas ce qu'on a dit, mais il y a des circonstances atténuantes.

L'Irlandais fit un bruit avec sa bouche. Rien de très clair.

— Tu m'as dit que tu en avais pour trois semaines à un mois avant de recevoir les résultats d'ADN pour ton noyé de la rivière des Mille Îles ?

— Au moins, marmonna-t-il.

— J'aurais besoin de toi. Tout de suite.

O'Leary était déjà plus alerte.

— Tu as un nouveau meurtre sur les bras ? Et tu n'as pas tant de bras que ça ! grinça-t-il.

— C'est à peu près ça, oui. On a un autre supplice du pneu. Dans le tunnel, cette fois.

L'Irlandais était debout. Jérôme l'entendait marcher dans son appartement.

— La même chose ? Le bidon d'essence, le pneu et tout ?

— On dirait.

Jérôme lui rapporta les détails qu'il avait retenus et ils se donnèrent rendez-vous dans l'heure. Alors qu'il allait raccrocher, Jérôme déclara :

— Il faudrait le dire à Blanchet, aussi.

O'Leary, déjà bien réveillé l'instant d'avant, semblait s'être rendormi. Il n'était plus là. Jérôme allait se raviser, proposer que le quartier général se charge de la prévenir, mais l'Irlandais toussa. Une éructation matinale au milieu de laquelle des mots se formèrent :

— Je vais lui dire.

La conversation s'arrêta comme elle avait commencé. Sans façon. Jérôme composait déjà un autre numéro. Au rythme où allaient les choses, il n'aurait pas le temps de se raser, de trouver une chemise propre ni même de se

141

peigner. Pendant que la sonnerie insistait, il enfila ses vêtements de la veille.

— Oui, bredouilla Lambert Grenier d'une voix d'outre-tombe.

— Tu m'as demandé douze heures. C'est ce matin, ça.

Grenier s'éclaircit la voix. Il avait la main sur le combiné et parlait à quelqu'un à ses côtés.

— Tu es là, Bert?

— Oui, oui, fit-il en revenant.

— À huit heures, tu arrêtes Bobby Ruiz. Mais je veux que tu parles à Nathalie Blum avant. Elle va prévenir les journalistes vers six heures, six heures et demie.

Lambert Grenier était confus. Il répétait les mots de Jérôme comme s'il avait besoin de les entendre pour y croire. « Arrêter Ruiz à huit heures et inviter la presse! »

— Si tu as un problème avec ça, tu me le dis tout de suite.

Contrairement à O'Leary, Grenier mettait beaucoup de temps à se mettre en branle. Jérôme l'imaginait, assis sur le bord du lit, le combiné sur l'oreille, la tête appuyée dans une main, se répétant: « Huit heures, Bobby Ruiz! »

— Pour meurtre. Et comme je dis, s'il y a des journalistes sur les lieux, c'est encore mieux.

— O.K., je comprends. C'est un *show*!

— Pendant qu'on s'occupe du quarante-septième meurtre… tranquilles.

Lambert Grenier était dans le coup. Ce qu'il fallait avant tout, c'était gagner du temps loin du regard des caméras. Le défi était de taille. Si le service de train de banlieue entre Deux-Montagnes et la gare Centrale était interrompu trop longtemps, on poserait des questions. Quelqu'un viendrait voir, John LeBreton par exemple, qui s'était présenté à l'improviste dans les garages de la Place Ville-Marie. Si le brasier de la sortie nord du tunnel était vraiment un supplice du pneu, une fois encore, moins on en parlerait, mieux ce serait. C'est du moins la logique que Jérôme privilégiait lorsqu'il s'engouffra dans la voiture.

— Salut, *boss*.

Malgré l'heure matinale, Greg était prêt à l'action. Le pied au plancher, il roulait à fond la caisse sur les grands boulevards. Les gyrophares de la voiture crayonnaient les immeubles de bleu et de rouge. Aux intersections, un couac retentissait, annonçant leur passage. La rue Jean-Talon était endormie à cette heure. À peine quelques voitures circulaient, mais il fallait s'en méfier. Des gens ivres, souvent. L'auto-patrouille tourna vivement à droite. Là, à cent mètres, se trouvaient la minuscule gare de Canora et son abri sommaire pour les usagers. Le train de banlieue était immobilisé à l'entrée du tunnel. Devant les voies, deux voitures de police étaient stationnées. Il y avait aussi une fourgonnette… et le 4×4 du pathologiste. Jean-Claude Zehrfuss les avait eus de vitesse !

— Laisse-moi là, fit Jérôme en désignant la camionnette des opérations.

Il descendit en cherchant à voir s'il y avait encore des passagers dans le train. Il faisait nuit noire. Où seraient-ils allés ? En regardant bien, il vit quelques curieux derrière les vitres des wagons. Ils n'étaient pas nombreux.

— M. Zehrfuss vous attend dans le tunnel, mais il a demandé que vous mettiez ça. Pour éviter la contamination des lieux.

L'agent qui l'avait accueilli lui tendait une combinaison, un masque et des bottes. Il haussa les épaules en s'expliquant :

— C'est comme ça pour tout le monde. Scène de crime avec accès restreint.

Jérôme mit cinq longues minutes à enfiler sa combinaison, à ajuster le masque et à trouver d'autres bottes à sa pointure. Une auto-patrouille arrivait à toute allure lorsqu'il descendit de la camionnette. C'était O'Leary, peut-être avec Blanchet. Il aurait pu les attendre, mais il ne tenait plus en place. Traversant l'abri des passagers, il longea les wagons jusqu'à la locomotive, la dépassa et descendit sur les rails. L'entrée du tunnel était tout près. Il s'étonna à nouveau de son étroitesse. Lorsqu'un train s'y engouffrait, il ne devait guère rester plus d'un mètre de chaque côté. Et encore.

Jérôme avait gagné en assurance dans l'art de marcher sur les rails. Il se dirigea vers l'entrée du tunnel et remarqua une clôture sur la droite. Une clôture métallique avec une brèche importante à l'endroit où elle rejoignait le mur. Il sortit son téléphone, activa le GPS et se repéra. La bouche du tunnel ferroviaire était voisine de l'avenue Kirkfield. Quelqu'un avait pu passer par là. Il alluma la lampe torche qu'on lui avait remise avec le costume de circonstance. Jérôme avait déjà chaud sous sa combinaison lorsqu'il aperçut Jean-Claude Zehrfuss, penché au-dessus de l'épaule des techniciens, qui en étaient au tout début de leur travail. Ils n'avaient pas encore touché au corps, dont on reconnaissait nettement mieux la forme cette fois. À vue de nez, le feu avait été beaucoup moins intense, moins dévastateur aussi. Le pathologiste se retourna :

— C'est différent de l'autre, sous la Place Ville-Marie.

— Il va leur falloir combien de temps ? demanda Jérôme.

— Deux heures. Peut-être trois.

Contrarié, Jérôme souleva les épaules et sentit son bras atrophié le long de son corps. Le mal avait disparu. Après qu'il eut pris les cachets la veille, la douleur avait persisté un moment puis s'était estompée. Il ne sentait plus rien.

— Je viens vous parler tout à l'heure, lui lança le pathologiste, qui jouait celui qui a les choses bien en main.

Au même moment, le téléphone de Jérôme sonna. C'était Nathalie Blum. Il ne lui laissa pas le loisir de prononcer un mot. Elle l'appelait alors qu'il était sur une scène de crime sous le tunnel du mont Royal. Une sale affaire, semblable à celle de la Place Ville-Marie. Il fallait tenir ses petits copains de la presse, plus particulièrement John LeBreton, le plus loin possible. L'arrestation de Ruiz ferait parfaitement l'affaire. Il n'eut pas besoin de lui faire un dessin. Détourner l'attention des journalistes était une de ses spécialités. Fin de la conversation.

Jérôme sortit du tunnel et vint à la rencontre d'O'Leary et de Blanchet, aussi vêtus d'une combinaison. Des autobus arrivaient devant la gare pour récupérer les passagers. L'Irlandais s'intéressa tout de suite à la brèche dans la clôture.

— Qu'est-ce qu'on sait ? hasarda Blanchet en se frottant les avant-bras pour se réchauffer.

— Que ce n'est pas tout à fait comme la dernière fois et que les techniciens ont besoin de deux heures encore. C'est beaucoup trop !

Jérôme s'attendait à de la défiance, de la part d'O'Leary surtout. Après l'avoir sommairement écarté de l'enquête, voilà qu'il le rappelait en renfort. Mais il n'en fut rien. Comme lui, l'Irlandais craignait le mimétisme. Une multiplication de supplices du pneu serait une catastrophe. Pour ne pas attirer l'attention, toutefois, il fallait faire vite. Passer la scène de crime au peigne fin, mais en vitesse. Les discussions, ce serait pour plus tard.

O'Leary se mit tout de suite au travail. Après avoir examiné la brèche, il escalada la clôture et arpenta le terre-plein de l'autre côté. En bordure de l'avenue Kirkfield, il pointa sa torche vers le sol et s'arrêta à plusieurs endroits pour regarder de plus près. Blanchet, pour sa part, inspecta les vingt premiers mètres du tunnel, balayant sa lampe sur chacune des traverses, inspectant les rails en s'agenouillant et en passant sa main sur l'acier. Rapidement, elle décréta :

— Zehrfuss a raison. Très différent de la première fois. Pas de spectateurs cette fois.

En disant ces mots, elle s'arrêta au-dessus d'un galet qui semblait avoir été déplacé. Elle pointa le faisceau de sa lampe sur un deuxième, puis un troisième avant de dire :

— On a peut-être traîné quelqu'un, par contre. Quelqu'un qui était incapable de marcher. Il y avait ça aussi, à la Place Ville-Marie.

— Sauf qu'il n'y a pas de sang.

— Pas de sang, confirma-t-elle. Pas pour l'instant.

Ils s'arrêtèrent à l'endroit où Zehrfuss avait interpellé Jérôme. Levant la torche vers le fond du tunnel, Blanchet essayait de voir au-delà du pathologiste et de son photographe. Si des gens avaient assisté à ce nouveau supplice, on les avait peut-être rassemblés plus loin, mais elle en doutait. Zehrfuss, qui ne lâchait pas les techniciens, pointait une forme, un bassin peut-être, qui dépassait du bûcher. Tournant la tête, il repéra Jérôme.

— Ç'a été fait à la va-vite !

Jérôme s'amusa du commentaire. Un spécialiste en tout genre, ce Zehrfuss ! Il savait déjà distinguer un supplice du pneu bien exécuté d'un travail bâclé !

— Ils ont traîné la victime entre les rails, avança Blanchet.

— Tout à fait, confirma le pathologiste. Ils étaient deux ou trois. La victime ne s'est pas défendue. Ils l'ont jetée là, lui ont mis le pneu autour du cou et ont versé de l'essence. À cause du poids, elle est tombée sur le côté, mais ils n'ont même pas pris la peine de la redresser. Ils ont mis le feu, ont même jeté le jerrican dans le brasier, et ils sont partis. Entre trois et cinq minutes. Maximum.

— Je peux aller là-bas ? fit Blanchet en indiquant le fond du tunnel du doigt.

Zehrfuss insista pour qu'elle longe le mur gauche. Blanchet contourna le bûcher en le regardant avec horreur. Pas de doute possible, le feu avait été nettement moins intense que la dernière fois. Comme le corps avait brûlé plaqué contre le sol, on en distinguait même la silhouette. Détail étrange, les cerceaux de métal du pneu faisaient une sorte d'auréole autour du crâne calciné.

Écœurée, Blanchet passa son chemin et disparut dans le tunnel, cherchant des détritus, des plumes d'oiseau ou des taches de sang. Mais elle ne trouva rien.

— Dans le cadre de nos relations de plus en plus cordiales…, ironisa Zehrfuss.

— Laisse faire le cadre ! l'interrompit Jérôme. Qu'est-ce que tu sais jusqu'à maintenant ?

Le pathologiste lui tira la manche et ils s'approchèrent du corps calciné. Regardant cette masse informe, Jérôme eut un haut-le-cœur. Mais de près, il comprenait mieux ce que Zehrfuss lui avait dit. La victime n'avait brûlé qu'en partie. L'opération avait de toute évidence cafouillé. La mort avait dû être horrible. Il indiqua l'os qu'il pointait un peu plus tôt.

— Le bassin. C'est celui d'une femme.

Jérôme acquiesça. Zehrfuss était appliqué et respectueux. Il montra la tête au milieu des cerceaux de métal du pneu.

— Pour les dents, c'est la même chose.

Il tourna légèrement le crâne calciné. Les lèvres avaient disparu, mais on pouvait voir un écart entre les incisives.

— Un diastème, précisa-t-il.

Il relâcha délicatement le crâne et se releva :

— C'est une femme. Et elle n'est pas jeune. Elle pourrait être la mère de l'autre, celui de la Place Ville-Marie.

Une hypothèse qui recoupait ce qu'Amanda avait dit lors de sa brève rencontre avec Jérôme. Mais il ne partagea pas cette information. Il voulait entendre le pathologiste. Celui-ci affichait un air grave en s'éloignant des restes humains.

— Des *Hoodoos* ! dit-il alors. Ce sont des *Hoodoos* qui ont fait ça ! Il n'y a aucun doute possible !

Jérôme le savait déjà.

— Ce sont des fous ! Des fous dangereux !

Le pathologiste avait eu un tremblement dans la voix en disant ces mots. Il comprit qu'ils n'étaient plus seuls dans le coup lorsqu'il vit O'Leary, qui sauta par-dessus la clôture et vint vers eux en pointant l'avenue Kirkfield.

— Il faut élargir la scène de crime. Ils sont arrivés par là-bas. Une seule voiture. Il y a des traces. On va faire une empreinte. Quatre personnes sans doute. Il y a des papiers par terre, des cochonneries comme l'autre fois.

L'Irlandais pointa ensuite la brèche dans la clôture.

— Ils sont passés par là. Ils ont traîné quelqu'un…

— Une femme, avança Jérôme.

— Une vieille femme, précisa Zehrfuss.

Au même moment, Blanchet sortit du noir. Elle était pâle et avait les yeux éteints lorsqu'elle les rejoignit.

— Pas de fête cette fois-ci. Pas de fête et pas de sang.

— Une vieille, l'informa O'Leary. Ils n'ont pas eu à la battre, elle n'a offert aucune résistance.

Jérôme leva les yeux vers la locomotive. Il faudrait remettre le train en service le plus tôt possible. Ce n'était pas anodin que les *Hoodoos* aient choisi cet endroit pour leur nouveau méfait. En bouclant les lieux du meurtre en vitesse, on effacerait nécessairement des preuves.

— Si la scène de crime est élargie à la rue voisine, ça va être plus long encore, annonça Zehrfuss.

— C'est du temps qu'on n'a pas, trancha O'Leary.

Dans le froid de ce petit matin de novembre, entre les rails à l'entrée nord du vieux tunnel, Jérôme sentit que quelque chose venait de changer. Une équipe était à l'œuvre. Une équipe qu'il s'était lui-même employé à détruire. Sauf qu'il n'y était pas arrivé. Ce deuxième supplice du pneu remettait les pendules à l'heure. Comment avait-il pu oublier que la capacité de résoudre une énigme se trouvait souvent dans le nombre ? Zehrfuss ferait parler les morts tandis que Blanchet s'occuperait de l'informatique. Baron, l'homme sans visage, avait forcément laissé une empreinte, une trace quelque part. Elle la trouverait, il n'en doutait pas un instant. Quant à O'Leary, il l'épaulerait afin qu'ils mettent la main sur ces *Hoodoos*. Combien étaient-ils ? On l'ignorait. Étaient-ils vraiment venus du Sud ? C'était à voir. Une seule chose s'imposait, en fait. C'étaient des fous. De dangereux fous laissés à eux-mêmes dans la ville. Il fallait les neutraliser.

***

Pourquoi le tunnel sous le mont Royal ? C'était la question. Les deux supplices s'étaient produits tout près ou dans le passage ferroviaire sous la montagne. Il y avait forcément une symbolique. En pays vaudou, il y en avait toujours. Le côté *underground* du mouvement venait immédiatement à l'esprit. Mais il y avait plus que cela. Il y avait autre chose. Jérôme en était convaincu lorsqu'il entra dans la salle de conférences avec son ordinateur et son carnet de notes, dont les pages étaient presque toutes noircies, maintenant. Sur une chaîne d'information en continu à la télé, on pouvait voir l'arrestation de Bobby Ruiz en direct. Télécommande à la main, Blanchet avait les yeux rivés à l'écran. Bert ouvrait la marche jusqu'au panier à salade avec Ruiz à sa suite, encadré par deux gorilles. Le commentaire disait qu'on avait épinglé le présumé meurtrier chez lui, alors qu'il buvait un café avec sa conjointe.

— Ils ne disent rien sur le train de Deux-Montagnes ?

— Pas un mot, répondit-elle en éteignant la télé.

O'Leary entra dans l'aquarium avec des documents, des sacs de plastique et un enthousiasme qu'on ne lui avait pas vu depuis longtemps. Lorsque l'Irlandais croisa le regard de Blanchet en déposant ses artefacts, Jérôme sut tout de suite qu'ils avaient fait l'amour peu de temps auparavant. Il préférait ne pas y penser.

— La trouvaille, c'est ça ! fit-il en portant à l'attention de Jérôme un feuillet qu'il retira d'un de ses sacs.

L'enquêteur chef ne reconnut pas l'image tout de suite, s'attardant plutôt à la façon grossière dont on l'avait en partie déchirée. Ce n'est qu'en l'éloignant de ses yeux qu'il vit le triangle. Le triangle de la Sainte Trinité. Mais avec deux coins déchirés, cette fois. Le Fils et le Saint-Esprit n'y étaient plus. Il ne restait que le Père.

— C'était parmi toutes les choses trouvées sur l'avenue Kirkfield. On aurait dit que quelqu'un avait vidé un sac de poubelle. Des plumes, des peaux de serpent, des crapauds écrasés, comme la dernière fois.

C'était une signature ! Les gens qui avaient fait ça voulaient qu'on sache qui ils étaient et peut-être même pourquoi ils le faisaient. Le rituel vaudou n'était qu'un écran de fumée. Une fausse messe noire qui cachait en réalité une exécution. La vengeance était à l'œuvre, quelqu'un réglait ses comptes avec une violence inouïe et ce n'était pas terminé. Le triangle du Saint-Esprit avec un seul coin restant annonçait un nouveau supplice. Si les *Hoodoos* avaient un tant soit peu de logique, la prochaine exécution aurait lieu dans les soixante-douze heures. Jérôme sentit une vibration sur sa cuisse. Un texto venait d'arriver. Il retira le téléphone de sa poche et lut aussitôt : *Désiré serait prêt à te parler ce matin. Pour la discrétion, rendez-vous chez Florence.*

Jérôme se recula légèrement sur sa chaise, consulta sa montre, fit le calcul et répondit : *O.K., 10 h 30 chez toi.*

Comme s'ils jouaient au tennis, O'Leary fit un retour à Blanchet, qui saisit la balle au vol en relevant l'écran de son ordinateur.

— J'ai eu deux communications avec le Miami Police Department. Il y a eu trois incidents du même genre l'année dernière. Très peu couverts par les médias. Les enquêteurs ont fait en sorte que ça ne se sache pas. Ils avaient peur de l'effet *copycat*. Ce sont leurs mots.

Mon réflexe a donc été le bon, pensa Jérôme. Pour ne pas avoir une épidémie de supplices du pneu, mieux valait taire l'affaire au moins un moment.

— La deuxième conversation téléphonique que j'ai eue était la plus intéressante. Les rituels vaudous sont moins cachés là-bas. Plus fréquents. Comme ici, la plupart des gens sont des *Radas*. Au début des années 1990, la cocaïne s'est mise à circuler à Miami. Les plus gros revendeurs étaient des *Hoodoos*. Pour eux, le vaudou n'était qu'une façade pour cacher leur commerce clandestin. Les *Radas* l'ont très mal pris. Ce n'était rien pour améliorer l'image de leur religion. De trafiquants, toutefois, les *Hoodoos* sont vite devenus des consommateurs. De gros consommateurs.

— On a des noms ? Quelqu'un les connaît, les a vus ? s'enquit Jérôme.

— Je dois reparler à mon contact à seize heures. Il y aurait des gens dans le collimateur, paraît-il. Mais il n'y a pas assez de preuves pour les coffrer.

O'Leary ne tenait plus en place. Cette enquête l'allumait, de toute évidence. Jérôme ne le reconnaissait plus. Alors qu'il rassemblait ses affaires, il lança :

— J'ai rendez-vous avec Tandus Lafontant. Une espèce de *preacher* qui dirige Nachons Sécurité.

— Le compétiteur direct de *Fanmi* Baron, précisa Jérôme.

— Absolument. J'ai eu le tuyau ce matin. Ils sont dans le *business* de la protection contre les esprits.

— Je sais. Je suis au courant. Tandis que tu y es, essaie de lui tirer les vers du nez au sujet de l'homme sans visage.

— Baron lui-même ?

— Ils doivent se connaître.

— Je n'y manquerai pas.

La courtoisie d'O'Leary était presque suspecte. Il terminait ses phrases et il lui arrivait même de s'excuser. Cette civilité qu'il s'était découverte rendait la vie beaucoup plus agréable. L'effet Blanchet sur cet Irlandais plutôt rustre ? Peut-être. Il gratifia même Jérôme d'un sourire en sortant. S'il n'avait pas été le patron, Jérôme l'aurait retenu pour partager un certain nombre des doutes qu'il nourrissait. Devait-il prendre Désiré au sérieux, par exemple ? Et que fallait-il penser d'Amanda et des révélations qu'elle lui avait faites ? Mais ça ne faisait pas tellement enquêteur chef. Prudent, il attendrait d'avoir les pieds sur du solide pour abaisser ses cartes.

Dès la réunion terminée, Jérôme prit sa veste, fila dans les corridors jusqu'au métro Champ-de-Mars, où il attrapa le dernier wagon d'une rame qui filait vers Berri-UQAM. De là, il passa sous le fleuve et rejoignit le Port-de-Mer sans avoir mis le pied dehors. La neige tombée deux jours plus tôt n'avait pas laissé de trace. Par les grandes vitres du passage surélevé reliant le métro à l'immeuble, il remarqua l'uniformité de la grisaille. Tout était sale ou du moins le paraissait. Il détourna le regard en se disant qu'il ne consacrerait pas plus d'une demi-heure à Désiré. Quelque chose lui disait même que c'était du temps mal investi.

Jérôme avait récupéré le double de la clef chez lui, mais il n'eut pas besoin de s'en servir. Gabriel devait avoir l'œil collé au judas. La porte s'ouvrit alors qu'il allait mettre la main sur la poignée. L'étudiant le fit entrer en silence et, d'un geste de la main, l'invita à passer au salon. Désiré était assis par terre devant un fauteuil. Il révisait ses notes de cours et ne leva les yeux que lorsque Jérôme lui tendit la main. Le jeune Haïtien l'invita à s'asseoir par terre. Pas idéal pour mener un interrogatoire. Mais justement, est-ce que c'était un interrogatoire ?

— Désiré sait qui tu es et de quoi tu veux parler, précisa Gabriel en s'installant un peu plus loin.

Volontaire, le garçon hocha la tête. Une belle tête, d'ailleurs, intelligente mais visiblement inquiète. Ses yeux avaient la couleur de la détresse. Jérôme devait y aller doucement. Il s'accroupit devant lui.

— Il y a quelques jours, mes parents ont assisté à une cérémonie vaudoue, commença Désiré. C'était un sacrifice pour éloigner les mauvais esprits. *Sa ki mal lespri!*

Amanda avait elle aussi utilisé ces mots. En créole, cela voulait dire « le mauvais esprit ». Jérôme lui sourit en précisant :

— Nous sommes au courant. Des gens sont venus de l'extérieur, des *Hoodoos* peut-être. Il y a eu un sacrifice dans un garage au centre-ville et quelqu'un a été tué. Brûlé vif.

Désiré avait frémi en l'entendant résumer les faits. Dans son coin, Gabriel se faisait tout petit. Jérôme invita l'Haïtien à continuer.

— Je n'y étais pas. Mes parents me l'ont dit, mais ce que je sais, c'est que tout le monde croyait que la cérémonie était organisée par *Fanmi* Baron. Ils se pensaient en sécurité.

Les mots revenaient, constata Jérôme. Sécurité, famille, protection. Le mauvais esprit était là qui guettait, mais *Fanmi* Baron veillait. Assister à une messe équivalait à se prémunir contre le pire. Sauf que ce soir-là, le pire était arrivé.

— Ils ont brûlé le *hounci*, avança Jérôme sans savoir si la prononciation était la bonne.

Il voulait donner l'impression qu'il en savait beaucoup, que Désiré était en sécurité et qu'il pouvait parler en toute confiance.

— C'était l'assistant. Mais il avait sûrement un nom.

Des rides apparurent sur le front lisse du jeune homme. Il déglutit, de plus en plus nerveux, et Gabriel vint à sa rescousse :

— Tu veux de l'eau, *man* ?

Désiré acquiesça, mais il savait que la question allait revenir. Qu'il n'y échapperait pas.

— Tu le sais, insista Jérôme. Tu connais le nom du *hounci*. Tu l'as déjà rencontré.

— Pas moi, se défendit-il. Mais mon père, oui.

— Et il te l'a dit.

Gabriel s'avança avec un verre d'eau, le remit à Désiré et l'encouragea en lui donnant une tape dans le dos. C'était presque rien. Un geste comme ça en passant. O'Leary faisait exactement le même lorsqu'ils menaient des interrogatoires ensemble. Il apportait de l'eau, du café ou un beignet et gratifiait la personne interrogée d'un geste d'encouragement qui donnait immanquablement des résultats.

— Il s'appelle Anatole, admit Désiré.

— Celui qu'ils ont brûlé ? C'est ça son nom ?

Il fit signe que oui. La détresse s'était accentuée dans ses yeux. Il croyait sans doute que *Sa ki mal lespri* allait se venger, le faire payer pour ces révélations. Il ne pouvait plus les retenir, cependant.

— Certains ont dit qu'il était le fils de Baron.

— Et Baron, c'est le *hougan*, suggéra Jérôme. Le chef.

Désiré lui donna raison en précisant toutefois :

— *Mambo* Freda est la prêtresse et le *hounci* joue du tambour.

Amanda avait mentionné ce nom. Freda. *Mambo* Freda. Mais Jérôme ne l'avait pas retenu.

— Et tu ne l'as jamais vu, Anatole ?

— Jamais. Mon père m'a dit qu'il avait son âge et qu'il était très beau. Un charmeur.

— Quel âge il a, ton père ?

Désiré réprima un sourire, comme si l'évocation de son paternel était quelque chose d'agréable.

— Cinquante-deux ans. Il est né en 1961.

— Donc Anatole, le *hounci*, a cinquante-deux ans.

— Avait, précisa Gabriel, qui ne ratait pas un mot de l'échange.

Comme un ange gardien, Gabriel acquiesçait aux propos de Désiré, suggérant parfois un mot quand son copain bafouillait ou précisant la pensée de Jérôme lorsque celui-ci n'arrivait pas à se faire comprendre. Cette fois, Gabriel prit les devants.

— Avant que Jérôme arrive, tu m'as dit son nom de famille. Anatole quelque chose…

Désiré eut un geste de recul. Il était acculé au mur. Peut-être avait-il dit ce nom à son ami, mais il n'était pas prêt à le répéter à un enquêteur de la police.

— Tu connais son nom de famille ? demanda Jérôme avec insistance.

— Personne ne saura que tu l'as dit, renchérit Gabriel.

Une goutte de sueur perla sur la tempe gauche du jeune Haïtien. Il baissa la tête, passa le revers de sa main sur son front et déglutit une nouvelle fois. Gabriel se leva et s'approcha doucement de lui.

— Hey, *man*, ça l'aiderait vraiment si tu lui disais le nom !

C'était le coup d'épaule qu'il fallait.

— Nelson Cédras, murmura-t-il. Nelson Cédras.

Jérôme glissa la main dans sa poche, attrapa son carnet et nota le nom.

— Cédras ! Comme le lieutenant général.

— Oui, c'est ça. Comme Raoul Cédras.

L'enquêteur avait bien entendu la peur dans la voix du garçon. Comme s'il avait dit quelque chose qu'il ne fallait pas répéter. Mais qui donc était ce Nelson Cédras et quel lien avait-il avec Anatole ? Devinant la méprise, Désiré s'expliqua :

— Il s'appelle Anatole Nelson Cédras. C'est ça son nom.

Jérôme rectifia ses notes. En ajoutant « Anatole » devant « Nelson Cédras », qu'il souligna deux fois, il se rendit compte de ce qu'il avait sous les yeux. A. N. C. Les lettres du bracelet trouvé dans le tunnel. Celui avec la goutte de sang. Se gardant bien de montrer sa surprise, il enchaîna :

— Et il habitait où, Anatole ? S'il y a des messes et des sacrifices régulièrement… il doit vivre quelque part. Une adresse ? Tu n'as pas une adresse ?

Gabriel se tourna vers Jérôme et, d'un geste de la main, l'invita à se calmer, à ralentir ses ardeurs. Désiré, pendant ce temps, rassemblait ses affaires. Visiblement énervé, il leva les yeux.

— J'ai un examen. Je dois y aller.

— C'est cool, *man*. Je suis sûr que tu l'as aidé...

Désiré se leva et traversa la pièce en leur adressant à peine un regard. Gabriel partit à ses trousses et le rejoignit à la porte. Ils échangèrent quelques mots avant qu'il lui donne une nouvelle tape dans le dos. Gabriel revint ensuite dans le salon, ombrageux.

— Tu l'as effrayé !

Jérôme haussa les épaules. La pêche avait été bonne. Il avait un nom, maintenant. O'Leary devait le savoir immédiatement. Et Zehrfuss aussi. Le pathologiste ferait peut-être un miracle en associant Anatole Nelson Cédras aux dents qu'il avait trouvées. En envoyant le texto, il leva les yeux vers Gabriel.

— C'est qui, au juste, ce garçon ?

— Un Haïtien de Montréal, répondit-il, contrarié. Son père a été chauffeur de taxi. Il est maintenant répartiteur dans le nord de la ville. Désiré étudie la socio. Ça dépasse complètement son père. Deux mondes.

— Mais ils s'aiment.

— Comment tu le sais ?

— Je l'ai vu. Il aime son père... qui assiste à des messes vaudoues. Et il connaît Anatole Nelson Cédras, brûlé vif il y a trois jours.

Jérôme se dirigea vers la porte sans en dire plus. Gabriel le suivit, l'air songeur. Alors qu'il allait sortir, l'enquêteur chef ajouta toutefois :

— Je vais devoir lui reparler, à ton ami Désiré. Il n'a pas tout dit.

Gabriel resta silencieux, comme si cette proposition lui déplaisait. Jérôme se demanda pourquoi, d'ailleurs : l'étudiant avait paru si content de lui présenter son ami et de contribuer ainsi à l'enquête. Puis il pensa à sa mère. Plus précisément à la chambre de sa mère. S'il n'avait pas été aussi pressé, il serait allé voir si le bout de fil dentaire était encore coincé entre la porte et le cadre. Il aurait peut-être même emporté le journal de Florence, pour y jeter un œil. Mais il y avait plus urgent. Depuis la fin abrupte de sa conversation avec Désiré, trois lettres lui tournaient dans la tête : A, N, C. Gabriel ferma la porte derrière lui en le saluant vaguement. Lorsqu'il entra dans l'ascenseur, Jérôme murmura pour lui-même :

— Toujours aller au-delà de l'évidence.

La dame qui était à l'intérieur le regarda d'un drôle d'air. « Encore un qui parle tout seul ! » sembla-t-elle se dire. Il la gratifia d'un sourire, appuya sur le bouton du rez-de-chaussée et les portes se refermèrent. Le timbre de son cellulaire se fit entendre. C'était un texto d'O'Leary : *Tu l'as pris où, ce nom ?* Jérôme lui répondit : *Le bracelet !*

11

Baron dormait sur un des divans du grand salon lorsque Papa Legba arriva en fin de matinée. Le soleil était déjà haut. Agité, le chauffeur réveilla le *hougan* et lui raconta ce qui s'était passé la veille. Il attendait *Mambo* Freda dans la voiture, devant le magasin Ogilvy sur la rue Sainte-Catherine. Après une longue journée de courses, elle avait insisté pour retourner dans ce commerce voir une paire de chaussures qui lui avait plu.

— Elle n'est jamais ressortie, admit Legba d'un air désolé.

À peine réveillé, le vieil homme ne comprenait pas ce que lui disait le chauffeur.

— Mais elle est où, Freda ?

— Ils l'ont enlevée, *Hougan* ! répondit-il en le prenant par les épaules. Ils l'ont enlevée !

Ses soixante-dix-huit années pesèrent alors sur les épaules de Baron comme si elles comptaient double. Écrasé, il ne réagissait plus.

— J'ai fait le tour de la ville, raconta Legba. J'ai parlé aux autres. Même à Tandus. Il ne savait rien. Tous m'ont juré qu'ils n'avaient rien à voir là-dedans. J'ai passé la nuit à la chercher. La nuit entière. Ce sont les *Hoodoos*. Ce sont eux qui l'ont enlevée !

Il faisait froid dans la grande maison. Le *hougan* se leva, fit quelques pas vers la cuisine puis se tourna vers le chauffeur. Quelque chose avait changé dans son visage. C'était la peur, sans doute. Peut-être voyait-il venir la fin.

— Il y a un plan prévu pour ça, non ? dit Legba faiblement.

— Oui, il y a un plan, reconnut Baron en continuant son chemin.

Dans la cuisine, il fit bouillir de l'eau, trouva un sachet de thé dans le garde-manger et prit une tasse sale dans le lave-vaisselle. Freda aurait hurlé ! Il y en avait des propres dans l'armoire. Si elle avait été là, elle l'aurait renvoyé au salon, sous le candélabre, et lui aurait apporté son thé sur un plateau. Mais Freda n'y était pas et il préférait ne pas trop y penser. Les larmes seraient montées, la tristesse l'aurait envahi, et il ne fallait pas. Il n'y avait pas un instant à perdre. C'était ça, le plan. Rassembler l'argent et les livrets bancaires, les mettre dans la valise prévue à cet effet et fuir le château au plus vite. Pendant que l'eau bouillait, Baron épia le chauffeur dans le salon. Effrayé, Papa Legba allait et venait en répétant :

— Il ne faut pas rester ici ! Il ne faut pas rester ici !

Baron but son thé dans la tasse sale en se remémorant la combinaison de la valise blindée. Il faudrait la fixer à son poignet aussi, à l'aide de menottes. Tout avait été pensé, prévu. Le seul problème, c'est qu'il ne pourrait prendre tout l'argent liquide. Il y en avait trop. Mais le contenu des comptes bancaires comblerait largement la perte. Lorsque Baron monta à l'étage pour se préparer, Papa Legba s'enferma dans les toilettes. C'était aussi bien ainsi. Le *hougan* aurait fini par l'énerver.

Sans perdre un instant, Baron prépara une valise de vêtements et une valise d'argent. Il y avait six comptes bancaires, dont deux au Panama, où vivait maintenant le lieutenant général. Ils n'avaient jamais perdu le contact avec lui, gardant précieusement son numéro de téléphone dans la valise blindée. Ils ne se voyaient plus depuis 1994, mais Freda lui parlait régulièrement au téléphone. C'est elle qui se chargeait de ces choses. Elle se chargeait de tout, en fait, puisque lui n'existait pas.

Il s'écoula une heure avant que Baron enfile les menottes et les fixe à la poignée de la valise contenant l'argent. Il passa un imperméable sombre au col de velours et se couvrit de son fameux feutre, celui qui dissimulait en partie son visage.

— Papa Legba! Je suis prêt!

Le chauffeur accourut, comme s'il n'attendait que le signal. Sans le regarder, Legba attrapa la valise de vêtements et la traîna vers la porte. C'est alors seulement qu'il croisa le regard du *hougan*. Son visage était bouffi, ses yeux, gonflés de larmes, mais il se retenait. Ce n'était pas le moment de pleurer Freda. Il fallait bouger, disparaître, se faire oublier. Une fois en lieu sûr, il aurait tout le temps de s'apitoyer sur son sort.

— Tu sais où on va? demanda-t-il en quittant la maison.

Papa Legba fit signe que oui en plaçant la valise de vêtements dans le coffre de la Mercedes.

— Tout a commencé là-bas, marmonna le *hougan*.

— Deux-Montagnes. Les premières messes et tout, renchérit Legba en lui ouvrant la portière.

— Le grand sacrifice dans le tunnel, tu te souviens?

Les yeux de Baron s'étaient mis à briller en évoquant ce souvenir.

— Le sacrifice dans le tunnel, répéta le chauffeur. Qui pourrait oublier une chose pareille?

— Allez! Vite! Il faut y aller maintenant.

Papa Legba s'inclina comme s'il s'agissait d'une fatalité. En se glissant sur la banquette arrière, Baron se rappela que *Mambo* Freda montait toujours devant, avec le chauffeur, et qu'elle se retournait immanquablement pour lui dire :

— Attache ta ceinture, *Hougan*.

Cette fois, il décida de ne pas le faire. À quoi bon? Rien n'était comme d'habitude. Ils fuyaient. Une fois rendus à Deux-Montagnes, à l'adresse de réserve, comme l'avait baptisée la *mambo*, tout serait à recommencer. Il faudrait aussi faire la lumière sur ce qui s'était passé. Mais qui étaient donc ces *Hoodoos* qui leur couraient après?

La Mercedes fila sur le chemin de la 3e-Ligne et quitta Village-de-la-Belle-Élodie alors que le soleil atteignait son zénith. Baron était bien éveillé, maintenant. Plus la voiture avançait vers la ville, plus il réalisait l'ampleur de la catastrophe. Anatole avait été brûlé vif. Freda, qui n'avait quitté la maison qu'une fois depuis la tragédie, n'était pas revenue. Il était seul avec le trésor, mais la vengeance serait à la hauteur de sa fortune. Déjà, il imaginait un plan. Pour le distraire, Papa Legba lui lança en cherchant son regard dans le rétroviseur :

— Je me souviens comme si c'était hier du premier sacrifice dans le tunnel. C'était quelque chose!

La diversion réussit. Sur l'autoroute, Baron se remémora cette grande cérémonie qu'ils avaient organisée, huit mois après leur arrivée à Montréal. Anatole venait d'acheter la première maison, celle de Deux-Montagnes. Pour aller en ville, où ils célébraient des messes dans des endroits de fortune, ils empruntaient le train passant sous la montagne. Le premier hiver avait été terrible. Le froid les avait pris par surprise. Le temps, dans ce pays qu'ils ne connaissaient pas, les avait complètement déroutés. Il y avait eu un référendum au moment de leur arrivée. Ceux qui l'avaient perdu avaient accusé les ethnies et autres «voyous» du genre d'être la cause de leur défaite. Refroidis, les Haïtiens s'étaient repliés sur eux-mêmes et tournés vers le vaudou dans l'espoir d'oublier. *Fanmi* Baron arrivait donc à point nommé. Le *hougan* était un homme sans visage, du jamais vu, et *Mambo* Freda était très inspirée. Un baume en ces temps incertains. Messe après messe, les adeptes se multipliaient. Par un heureux hasard, *Fanmi* Baron était au cœur de cette effervescence. D'où l'idée d'organiser un grand coup. Quelque chose qui permettrait à *Fanmi* Baron de se démarquer. Un sacrifice dont on se souviendrait.

À cette époque, Baron avait encore un semblant de vie. Entre les messes et les sacrifices, il lui arrivait de sortir et d'aller prendre l'air en ville. Déguisé, portant un feutre à large rebord, il quittait Deux-Montagnes à la nuit tombée et revenait par le dernier train. C'est à l'occasion d'une de ces sorties que l'idée lui était venue. Après avoir étudié l'horaire du train de banlieue, il s'était rendu compte qu'il y avait interruption du service entre minuit et trois heures trente. L'entrée nord du tunnel, entre l'avenue Kirkfield et le chemin Canora, était facile d'accès et, surtout, n'était pas surveillée. Pendant des semaines, lui et Anatole avaient préparé cette messe noire dont tout le monde se souviendrait.

Le 21 juin, le jour du solstice d'été, quatre-vingts adeptes s'étaient faufilés dans le tunnel et avaient eu droit à la plus excentrique des cérémonies. *Mambo* Freda avait été divine devant le grand feu qu'ils avaient allumé. Anatole jouait du tambour, Baron dansait et les quatre-vingts *Radas* présents étaient tous entrés en transe. Le *hounci* était un musicien doué. Il avait une façon lancinante de frapper sur son tambour. Un rythme qui hypnotisait. Cette messe-spectacle avait été un franc succès mais, surtout, elle avait définitivement assis la réputation de *Fanmi* Baron. Ceux qui étaient là le 21 juin 1996, ceux qui étaient ressortis du tunnel cinq minutes avant le passage du premier train, avaient été éblouis par l'intensité du rituel. Un moment si magique que Baron et Freda eux-mêmes avaient cru que c'était de la sorcellerie, ce dont ils se savaient incapables.

Perdu dans ses pensées, Baron revint à lui lorsque Papa Legba renifla un grand coup derrière son volant. Le chauffeur avait sans doute pris froid, pensa-t-il. Il ne rajeunissait pas lui non plus. Et les jours qui venaient seraient à n'en pas douter éprouvants. Baron serra la poignée de la mallette attachée à son poignet et regarda dehors. Ils étaient sur le pont Jacques-Cartier maintenant. Les manèges endormis de La Ronde faisaient le gros dos en attendant la belle saison. Il se demanda pourquoi ils avaient emprunté cette route pour se rendre à Deux-Montagnes. Passer par la ville en plein jour constituait un détour.

— Où allons-nous ? demanda Baron en regardant pardessus son épaule.

Legba avait entendu la peur dans sa voix. Le vieil homme cherchait le regard du chauffeur dans le rétroviseur.

— Si quelqu'un nous suit, répondit-il calmement, ce sera plus facile de le semer dans les rues de la ville.

L'explication était valable et rassura momentanément le *hougan*. D'autant que le chauffeur précisa :

— Je prends des précautions, mais tout va bien.

À l'annonce de la mort d'Anatole, Freda lui avait dit : « Si Anatole est mort, tu vas mourir toi aussi, *Hougan* ! » Depuis, sans se l'avouer, il attendait le moment fatidique.

Avec la disparition de Freda, la mort s'était approchée un peu plus, mais il ne la voyait pas. Pas encore. La Mercedes s'arrêta à un feu rouge, au coin de l'avenue Viger, non loin du fleuve. Baron regardait droit devant, serrant la poignée de sa mallette, lorsque Papa Legba se tourna vers lui. Avait-il quelque chose à lui dire ? À lui demander ? Et quel était donc cet objet qu'il tenait à la main ? Un aérosol ? Un truc de coiffeur ? Sans crier gare, le chauffeur lui aspergea le visage d'un liquide blanc comme la neige, blanc comme l'hiver. Un hiver subit où tout se glaça en un instant.

12

À midi, O'Leary, Blanchet et Zehrfuss étaient aux quatre coins de la ville. Après avoir fait un crochet par une clinique dentaire de Deux-Montagnes, l'Irlandais était maintenant en compagnie de Tandus Lafontant, le *hougan* de Nachons Sécurité. L'homme, qui était apparemment très occupé, l'avait fait attendre près d'une heure. Blanchet, pour sa part, était au Complexe Guy-Favreau avec une collègue de l'Immigration, en train de chercher de l'information sur Anatole Nelson Cédras, sans grand succès jusqu'ici. Plus tôt, en consultant des bases de données, elle avait trouvé un Anatole Nelson Cédras : aux petites créances. Un compte en souffrance chez un dentiste de Deux-Montagnes. Une clinique d'une autre époque, fondée par le Dr Jeanson, un vieil homme bourru qui devait bien avoir soixante-quinze ans. O'Leary s'était déplacé avec un mandat, avait récupéré de vieux rayons X et les avait envoyés au laboratoire de la rue Parthenais, chez Zehrfuss.

Compte tenu de leur dispersion, Jérôme avait proposé qu'ils fassent le point sur Skype à midi sonnant. Des pistes s'étaient précisées depuis que le nom d'Anatole avait fait surface. Zehrfuss était dans un coin de l'écran, Blanchet dans un autre, et O'Leary les rejoindrait dès qu'il aurait fini avec Tandus Lafontant.

— Je viens de recevoir les radiographies, commença le pathologiste. Je les ai numérisées et fait parvenir à l'odontologiste, mais à vue de nez je peux vous dire qu'on a notre homme !

Zehrfuss était très à l'aise dans son laboratoire. Son ordinateur était posé sur un comptoir haut. Des collègues ou des stagiaires s'agitaient derrière lui. Sur ses terres, il était nettement plus sûr de lui.

— D'après le dossier, Anatole Nelson Cédras n'a consulté qu'une seule fois dans cette clinique. Le 11 novembre 1995. Il avait un abcès sous la canine gauche et a reçu un traitement qu'il n'a jamais payé.

Dans son coin de l'écran, Zehrfuss consultait la radiographie en la dirigeant vers la lumière.

— O'Leary a parlé avec le Dr Jeanson. Il ne se souvient pas de lui, évidemment. Mais il n'y a pas de doute, les dents trouvées dans le premier brasier et celles-ci…

Il agita la photo devant l'écran de son portable.

— C'est les mêmes. Il s'agit de la même personne. On voit même son diastème, devant.

Blanchet s'éclaircit la voix :

— Décidément, Deux-Montagnes revient souvent dans cette affaire.

Jérôme pensait la même chose. Dans son esprit, la scène de crime venait une fois encore d'être agrandie. Elle comprenait dorénavant la voie ferrée sur toute sa longueur, de la gare Centrale jusqu'à Deux-Montagnes.

— Ce qui est étrange, continua Blanchet, c'est que l'adresse inscrite au dossier d'Anatole Nelson Cédras n'existe pas. O'Leary m'a demandé de vérifier. Il y a un terrain vague à cet endroit.

Zehrfuss consultait ses notes, comme s'il cherchait quelque chose à ajouter. Blanchet ne lui en donna pas la chance.

— Inutile de chercher des Nelson Cédras au Canada. Il n'y en a pas dans les banques de données : pas de comptes bancaires ni de cartes de crédit. Il n'y a rien. Si on élargit la recherche aux États-Unis par contre, on a quelque chose. En septembre 1994, un diplomate haïtien arrive à Miami. Il s'appelle Georges Nelson Cédras. Il est accompagné de sa femme, Freda, et de son fils, Anatole.

— Quel âge a le fils ? s'enquit Jérôme.

Blanchet ne le savait pas. La question lui fit perdre momentanément le fil.

— Qu'est-ce que je disais ? Ah oui ! Il n'y a pas d'autres Nelson Cédras. Nulle part. Sauf peut-être en Haïti. Mais les archives là-bas, c'est l'enfer ! Je n'ai pas essayé.

— Quelqu'un doit bien le connaître, puisqu'il a un passeport diplomatique, dit Jérôme.

Zehrfuss se faisait discret dans son coin. Par moments, on avait même l'impression qu'il n'écoutait pas. Le visage d'O'Leary apparut alors au bas de l'écran.

— Salut ! Je suis là !

Blanchet continua comme si elle ne l'avait ni vu ni entendu.

— Bon, ce qu'on sait par contre, c'est qu'en septembre 1994, donc exactement au même moment, Raoul Cédras est invité à quitter Port-au-Prince par les Américains. Il s'installe au Panama avec l'aide de la CIA.

Depuis ses errances du côté de l'ANC, Jérôme était devenu prudent. Élargir l'enquête à l'international ne lui disait rien de bon. Les passeports diplomatiques, la fuite d'un général haïtien vers le Panama avec l'aide de la CIA, le moins possible pour lui. Découragé, il demanda à Blanchet :

— Tu n'aurais pas quelque chose de plus concret ? De plus près de nous ? Si ce Georges Nelson Cédras a débarqué en Floride en 1994, il a dû laisser des traces.

— Eh bien justement, après cette date, il n'y a plus rien. J'ai vérifié aux douanes, à Miami et ailleurs. Rien.

— Donc ils sont entrés aux États-Unis avec un passeport diplomatique, reprit O'Leary, ils ne sont jamais ressortis, mais ils ont disparu des radars.

— C'est à peu près ça.

— Au moment même où Raoul Cédras arrive au Panama, ajouta Jérôme en se demandant où Blanchet s'en allait avec tout ça.

— Après septembre 1994, le nom Nelson Cédras n'existe tout simplement plus. On ne le trouve nulle part !

— Pas tout à fait, rectifia Zehrfuss, qu'on avait un peu oublié. Le nom refait surface le 11 novembre 1995 dans une clinique dentaire de Deux-Montagnes.

— Douze jours après le référendum, nota Jérôme.

Même sur Skype, il sentit le malaise. O'Leary regardait de côté, l'air de dire : « Il ne va pas encore nous parler du référendum. » Zehrfuss s'était retiré de l'image pour cacher sa réaction tandis que Blanchet relisait ses notes, très concentrée. Jérôme fit comme s'il n'avait rien vu.

— Et toi, O'Leary ? Qu'est-ce que ça donne, cette rencontre avec Tandus Lafontant ?

— Super cool, le gars ! répondit-il.

— Mais encore ?

— C'est un *preacher*. Il fait dans le vaudou, mais il aurait pu tout aussi bien être prédicateur baptiste. Ce que je veux dire, c'est qu'il ne ferait pas de mal à une mouche. Il est au courant de ce qui s'est passé à la Place Ville-Marie. Il accueille les gens qui ont assisté au massacre et tente de les rassurer. Ils ont vraiment peur, paraît-il.

— Donc ça lui profite, tout ça. Les adeptes de *Fanmi* Baron migrent vers chez lui.

— Pas sûr que ça l'intéresse vraiment. Au contraire, il cherche à savoir ce qui s'est passé. Il m'a offert son entière collaboration.

— L'hypothèse d'une lutte de pouvoir entre les deux groupes…

L'Irlandais ne le laissa même pas finir. Il n'y croyait pas. De toute évidence, sa rencontre avec Tandus Lafontant l'avait impressionné, d'autant que le *preacher*, comme il l'appelait, lui avait offert de rencontrer des gens présents lors de la fête macabre de la Place Ville-Marie. Zehrfuss montrait des signes d'impatience dans son coin de l'écran. Comme s'il ne pouvait plus se retenir, il lâcha :

— À mon avis, on est en train de passer à côté de l'essentiel ! Il y a deux ou trois Zoulous…

— Des *Hoodoos*, le reprit Jérôme.

— D'accord, des *Hoodoos*. Bref, ils se promènent en ville et ils incendient des gens. C'est sur eux qu'il faut concentrer nos efforts. Il faut les coincer, les plaquer au sol, et ça presse !

Jérôme gratifia le pathologiste d'un sourire. On ne lui en demandait pas tant. C'était l'objectif, effectivement, mais il y avait beaucoup de monde dans cette affaire. Un ménage s'imposait. Blanchet lui donna raison :

— Pour savoir qui sont ces *Hoodoos*, il faut d'abord découvrir qui est Baron, l'homme sans visage. Quand on se cache, c'est qu'on ne veut pas être reconnu.

Zehrfuss, qui ne se mêlait toujours pas de ses affaires, refusait de lâcher l'os.

— Selon moi, on confond tout. Baron serait la prochaine victime, si je comprends bien. Ce n'est pas lui qu'il faut chercher, mais plutôt ceux qui lui courent après.

Blanchet avait une réponse toute prête.

— En fin de journée, je dois reparler avec mon contact à Miami. Il m'a promis des noms. Ils ont des suspects dans l'affaire dont je vous ai parlé. Trois supplices du pneu coup sur coup l'année dernière. Ils n'ont pas assez de preuves pour les traîner devant les tribunaux mais…

— Ça nous rappelle quelque chose, fit Jérôme, grinçant.

Personne ne releva la remarque. Faisait-il référence à l'affaire du noyé trouvé dans la rivière des Mille Îles, cette enquête qui n'allait nulle part? O'Leary et Blanchet s'étaient montrés bons joueurs lorsque Jérôme avait fait appel à leurs services après les avoir écartés deux jours plus tôt. Ils étaient accourus sur les lieux du deuxième supplice sans se faire prier et plus jamais ils n'étaient revenus sur le sujet. Un jour, il devrait reconnaître son erreur – puisque c'en était une – et faire amende honorable. Mais pour l'instant, il y avait péril en la demeure. Cette enquête partait dans tous les sens. Il n'y avait pas la moindre cohésion.

— Ah oui, j'allais oublier, lança O'Leary. Dans le garage souterrain des Promenades Cathédrale, j'ai pris des empreintes de pneus près de la porte de la sortie de secours. Hier, sur l'avenue Kirkfield, j'en ai pris d'autres. Et ce sont les mêmes. Les pneus d'une grosse voiture.

Encore une chose, pensa Jérôme en se gardant bien de le dire.

— Très bien. On va s'arrêter là! Chacun sait ce qu'il a à faire, conclut-il.

Les uns après les autres, O'Leary, Blanchet et Zehrfuss se débranchèrent. Dubitatif, Jérôme contempla l'écran vide de son ordinateur en digérant ce qu'il venait d'apprendre. Plus cette histoire avançait, plus Haïti l'aspirait. Il ne voulait pas y faire face, mais c'était ainsi. Il y avait une part de lui dans cette affaire. Une part qu'il était cependant incapable de nommer. Il allait se perdre dans ses pensées lorsque Martine entra dans le bureau.

— Le notaire Fillion, ça vous dit quelque chose ? Il vous a laissé deux messages ce matin.

Jérôme déglutit. C'était le notaire de sa mère.

— Il a parlé d'une clef. La clef d'un coffret de banque, je crois. Il voudrait bien la récupérer.

— Ah oui, bien sûr. Je l'ai.

Il ouvrit le tiroir du bas, prit la clef et la remit à Martine en la priant de la faire parvenir au notaire. Voilà une chose à laquelle il n'aurait plus à penser.

— Il y a aussi le Dr Legault qui vous a téléphoné.

— Je l'ai vu hier ! rétorqua Jérôme.

— Je le sais. Mais il voudrait vous revoir. Il a beaucoup insisté.

— Dites-lui que je n'ai pas le temps.

— Il m'a laissé son numéro personnel.

Martine l'avait copié sur un bout de papier. Lorsqu'elle le lui remit, il la regarda longuement avant de le prendre. Comme elle insistait, il le rangea dans le petit compartiment de son porte-monnaie en s'efforçant de lui sourire. Elle se retira et il sortit son téléphone de sa poche. À deux reprises au moins, l'appareil avait vibré pendant la réunion sur Skype. C'était Jessica. Elle lui avait envoyé deux textos : *Je suis dans la rue devant ton bureau*. Et, un peu plus tard : *Qu'est-ce que tu fais, je t'attends !*

***

Habituellement, lorsque Jérôme mettait le pied dans la voiture de Jessica, elle enfonçait l'accélérateur comme une pilote de rallye, faisait du slalom entre les nids-de-poule des rues de la ville et passait sur les feux orange comme s'ils étaient éternels. Au bout de quelques minutes de ce régime, Jérôme finissait généralement par montrer une bouche de métro, affirmant vouloir faire le reste du trajet par-dessous, et elle se calmait. Mais pas cette fois-là. Anéantie, elle cherchait ses mots en se traînant dans la circulation.

— Il est arrivé quelque chose de tragique.

Jérôme attendit la suite, qui mit un moment à venir. Il était préoccupé, en fait. Quelle Jessica rencontrait-il au juste ? L'ancienne indicatrice qui de son propre chef avait repris du service – dans ce cas, on ne devait pas les voir ensemble – ou l'amoureuse qu'il n'avait pas su voir ? Pas su reconnaître ? Il remonta le col de son manteau.

— Quelque chose de tragique, tu dis ?

— Amanda s'est suicidée.

Jérôme reçut la nouvelle comme si on l'avait frappé. Jessica se mordait la lèvre en roulant tout doucement dans les rues étroites de la vieille ville. Elle s'en voulait. Il essaya de se souvenir du visage de la jeune femme. Pendant la majeure partie du court trajet qu'ils avaient fait ensemble la veille, il l'avait surtout vue de dos. Elle s'était bien retournée, à quelques reprises, mais ce qu'elle lui avait montré était surtout sa peur. Une peur que Jessica lui avait fait comprendre après le départ précipité d'Amanda, non sans lui reprocher d'avoir été brusque avec elle. Ses questions insistantes l'avaient effrayée.

— C'est la peur qui l'a tuée ! affirma Jessica sans le regarder. Elle a cru que le mauvais esprit allait se venger.

Jérôme pensa aussitôt à Désiré, l'ami de Gabriel. Lorsqu'il l'avait pressé de questions un peu plus tôt, la terreur était apparue dans ses yeux. En insistant, il lui avait fait dire des choses que l'étudiant ne devait pas répéter, prononcer des noms qui devaient rester secrets. Si Amanda était passée à l'acte, Désiré était peut-être aussi en danger. Jérôme sortit son téléphone, trouva le nom de Gabriel dans le répertoire et activa la touche de composition automatique. La main de Jessica glissa sur la sienne.

— Tu fais quoi, là ?

La question pouvait vouloir dire bien des choses. Elle roula vers le nord sur le boulevard Saint-Laurent jusqu'à l'avenue du Mont-Royal, puis tourna à droite. Jérôme eut le temps de laisser un message disant qu'il s'agissait d'une affaire urgente et qu'elle concernait Désiré. Après avoir raccroché, il revint à Jessica :

— J'ai deux ou trois cinglés qui se promènent en ville. Ils préparent un coup, mais tout ça c'est du vent, parce que ces gens-là sont des esprits. Ils n'ont pas de vie et ne sont nulle part !

Sa frustration lui étreignait la gorge. Il ne se souvenait pas de s'être mesuré à une situation à ce point insaisissable. Comme début en tant que patron aux homicides, il aurait préféré quelque chose de plus classique. Un bon vieux règlement de comptes.

— Fais attention, Jérôme ! Ne t'approche pas trop. Ils sont dangereux.

Sa voix hoquetait. L'émotion l'avait trahie. Elle glissa une main sur sa cuisse, cette fois, et murmura en se tournant vers lui :

— Je veux que tu m'appelles ce soir. Sinon je vais être inquiète.

Jérôme regarda sa main. Des doigts magnifiques. Des bagues aussi. Plusieurs bagues. Elle lui avait souvent dit cela lorsqu'elle était indicatrice : « Je veux que tu m'appelles ce soir. » C'était même devenu une habitude. Et puis il y avait eu l'assassinat du juge Rochette au palais de justice et le long silence qui avait suivi. Son silence à lui.

— Je te laisse au métro Mont-Royal ? demanda-t-elle.

Ils n'échangèrent plus un mot jusqu'à la rue Saint-Denis. Elle pensait à Amanda sans doute, et lui à ce qu'il devait faire de cette mort. L'ajouter aux deux victimes déjà connues dans cette affaire? Ou la traiter comme n'importe quel autre suicide? Jessica insista encore en rangeant sa voiture le long du trottoir.

— Sois prudent, Aileron! Ils sont plus forts que toi.

Elle seule pouvait l'appeler ainsi sans le vexer, sans se le mettre à dos.

— Et n'oublie pas! J'attends ton appel!

Jessica avait-elle peur? Amanda lui avait-elle communiqué ses craintes? Des *Hoodoos* rôdaient, mais la ville n'était pas assiégée. Tout était si calme ici, en comparaison de certaines mégapoles américaines. Deux ou trois fous s'apprêtaient peut-être à faire une troisième victime, mais rien ne changeait à la station Mont-Royal, toujours aussi achalandée et joyeuse. Les musiciens dans les couloirs secouaient la tête en grattant leurs guitares. L'écho leur donnait l'impression de jouer dans une grande salle, devant un immense auditoire, et ils se donnaient à fond. Une vieille chanson de Cat Stevens lui rappela des souvenirs, et il s'arrêta à un comptoir pour prendre une bouchée et l'écouter. Était-ce l'air de *Father and Son* qui le poussa à ressortir son téléphone? Mais une fois encore, il se buta à la messagerie de Gabriel.

Appuyé contre un mur du passage souterrain, sa serviette de cuir entre les pieds, Jérôme mangeait son sandwich lorsqu'un détail lui revint. Le jour même où il avait été nommé aux homicides, Simon Bourgeois, un ancien collègue de la SCS, était devenu patron de la Sécurité et du Contrôle souterrains. Ils s'étaient bien connus à l'époque. Bourgeois, qu'on appelait alors Boubou, avait gravi les échelons un à un en apprenant à connaître, comme lui, tous les secrets de la ville souterraine. L'enquêteur chef lui devait bien un coup de fil pour le féliciter.

— Jérôme Marceau ! fit une voix enthousiaste. Si tu ne m'avais pas appelé, c'est moi qui l'aurais fait pour te féliciter ! Un ancien de la SCS devenu patron des homicides. Ce n'est pas rien !

— Permets-moi de te féliciter moi aussi, lui renvoya Jérôme.

Il prit une bouchée de son sandwich et se mit à marcher. C'était à dessein. Bourgeois devait comprendre qu'il n'appelait pas pour faire la causette. Il parlait la bouche pleine, sa respiration était saccadée. Le temps était compté.

— J'ai une affaire inhabituelle sur les bras et j'ai pensé te prévenir, au cas où quelqu'un verrait quelque chose.

— Bien reçu ! fit Bourgeois. Qu'est-ce qu'on cherche ?

— Des esprits !

Le nouveau patron de la SCS le fit répéter.

— Ça se passe chez les vaudous. On ne sait pas très bien si c'est une guerre de pouvoir ou autre chose. Mais il y a deux esprits, peut-être trois, qui se baladent en ville. Ils ont déjà deux morts au compteur et on croit que ça ne s'arrêtera pas là.

Bourgeois était à la fois flatté qu'on fasse appel à ses services et confondu par les propos de Jérôme.

— Tu n'as rien de plus concret ?

— Étant donné la nature de ces gens et les endroits qu'ils ont choisis pour leurs rituels macabres, c'est-à-dire le garage souterrain de la Place Ville-Marie et le tunnel sous le mont Royal, j'ai pensé que leur prochain coup pourrait aussi avoir lieu en dessous, mais ailleurs.

— Des esprits, répéta Bourgeois, comme s'il essayait de se mettre le mot dans la tête. Mais rien de plus tangible ?

Jérôme chercha tout en marchant. Rien ne lui venait. Sauf un détail, peut-être.

— Écoute, c'est presque rien.

— Dis toujours.

— Les deux fois, ils semblent avoir utilisé la même voiture. On a trouvé des traces. Un gros machin. On en saura plus à la fin de la journée.

Simon Bourgeois ne parlait plus. Jérôme se demanda même s'il était encore là.

— Des traces de pneus, ça ne nous aide pas beaucoup, nous autres.

Jérôme prit la dernière bouchée de son sandwich et mastiqua longuement avant de dire :

— Je te dis ce qu'on sait, ce qui n'est pas grand-chose, évidemment. Ils sont deux ou trois et ils se déplacent dans une grosse bagnole.

L'enthousiasme de Bourgeois s'était étiolé. Il répétait les mots de Jérôme en bafouillant. Vaste commande que de chercher un nombre indéterminé d'« esprits » dans le gigantesque réseau souterrain de la ville.

— Garde l'œil ouvert. S'il y a quelque chose, tu m'appelles, d'accord, Simon ?

En utilisant le prénom de son collègue, Jérôme avait marqué un point. Bourgeois promit de faire un suivi avant la fin de la journée, mais Jérôme n'attendait rien de cette démarche. L'idée lui était venue par simple déduction. Des *Hoodoos* venus de Floride, débarquant à Montréal en plein mois de novembre, chercheraient tout naturellement à se terrer. N'avaient-ils pas perpétré leurs méfaits sous terre ?

Plus loin, sur le quai, il repensa à Amanda. Dès qu'il serait au bureau, il enverrait un enquêteur afin qu'on établisse les circonstances exactes de sa mort. Puis, en montant dans le métro, il dressa mentalement une liste de noms. Les joueurs principaux. Il y avait Anatole, ce mystérieux Baron et *Mambo* Freda. Il fallait aussi compter

Georges Nelson Cédras, le plus insaisissable de tous. Puis Tandus Lafontant, qu'O'Leary avait immédiatement écarté comme suspect possible ou personne ayant joué un rôle dans cette affaire. Se greffaient à cette liste des personnages secondaires, comme Désiré et Amanda – dont lui seul connaissait l'existence –, ainsi qu'un vieux dentiste qui gardait des tonnes de radiographies dans le sous-sol de sa clinique. Les lieux n'avaient pas de lien apparent mais étaient tous situés le long de cette voie ferrée reliant Deux-Montagnes au centre-ville. Et il y avait le reste. Quelques dents, deux diastèmes et l'image du triangle de la Sainte Trinité aux coins déchirés.

Jérôme avait le tournis lorsqu'il regagna son bureau. Trop de questions et de moins en moins de réponses. À tout hasard, il composa le numéro de Gabriel. Pas de réponse encore une fois. Comme si ce n'était pas assez, Désiré lui causait du souci. Se sentait-il dévoré de l'intérieur? Entendait-il la voix de *Sa ki mal lespri*? Jérôme n'avait absolument aucune prise sur ces *Hoodoos* errants. Pourtant, ils étaient là, quelque part, prêts à allumer un nouvel incendie.

Le doute rôdait, ce doute terrible qui l'accablait et l'assommait. Chaque fois, c'était la même bataille. L'héritage de Florence, probablement. Toute sa vie, elle l'avait fait douter. Pour le stimuler d'abord. Et pour le forcer à aller plus loin ensuite. Le résultat avait été mitigé. Pour survivre, Jérôme était devenu un dompteur de doutes. Un grand! Lorsqu'une catastrophe frappait, que tout s'écroulait, qu'il ne croyait plus au succès et qu'il faisait face à l'échec, il sortait la chaise et claquait le fouet pour chasser ses hésitations.

Mais ce jour-là, il n'y arrivait pas. Assis dans son fauteuil derrière son bureau, la tête dans les mains, il regardait fixement le plancher. Des images, des sons et des lieux défilaient dans ses pensées. Un méli-mélo d'informations duquel surgissait sa mère par moments. Rien de concret, comme le lui avait dit Simon Bourgeois. C'est la voix de Martine, amoindrie par le son nasillard de l'interphone, qui l'arracha finalement à cette projection privée.

— Il y a quelqu'un de la GRC pour vous, monsieur Marceau. L'enquêteure Dorothy.

Jérôme mit un moment à la replacer. Il la cherchait dans le mauvais dossier. Jane Dorothy lui avait téléphoné le jour de sa nomination pour lui annoncer que Sanjay Singh Dhankhar avait été battu en prison.

— Transférez-moi l'appel.

— Elle est ici, monsieur Marceau. Elle est venue sans rendez-vous. C'est urgent, paraît-il.

Jérôme se leva. C'était tout à fait inhabituel qu'une agente de la GRC se présente au bureau de l'enquêteur chef des homicides. Il pensa la faire attendre, mais se ravisa et l'invita à entrer. Il consacrerait cinq minutes à l'affaire. Pas plus.

— Je vais faire vite, annonça Jane Dorothy. Je sais quel rôle vous avez joué dans l'enquête...

Jérôme ne l'écoutait pas. Elle semblait répéter la même chose. Quelqu'un de l'extérieur avait payé pour qu'on tabasse Dhankhar.

— Nous avons un suspect, annonça-t-elle après son bref préambule. Pas assez de preuves pour le coincer, mais ça ne devrait pas tarder. C'est un *Rouge*. Basile Moïse. Un *Blood*.

Une histoire de gangs de rue ! se dit Jérôme. Parfait, il refilerait le dossier à Lambert Grenier. L'affaire était entendue.

— On a payé un *Blood* déjà en prison à Sainte-Anne-des-Plaines pour qu'il tape sur Sanjay Singh Dhankhar ?

— Le jour où la presse en a parlé, l'argent est tombé dans le compte !

— Le compte de Basile Moïse ?

Elle acquiesça en lui montrant des relevés. Sur chaque page, il y avait une ligne surlignée en jaune.

— Ce n'est pas évident, mais j'ai pensé que vous pourriez peut-être m'aider.

Jane Dorothy passa les cinq minutes suivantes à lui expliquer comment de petits montants, allant de cinquante à cent soixante-quinze dollars, avaient transité par une kyrielle de comptes bancaires afin de brouiller les pistes, avant de se retrouver dans celui de Basile Moïse. En apparence, un schéma pyramidal. La réalité était tout autre. Quelqu'un avait tenté fort maladroitement de dissimuler la provenance de cet argent. Dorothy déposa le volumineux dossier de relevés de compte sur le bureau devant lui :

— J'ai fait sortir de l'information. Les noms et les adresses des détenteurs de ces comptes. Il y en a soixante-deux. J'aimerais que vous les regardiez. Peut-être qu'un de ces noms ou une adresse vous dira quelque chose.

— C'est trop gentil !

Dorothy avait saisi l'ironie. Pour la forme, Jérôme fit tourner les pages, regardant mollement les adresses en agitant la tête. Il allait déposer le tout sur le dessus de la pile de documents à lire lorsqu'une des adresses attira son attention. Il sentit aussitôt une bouffée de chaleur l'envahir. Faisant des efforts pour ne rien laisser paraître, il leva les yeux vers Dorothy.

— Allez voir Lambert Grenier. Les gangs de rue ici, c'est lui. Il pourrait y avoir une autre façon de coincer Basile Moïse. Il va vous aider.

Sans plus, il se leva. Jane Dorothy savait qu'elle avait abusé de son temps, mais elle insista quand même en lui redemandant :

— Vous allez jeter un œil sur les relevés bancaires ?

— Sans faute, fit-il en la raccompagnant à la porte.

Martine se chargea de mettre Jane Dorothy en lien avec Lambert Grenier. Jérôme regagna son bureau et reprit la liste de relevés que lui avait remise l'enquêteure. En feuilletant le document un peu plus tôt, il avait remarqué le nom d'une rue. Il fit tourner les pages avec le pouce de sa main gauche et retrouva l'adresse en question : le 1444, rue Montcalm. Le détenteur du compte qui disait être domicilié à cet endroit n'était pas Gabriel. C'était un autre nom. Un faux peut-être. Mais il n'y avait aucun doute possible. C'était la même adresse. Là où Gabriel avait habité avant de s'installer chez Florence.

Pendant la demi-heure suivante, Jérôme décortiqua les relevés en cherchant à se convaincre que ce qu'il pressentait n'était pas vrai. Qu'il s'inquiétait pour rien. Gabriel n'avait rien à voir avec ce qui était arrivé à Sanjay Singh Dhankhar en prison. C'était un hasard.

Toutefois, plus il comprenait la manière dont on s'y était pris pour effacer les pistes, plus il imaginait Gabriel capable d'une telle chose. Tout, sauf les dépôts, avait été fait à distance à l'aide d'un iPhone. Les détenteurs des comptes par lesquels avait transité l'argent étaient-ils au courant de ces transactions ? Sûrement pas. Quoi qu'il en soit, trois mille cinq cents dollars s'étaient retrouvés dans le compte de Basile Moïse. Un travail de moine dont l'objectif premier avait été de cacher la provenance de cet argent.

Jérôme fit basculer le dossier de son fauteuil. Des détails lui revenaient. L'insistance de Gabriel, par exemple, à lui demander des nouvelles de Sanjay Singh Dhankhar. Et sa haine profonde du personnage. Il ne ratait pas une occasion de le mépriser, de lui souhaiter une mort lente et insupportable. Dans tous leurs échanges, dans toutes leurs discussions sur le deuil, cette colère ne s'était jamais atténuée. Lors des auditions préliminaires en vue du procès, il avait dit et répété qu'il avait peu de foi en la justice. S'il n'en tenait qu'à lui, Dhankhar serait mort de la même façon que sa fille Rashmi. Dans l'horreur totale. L'Indien n'aurait même pas le temps d'avoir un procès. À bien y penser, le jeune homme était parfaitement capable de l'avoir fait battre en prison. De s'être fait justice, ou plutôt d'avoir vengé celle qu'il aimait. Jérôme serra les poings.

— Le p'tit christ !

13

Dans l'ascenseur du Port-de-Mer, Jérôme ravalait sa colère. Avant de traverser le fleuve, il avait demandé à un collègue des homicides de jeter un œil aux relevés de transactions que lui avait remis Jane Dorothy. «Un travail d'amateur», avait conclu celui-ci, même si Jérôme avait trouvé la méthode plutôt astucieuse. Il ressentait de la rage, de l'amertume même, à l'endroit de Gabriel, qui, après son méfait, était venu se cacher dans l'appartement de Florence. Il avait envie de le gifler, de lui donner un bon coup de pied au cul, à ce faux jeton! Les portes de l'ascenseur s'ouvrirent et Jérôme chercha la clef dans sa poche. Contrairement à la dernière fois, il n'était pas attendu. Il rata toutefois son effet de surprise : Gabriel avait mis la chaîne.

— Hey! fit ce dernier en le voyant. Belle surprise!

— J'ai essayé de te joindre toute la journée!

— J'étudiais.

Gabriel, qui ne se doutait de rien, était content de le voir. Jérôme s'avança dans le salon en constatant les plus récents changements. Un paravent s'était ajouté au décor, il y avait de nouveaux coussins ici et là, et un bouddha trônait près de la porte-fenêtre donnant sur le fleuve. Sans parler des livres qui traînaient un peu partout. L'ambiance était nettement plus zen.

— Désiré, fit Jérôme plutôt sèchement. Tu lui as parlé depuis hier?

Gabriel sembla surpris par la question. Il hésita une fraction de seconde.

— Euh, oui. Je lui ai parlé ce matin.

Jérôme s'arrêta au milieu de la pièce. Serrant sa sacoche de cuir sous son bras gauche, il ne desserrait pas les lèvres.

— J'aimerais le voir. Et je voudrais parler à son père aussi.

— Son père, je ne suis pas certain. Il va savoir que Désiré y est pour quelque chose. Chez les vaudous, on parle le moins possible.

— La peur du mauvais esprit? suggéra Jérôme.

— Désiré n'y croit pas tellement. Il étudie la socio. C'est un *crack* en informatique. Il cherche seulement à protéger ses vieux. Ils sont vulnérables.

Gabriel voyait bien que Jérôme n'était pas comme d'habitude. Son regard froid et distant courait sur la pièce, et il avait l'air de regretter que l'appartement de sa mère ait été ainsi transformé. Il n'avait même pas enlevé son imperméable.

— J'ai deux questions à lui poser, continua-t-il. Le plus tôt serait le mieux.

Gabriel le regardait, étonné. Rien de personnel. Que du *business*. Sans chercher à comprendre, il s'agenouilla sur les coussins, trouva son téléphone sous un livre, sélectionna un nom dans le répertoire et appuya sur la touche de composition automatique.

— Salut, c'est moi! lança-t-il sans autre forme d'introduction. Jérôme est avec moi. Il a deux choses à te demander. Tu as une minute?

Désiré ne devait pas se sentir menacé. Il accepta immédiatement. Gabriel refila son téléphone à Jérôme, qui changea instantanément de ton. Il y avait de l'inquiétude dans sa voix. De la compassion, même.

— Depuis qu'on s'est parlé, tu te sens bien ? Tu n'as pas de remords ?

— Non, ça va. Au contraire, ça m'a fait du bien. Je ne peux pas parler de ces choses avec mon père.

— Justement. J'aimerais lui parler. Mais Gabriel me dit que ce n'est pas nécessairement une bonne idée.

— C'est une très mauvaise idée. Ma mère et lui sont en état de choc depuis cette histoire. Vaut mieux les laisser tranquilles. Quelle est la deuxième question ?

La méfiance s'entendait dans la voix de Désiré, maintenant. Jérôme continua comme si de rien n'était.

— Tu m'as dit que tu n'avais jamais vu Anatole Nelson Cédras. Ton père le connaît, mais pas toi, c'est ça ?

Jérôme sentit l'hésitation au bout du fil.

— Ben, je l'ai vu une fois en fait.

Désiré avait donc menti lors de leur première conversation. Mais Jérôme n'en fit pas de cas. C'est autre chose qu'il voulait savoir.

— Tu as déjà vu sa voiture ?

La question arracha un rire à Désiré. Révéler ce détail était moins compromettant, sembla-t-il juger.

— Oui, je l'ai vue. Plus d'une fois. Pourquoi ?

Ce garçon mentait. Comment pouvait-il, d'une part, affirmer qu'il n'avait vu Anatole Nelson Cédras qu'une seule fois et, d'autre part, avouer qu'il avait souvent vu sa voiture ? Jérôme se garda bien de relever la contradiction.

— Tu te souviens de la marque ?

— C'est une Mercedes S280, semblable à celle de la princesse Diana lorsqu'elle s'est tuée sous le tunnel de l'Alma.

Jérôme se remémora immédiatement le modèle. Une grosse caisse carrée datant du milieu des années 1990.

— Elle est noire et blindée, précisa Désiré.

Un morceau de fromage venait de tomber du bec de l'oiseau. Désiré avait baissé sa garde et Jérôme croyait pouvoir en tirer plus, mais il y eut un silence sur la ligne, comme si le jeune homme se mordait la lèvre. S'il y avait une chose que Jérôme avait apprise depuis quarante-huit heures, c'est que rien n'était jamais simple chez les adeptes du vaudou. Le moindre faux pas soulevait la méfiance.

— On peut se reparler dans les jours qui viennent? demanda-t-il.

La question lui valut un nouveau silence, encore plus long que le précédent. Croyant que Désiré avait raccroché, Jérôme allait remettre le téléphone à Gabriel lorsque l'Haïtien ajouta:

— Si vous m'appelez, faites-le avec le téléphone de Gabriel. Sinon, je ne répondrai pas.

Cette fois, la conversation était bien terminée. Jérôme déposa l'appareil sur les coussins, haussa les épaules avec dépit et s'approcha de la table. Alors que l'enquêteur fouillait dans son sac en disant: «J'ai quelque chose à te montrer», Gabriel comprit que le vent avait tourné. Que Jérôme n'était pas venu là uniquement pour parler à Désiré. Avec une certaine théâtralité, le policier jeta les relevés de transactions bancaires sur la table et demanda:

— Ça te dit quelque chose, un transfert de trois mille cinq cents dollars dans le compte d'un certain Basile Moïse?

Plutôt que de s'écraser, Gabriel redressa les épaules.

— Ah, ça! Comment vous avez fait pour le découvrir?

— C'est cousu de fil blanc, votre truc!

Jérôme avait parlé au pluriel, laissant entendre que l'étudiant n'était pas seul dans le coup. Que Désiré, le *crack* en informatique, en faisait peut-être aussi partie. Gabriel ne sembla pas relever la nuance.

— Tu n'as pas fait ça ? Tu n'as pas payé les *Rouges* pour qu'un des leurs batte Dhankhar en prison ?

Relevant le menton, Gabriel n'essaya même pas d'esquiver.

— Mon seul regret, c'est qu'il ne l'ait pas tué !

Jérôme en resta interdit. Depuis qu'il connaissait Gabriel, jamais il ne l'avait vu aussi agressif.

— Pourquoi attendre après la justice ? On sait ce que ça donne ! Avec un bon avocat, il va s'en sortir !

Jérôme se mit à crier :

— T'es un petit con, Gabriel ! Il y a une différence entre justice et vengeance !

— Ta morale, tu peux te la mettre où…

La moutarde monta au nez de Jérôme. Il se jeta sur Gabriel et le prit au collet avec sa main gauche.

— Tu fais une bêtise et après tu viens te mettre à l'abri chez moi ? C'est ça, l'idée ? Tu as la GRC au cul, mon gars ! Comprends-tu ce que ça veut dire ?

Jérôme le retenait contre le mur, appuyant son corps sur le sien.

— Faire battre Singh Dhankhar en prison ! lança Jérôme, dégoûté. À quoi tu as pensé ?

Gabriel affichait un air grave, mais il ne semblait pas se sentir coupable. Lorsque Jérôme relâcha son emprise, le jeune homme osa même dire :

— La prochaine fois, je vais réussir ! Je vais me venger !

Jérôme péta les plombs.

— Se venger, se venger ! Il y a toujours quelqu'un qui se venge de quelque chose ! Tu es un intégriste, Gabriel ? C'est ce que tu es devenu ? Un intégriste ?

Le mot heurta Gabriel. Menaçant, Jérôme le pointait de l'index.

— Tu ne sors pas d'ici, tu m'entends ? Ils sont à deux doigts de t'embarquer. Il faut que je réfléchisse !

Gabriel avait les lèvres blanches. Jamais il n'avait vu Jérôme dans cet état. Jamais il n'avait eu la police aux trousses non plus. Réalisant que sa situation était plus précaire qu'il ne le croyait, il se mit à bégayer :

— Qu'est-ce que tu veux dire par « Il faut que je réfléchisse » ?

Le visage fermé, Jérôme ne répondit pas, se contentant de répéter d'une voix plus ulcérée encore :

— Tu restes ici, compris ? Tu ne quittes l'appartement sous aucun prétexte. Tu attends que je te fasse signe.

Lui tournant le dos, il se dirigea vers la porte en se gardant bien de répondre à sa question. Au fait, pourquoi lui avait-il dit qu'il devait réfléchir ? Et réfléchir à quoi ? Gabriel avait enfreint la loi, et Jérôme était de la police : son devoir était de le dénoncer. Mais il avait entrouvert une porte. Parce qu'il avait besoin de lui, peut-être. Désiré n'avait pas encore dit tout ce qu'il savait. À moins de le faire arrêter, l'enquêteur n'aurait d'autre choix que de passer par Gabriel pour le joindre. Mais il y avait plus que cela. Ce garçon était un peu son fils. Cette situation méritait réflexion.

Jérôme était hors de lui lorsque les portes de l'ascenseur se refermèrent. S'il avait été à la place de Gabriel, il aurait pris ses jambes à son cou. Mais ce garçon était très différent de lui. Peut-être était-il plus seul qu'il ne le laissait croire. Mais quelle tête de linotte d'avoir fait une chose pareille ! Sortant son téléphone d'un geste brusque, il envoya un texto à O'Leary en le priant de bien faire suivre : *La voiture est une Mercedes S280 du milieu des années 1990, identique à celle de la princesse Diana.*

Dans le métro, sous le fleuve, il décoléra quelque peu. Cette pénible visite avait tout de même été instructive. Ainsi donc, les Nelson Cédras – qui n'avaient laissé aucune trace dans les banques de données, sauf cette malheureuse radiographie dans une clinique dentaire de Deux-Montagnes –, ces esprits, ces êtres sans visage, se déplaçaient en Mercedes. Fait encore plus inusité, la voiture s'était retrouvée dans le stationnement souterrain des Promenades Cathédrale le soir du premier supplice, ainsi que sur l'avenue Kirkfield soixante-douze heures plus tard. Si les empreintes le confirmaient, la voiture aurait donc été utilisée au moment des deux meurtres.

Jérôme se mit à chercher un sens à ce qui, *a priori*, lui paraissait être une contradiction : Anatole et sa mère, *Mambo* Freda, avaient été conduits à la mort dans leur propre voiture. Tandis qu'il imaginait cette Mercedes blindée, il repensa à Florence. Ou plutôt à la chambre de celle-ci. Se rappelant ce qu'il venait d'apprendre sur Gabriel, il se promit d'aller voir si le bout de fil dentaire était toujours coincé entre le cadre et la porte. Il voulait aussi récupérer le journal, mais la rencontre s'était tellement mal terminée qu'il avait complètement oublié de le faire. En remontant dans la station Berri-UQAM, il songea même à faire demi-tour, mais il écarta l'idée. Son téléphone sonna. Il répondit sans consulter l'afficheur.

— Monsieur Jérôme Marceau ?

— Moi-même.

Il avait reconnu la voix.

— Docteur Legault à l'appareil. Je suis content de vous attraper.

— Je ne peux pas vous parler. Pas maintenant.

— Écoutez-moi deux secondes, pria le médecin.

— Je suis dans le métro. La communication va être interrompue.

Il mentait. Le débit du médecin s'accéléra.

— J'ai une opération qui vient d'être annulée. Le patient est grippé. Il faut la remettre à plus tard. Votre cas m'intéresse beaucoup. Je pourrais vous prendre.

— Il n'y a pas de cas, docteur. Je m'accommode parfaitement de mon bras et je ne veux pas de prothèse.

— Cette blessure que vous vous êtes infligée... elle est providentielle. Vous ne pouvez pas laisser passer une occasion pareille !

Legault lui répéta les arguments qu'il connaissait déjà. Sa blessure avait ranimé des terminaisons nerveuses et il fallait profiter de ce réveil pour implanter une interface. C'était l'occasion rêvée. Mais Jérôme était ailleurs.

— C'est impossible, docteur. En ce moment, c'est impossible.

Loin de lâcher prise, le médecin y alla d'un compromis :

— Je vais vous demander quelque chose, alors. Les comprimés que je vous ai donnés contre la douleur, vous pouvez arrêter de les prendre ?

— Pourquoi ?

— Pour savoir si vous avez encore mal. Si ces terminaisons nerveuses sont encore en éveil.

— Je n'ai pas de temps pour vous, articula Jérôme en martelant chaque mot.

— D'accord. Mais vous arrêtez de prendre les cachets. On s'entend ?

— Si vous voulez. Ça doit être passé de toute façon. Je ne sens plus rien.

Il avait accepté pour se débarrasser du Dr Legault. Ce dernier parut satisfait et lui lança : « À la prochaine » en raccrochant. La voix du médecin s'était éteinte, mais Jérôme entendait toujours celle de Gabriel qui disait :

«Mon seul regret, c'est qu'il ne l'ait pas tué!» Quelle déception! Gabriel lui avait joué dans le dos. Jamais il ne lui avait fait part de ses intentions de vengeance. Pourtant, Jérôme avait cru qu'ils se disaient tout. La tête vide, il se demanda quelle heure il pouvait bien être. Un crochet au bureau allégerait sa journée du lendemain. Les tâches administratives lui pesaient. Il changea d'idée en jetant un regard furtif à sa montre. Il était vingt heures quinze et son téléphone vibrait de nouveau dans sa poche. C'était le Dr Legault, crut-il, qui revenait à la charge en lui envoyant un texto. Il lut le message, qui était en fait de Jessica. Il disait simplement: *Allez, viens maintenant! Rentre à la maison.*

Plus tôt dans la journée, il avait promis de l'appeler pour lui dire que les *Hoodoos* n'avaient pas eu sa peau. Il comptait bien le faire en prenant une bouchée quelque part. Sans trop réfléchir, il pianota sur son téléphone: *J'ai faim!*

La réponse lui vint presque immédiatement: *J'ai tout ce qu'il faut!*

***

En ouvrant l'œil le lendemain, Jérôme sut tout de suite que Jessica était partie. Une odeur de café flottait dans l'appartement, mais il n'entendait aucun bruit. Il trouva un mot sur la table: *Ce truc que tu m'as raconté à propos de ton bras, tu devrais y penser. Il a raison, le doc. Ce serait rompre avec le passé. Un lunch au In BaR jeudi?* C'était signé *Jess.*

Il y avait un moment qu'il n'avait couché ici. Encore somnolent, il s'efforça de trouver des cachets pour soulager la douleur de son bras. Sans succès. Il n'eut pas plus de chance pour de la mousse et des rasoirs jetables. Il abandonna l'idée de faire sa toilette après avoir cherché en vain un déodorant. Mais pourquoi était-il revenu ici, en fait? Pourquoi avait-il accepté l'invitation de Jessica? Ils n'avaient même pas fait l'amour. Seulement parlé. Jessica se sentait horriblement coupable de la mort d'Amanda. Il l'avait écoutée et consolée, puis, pour la distraire, lui avait parlé de son bras, que le Dr Legault voulait remplacer par une prothèse intelligente. Le stratagème avait réussi: elle s'était intéressée à autre chose. Il avait parlé de Gabriel aussi, de leur rencontre qui lui avait laissé un goût amer dans la bouche. Lorsqu'il lui avait raconté le passage à tabac de Sanjay Singh Dhankhar, il s'était mis à trembler de colère.

— C'est lui le témoin du procès! Et il fait battre l'accusé en prison! Comment défendre une chose pareille?

— Tu voudrais qu'il soit le fils parfait, avait-elle dit en essayant de le calmer à son tour.

Jérôme s'était trouvé à court de mots. Gabriel n'était pas son fils. Il avait cru, à tort, qu'il pouvait jouer au père, mais ça n'avait pas marché.

— C'est un hypocrite! avait-il conclu.

Et Jessica s'était fâchée.

— Il fait ce qu'il peut dans une situation difficile! Qu'est-ce que tu crois? Que tout le monde est à ton service? avait-elle lancé en remettant du porto dans son verre.

Leurs névroses respectives – la mort d'Amanda et les conneries de Gabriel – s'équivalaient. Jessica n'en croyait pas moins que Jérôme était sévère avec ce jeune homme qui avait besoin de lui et qu'il lui appartenait de faire le premier pas. Il avait marmonné quelque chose, sans vraiment répondre, et elle s'était endormie près de lui sur le divan. Plus tard, il l'avait réveillée parce qu'il ne pouvait pas la porter jusqu'à la chambre. Ils avaient titubé jusqu'au lit puis s'étaient déshabillés en silence. Après s'être blottis l'un contre l'autre, ils s'étaient assoupis.

Vers huit heures trente, Jérôme gagna le métro Mont-Royal en longeant la rue Rivard vers le sud. Il aurait pu demander la voiture de fonction, mais il préférait garder l'adresse de Jessica pour lui. À Berri-UQAM, il acheta un café à emporter. Lorsqu'il entra aux homicides un peu avant neuf heures, il se sentait méprisable – et l'était sans l'ombre d'un doute. Il avait toujours mal au bras et se souvenait d'avoir promis au Dr Legault de ne pas prendre d'antidouleurs. Mais c'était ridicule. Pourquoi souffrir ?

Il se dirigeait vers son bureau lorsqu'il aperçut Sonia Ruff du coin de l'œil. Une apparition ! Elle était assise près de la secrétaire et lisait studieusement un rapport du coroner.

— Mme Ruff, la greffière, voudrait vous dire deux mots, l'interpella Martine.

Sonia Ruff se leva comme un soldat appelé au front. Affichant un sourire chaleureux, elle lui tendit la main.

— Je suis venue récupérer un rapport du coroner. Et j'ai pensé venir vous saluer.

Elle baissa la voix :

— J'aimerais vous parler, en privé.

Les yeux gris de Sonia Ruff avaient la douceur du velours. Pendant l'enquête entourant la mort du juge Rochette, cette femme l'avait pris dans ses bras, au métro Outremont, en pleine tempête de neige. Ce qu'il avait ressenti alors, il ne l'avait plus éprouvé depuis. Ni avec Blanchet ni avec Jessica. Un sentiment profond, mais qui n'avait fait que passer.

— Donnez-moi quelques minutes, bredouilla Jérôme. Je reviens…

— J'ai un peu de temps, s'empressa-t-elle de dire.

Jérôme croisa le regard de Martine, qui paraissait outrée par les manières de la greffière. Il la rassura d'un haussement d'épaules, et la secrétaire le suivit dans son bureau :

— Les nouvelles du palais de justice ne sont pas très bonnes, ce matin.

Il n'écoutait que d'une oreille en se délestant de sa sacoche de cuir et en sortant l'ordinateur qu'elle contenait. Il brancha l'appareil.

— Rien ne se passe comme prévu !

— Vous parlez de l'accusation de meurtre contre Bobby Ruiz ?

Elle allait répondre, mais Nathalie Blum, qui arrivait en trombe, le fit à sa place avec des mots qui ne pouvaient venir de personne d'autre.

— C'est une merde. Cette histoire est en train de faire long feu !

Tout en parlant à Jérôme, l'attachée de presse discutait avec Lambert Grenier, qu'elle avait au bout du fil.

— Une demande d'extradition… Je comprends. Tout est déposé depuis six mois… Oui, bien sûr. Ils ont priorité. Vraiment une merde, cette affaire !

Elle mit la main sur le petit appareil et précisa à l'intention de Jérôme :

— Les douanes ont demandé un arrêt de procédure dans l'affaire de Bobby Ruiz afin de pouvoir régler leur truc avant. Je t'explique.

Jérôme massa son bras atrophié. Depuis le matin, la douleur était de plus en plus vive. Combien de temps devrait-il encore endurer ça ? Il avait eu tort de jeter les cachets qu'il lui restait. Dès qu'il aurait un moment, il reparlerait au Dr Legault pour en obtenir d'autres. Blum, qui se croyait dans la salle commune, parlait très fort dans son téléphone : « Bert, tu me promets ! Pas un mot à la presse avant que je sois là ! D'accord ? »

Elle allait quitter le bureau sans donner plus de précisions à Jérôme lorsqu'elle se ravisa.

— Ah oui, pour que tu le saches, Bobby Ruiz était déjà dans la mire du fédéral. Les douanes ont engagé une procédure d'extradition contre lui. Il est accusé de grande criminalité. Il est au pays depuis à peine trois ans et il a un dossier gros comme ça. Seulement les deux accusations se chevauchent, alors tout est repoussé. Il a obtenu une libération conditionnelle.

Jérôme n'en revenait pas. Ce type était un grand criminel. On l'accusait de meurtre par-dessus le marché, mais comme tout ça faisait beaucoup, on le laissait partir.

— C'est une stratégie de repli, précisa Blum. Si les douanes ne parviennent pas à l'extrader à cause de sa grande criminalité, il restera les accusations de meurtre, qui devraient suffire à l'envoyer en dedans.

— Et c'est une raison pour le remettre en liberté ?

Blum haussa les épaules.

— Et le supplice du pneu à la sortie nord du tunnel ? On en a parlé dans les journaux ?

— Je n'ai vu aucune réaction au communiqué publié hier. L'affaire est classée comme mort suspecte pour l'instant. Pas de quoi écrire deux lignes dans le journal.

— Bien ! Très bien ! C'est ce qu'on voulait.

— Je dois y aller maintenant. À plus tard.

Lorsque Nathalie Blum se retira, Martine leva les yeux au ciel comme si elle n'en pouvait plus des coups d'éclat de l'attachée de presse. Mesurant ses propos, elle osa :

— Ce n'est pas pour la contredire, mais il y a un article de M. LeBreton dans la *Gazette* à propos de l'incident dans le tunnel. C'est un entrefilet, mais quand même. Et il y a M. Zehrfuss aussi. Il a téléphoné pour dire qu'il viendrait plus tôt que prévu.

— Quand ?

— Maintenant.

Jérôme joignit les mains devant sa bouche, comme s'il priait. L'affaire Bobby Ruiz avait échoué devant les tribunaux. On lui reprocherait sans doute cette rebuffade. Bert se ferait un plaisir de monter au créneau pour dire qu'on lui avait forcé la main, qu'il n'avait pas eu le temps d'étoffer son dossier. Mais Jérôme ne regrettait rien. C'était mieux que de voir le supplice du pneu étalé en pleines pages dans les journaux.

— Je peux voir cet entrefilet ?

Martine était prête. Elle lui tendit le journal plié au bon endroit. L'article, à la page douze du troisième cahier, ne disait pas grand-chose. Le service du train de banlieue de la ligne de Deux-Montagnes avait été interrompu pendant près de quatre heures en raison d'une mort suspecte. Dans une petite colonne en bas de page, LeBreton laissait entendre que la victime avait peut-être été renversée par le train, ce que les autorités de l'AMT avaient par ailleurs nié.

— Ça va, fit Jérôme, soulagé.

— Une dernière chose, lui dit encore Martine. O'Leary et Blanchet vous attendent dans la salle de conférences.

Jérôme en prit bonne note, mais il avait l'esprit ailleurs. Ainsi donc, ils avaient un délai, un petit répit avant que la peur se répande dans la ville. Cette peur qui avait poussé Amanda au suicide et qui retournait la communauté haïtienne. Pendant une journée ou deux encore, on parlerait de Ruiz, de sa grande criminalité et, surtout, de sa remise en liberté. Cela leur suffirait peut-être pour mettre la main au collet de ces *Hoodoos*. Tandis que Martine s'en allait, Jérôme tira son carnet de sa poche arrière et relut ses notes pour se rafraîchir la mémoire. Il n'avait rien écrit de nouveau depuis la veille, ce qui lui arrivait rarement. Tout s'emmêlait dans son esprit. Les multiples pistes de l'enquête, sa prise de bec avec Gabriel et Sonia Ruff qui l'attendait à la porte de son bureau. Envahi par le doute, il attrapa son ordinateur et quitta le bureau.

— Je suis désolé de vous avoir fait attendre, s'excusa-t-il en retrouvant la greffière.

— Ce ne sera pas long, répéta-t-elle. J'en ai pour deux minutes.

Jérôme l'entraîna vers le refroidisseur d'eau et lui offrit à boire. Elle déclina poliment.

— D'abord, je veux vous féliciter pour votre nomination aux homicides. Ils n'avaient pas d'autre choix que de prendre quelqu'un de droit après tout ce qui s'est passé.

— Merci, fit Jérôme en la regardant dans les yeux.

Le commentaire était flatteur, mais elle n'avait pas attendu tout ce temps uniquement pour lui dire cela. Elle s'approcha de lui et baissa légèrement la voix :

— Le rapport final sur l'assassinat du juge Rochette n'a pas encore été déposé. Maintenant que vous êtes patron aux homicides, c'est quelque chose que vous pouvez faire.

— Oui, en effet. C'est quelque chose que je peux faire.

La lèvre supérieure de Sonia Ruff avait tremblé. Sa voix n'était plus qu'un tout petit filet. Un murmure.

— Tout le monde à la magistrature est au courant de ce qui s'est passé. Si l'affaire reste lettre morte, c'est une invitation à l'abus. D'autres vont s'essayer et faire pire. Ces gens se croient au-dessus de la loi, vous savez.

— C'est un point de vue très intéressant, répondit Jérôme, diplomate. Je dois prendre une décision d'un jour à l'autre. Au moment de le faire, je n'oublierai pas ce que vous venez de me dire.

Jérôme s'étonna lui-même du choix de ses mots. Il ne voulait pas se compromettre mais ne pouvait rester insensible à la démarche de la greffière non plus. Il prit sa main gauche, la serra très fort pour la rassurer puis inclina la tête :

— Il y a des gens qui m'attendent, mais je... je vous remercie de votre intérêt pour ce dossier.

En se passant la langue sur le palais, Jérôme se fit la réflexion qu'elle avait un arrière-goût de bois. Il avait dit n'importe quoi à cette femme que, par ailleurs, il admirait. Depuis des mois, il se promettait de déposer ce rapport qui ferait des vagues, mais lorsque Sonia Ruff l'incitait à le faire, voilà qu'il reculait, qu'il se montrait hésitant. En marchant vers la salle de conférences, il se demanda si à son insu il n'était pas devenu politicien. Cherchant à se donner une contenance avant d'entrer, il passa sa main dans ses cheveux et s'éclaircit la voix :

— Messieurs, madame, bonjour.

Zehrfuss occupait la moitié de la grande table avec ses deux ordinateurs et ses sachets de plastique transparents. Plus loin, O'Leary et Blanchet avaient placé leurs portables côte à côte, étalant des mémos et des papiers tout autour dans un ordre qui n'était pas explicite à première vue. Le bordel sur la table était à l'image de l'enquête elle-même. Il y avait beaucoup de pistes, des tas d'indices, mais tout semblait d'égale importance. Rien ne s'en dégageait vraiment. Jérôme posa son portable là où il put et réprima ses pensées.

— Voici l'homme ! lança Zehrfuss en le regardant s'installer.

Blanchet cessa de pianoter sur son clavier et O'Leary s'approcha, l'air détendu. Les manches de sa chemise blanche étaient roulées, il était rasé de près et même souriant. L'amour lui allait bien.

— Nous nous en doutions un peu, commença le pathologiste, mais nous en avons maintenant la preuve. Le cadavre trouvé à la sortie nord du tunnel était bien celui d'une femme. Une femme assez âgée. Entre soixante-quinze et quatre-vingts ans, je dirais. Assez vieille pour être la mère de l'autre.

— C'était la mère de l'autre, affirma O'Leary. Avec l'aide de Tandus Lafontant, j'ai interrogé huit personnes qui étaient présentes dans les garages de la Place Ville-Marie ce soir-là. Toutes disent la même chose.

Jérôme prit la relève comme si cela allait de soi.

— Le premier supplicié s'appelait Anatole Nelson Cédras, qu'on appelait aussi le *hounci*. Tout porte à croire que la seconde victime s'appelait Freda, celle-là même qui est arrivée à Miami en septembre en compagnie de Georges Nelson Cédras, détenteur d'un passeport diplomatique, et de leur fils, Anatole. Nous n'en sommes pas certains, mais comme les deux victimes avaient un diastème, on peut penser qu'il s'agit bien d'elle.

Il avait ajouté ce détail en lançant un clin d'œil à Zehrfuss. Celui-ci ne releva pas. Le pathologiste avait lui aussi à l'esprit l'image de la Sainte Trinité trouvée sur les deux scènes de crime.

— Malgré la précipitation du deuxième supplice, fit remarquer Blanchet, les règles d'un rituel vaudou semblent avoir été suivies. Sur l'avenue Kirkfield, éparpillé près de l'endroit où on a relevé les empreintes de pneus, il y avait à peu de chose près ce qu'on a trouvé au sixième sous-sol de la Place Ville-Marie. Des plumes d'oiseau, une peau de serpent, des pattes de tarentule, des orties, des feuilles d'acajou.

Zehrfuss abonda dans le même sens, en détaillant le contenu de l'estomac de la victime. Le feu ayant été beaucoup moins intense lors du second supplice, il lui avait été plus facile d'identifier les substances.

— Pas de doute possible. Il y a eu un rituel vaudou cette fois encore. J'ai fait des prélèvements, testé le dosage. Cette femme avait dans l'estomac de quoi tuer un cheval.

— Sauf que les choses ne se sont pas passées comme la première fois, précisa O'Leary. D'abord, il n'y avait pas de public. D'où l'absence de décorum, si je peux dire. Pas de mise en scène.

La parole allait d'O'Leary à Zehrfuss, puis de Zehrfuss à Blanchet, qui racontaient tous la même histoire, chacun ajoutant son bout, son détail.

— Ce qui frappe dans ce cas-ci, c'est que le rituel semble avoir été plus symbolique que réel, avança Blanchet. On a trouvé les mêmes plumes, les mêmes grigris, mais c'est un peu comme si on les avait sortis d'un sac et qu'on les avait éparpillés sur le trottoir... de façon très peu cérémonieuse.

— Une façon de signer le crime, affirma O'Leary.

— Et dans les faits, que s'est-il passé? demanda Jérôme.

O'Leary et Blanchet échangèrent un regard. «À qui revient l'honneur?» semblaient-ils se demander. L'Irlandais prit les devants.

— La vieille femme était droguée.

— Avec ce qu'on lui a fait avaler, c'était un zombie, précisa Zehrfuss.

— Elle a suivi ses assassins sans protester. On l'a fait passer par la brèche dans la clôture. Plus loin, dans le tunnel, des traces laissent deviner qu'on l'a traînée. Selon toute évidence, en tenant compte des empreintes de pieds, on peut affirmer qu'il y avait trois personnes avec la victime. Deux hommes et une femme.

Blanchet hochait la tête en écoutant O'Leary. Tout naturellement, l'Irlandais se tourna vers elle pour qu'elle abatte la dernière carte.

— Lorsqu'ils lui ont passé le pneu autour du cou, comme l'a fait remarquer Jean-Claude l'autre nuit, les choses se sont plutôt mal passées. La victime s'est effondrée sous le poids, ils y ont mis le feu quand même, mais, somme toute, c'était une affaire bâclée. Heureusement pour nous, d'ailleurs.

Zehrfuss opinait de la tête, visiblement content que Blanchet et O'Leary lui donnent raison quant à ses premières constatations.

— Bravo! s'exclama Jérôme. Vous avez fait du bon travail.

Il était surtout content de la collaboration entre O'Leary et Blanchet. Depuis qu'ils faisaient équipe, force était de reconnaître qu'ils travaillaient bien. Un duo d'enfer, aurait-il reconnu si l'Irlandais ne lui avait pas ravi la parole :

— Une autre chose. La S280, la même que celle de la princesse Diana. Si c'est vraiment la voiture dont on a trouvé les traces sur les deux scènes de crime, elle a des pneus surdimènsionnés.

— Normal, lui renvoya Jérôme sans réfléchir. Elle est blindée.

— Comment tu sais ça? s'enquit O'Leary. Qui te l'a dit?

Pris en défaut, Jérôme tenta une diversion :

— Des S280 du milieu des années 1990, il y en a eu très peu de vendues ici. Dans ces années-là, c'était surtout des S420 et des S500 qu'on importait.

L'explication, qui n'en était pas une, laissait croire que Jérôme menait une enquête parallèle et qu'il ne partageait pas l'information dont il disposait, ce qui n'était pas tout à fait faux. Mais il avait ses raisons. Désiré n'était pas un témoin fiable. À quelques reprises, il lui avait menti. Quant à Amanda, comme elle n'y était plus et que leur conversation n'avait pas été enregistrée, il voyait mal comment il pouvait la citer.

— Tu peux creuser cette affaire de Mercedes ? demanda Jérôme à l'Irlandais.

Celui-ci acquiesça en mettant la main sur l'épaule de Blanchet avec une certaine familiarité. Il pointa l'écran de l'ordinateur de sa partenaire :

— Et maintenant, la pièce de résistance.

Blanchet prit le relais en empruntant un ton moqueur :

— On a quelque chose ici. Quelque chose de pas mal plus intéressant qu'une vieille Mercedes aux pneus surdimensionnés.

Jérôme se leva et fit le tour de la table. Zehrfuss s'approcha lui aussi. Ils étaient les trois autour de l'enquêteure, qui affichait une assurance peu habituelle :

— On a maintenant des noms. Deux noms. Ogou Feray et sa femme, ou sa concubine, ce n'est pas clair, Yoruba. Ils ont été soupçonnés du même genre d'incident en Floride l'année dernière.

— Supplice du pneu ? s'enquit Jérôme.

Les grands yeux de Blanchet quittèrent l'écran. Elle le regarda bien en face et acquiesça en précisant toutefois :

— Là-bas, ils appellent ça autrement. *Homicide by fire.*

Des *homicides by fire*, il y en avait eu plusieurs au cours des dernières années à Miami, avait appris l'enquêteure en parlant à des collègues américains. Et Jérôme avait vu juste en s'efforçant de garder la presse à l'écart. Ils avaient fait la même chose.

— D'après le rapport qu'on nous a envoyé, il y a eu trois vagues d'*homicides by fire* au cours des cinq dernières années. La deuxième a été particulièrement meurtrière. Toutes les semaines pendant un mois, on retrouvait des victimes sur un terrain vague dans Little Haiti. La presse s'est emparée de l'affaire. Des photos horribles ont été diffusées. Dans ce rapport, on affirme que l'intérêt des journaux à sensation pour cette histoire aurait encouragé des gens à commettre des crimes similaires. Ils appellent ça des *copycats*. Ils ont interdit à la presse de parler des supplices suivants et le phénomène s'est arrêté. C'était il y a deux ans, l'été...

Blanchet avait laissé la phrase en suspens. Les yeux fixés sur l'écran de l'ordinateur de l'enquêteure, Jérôme, O'Leary et Zehrfuss attendaient la suite. Elle fit apparaître une photo récente d'Ogou Feray. L'homme d'une soixantaine d'années avait les oreilles percées à de multiples endroits, le regard fou et des cicatrices sous les pommettes.

— Feray est né à Port-au-Prince, précisa-t-elle. Pas de date. Pas de père connu. À son arrivée à Miami en 1991, il déclare avoir quarante-cinq ans. À ce moment-là, en Floride, c'est le gros *boom* dans l'importation de cocaïne colombienne via Haïti.

Blanchet consultait son portable ainsi que celui d'O'Leary en même temps. Sur le second, il y avait le PDF d'un jugement concernant Ogou Feray, rendu au mois d'août 1996.

— Feray était un des princes de la cocaïne à Miami dans les années 1990. Une grosse affaire. Mais la DEA a fait son travail et la source a fini par se tarir. Rattrapé par son passé, Feray a été condamné à vingt ans de prison. Lorsqu'on l'a arrêté, quinze millions de dollars en poudre ont été saisis.

— Et il les a faits, ces vingt ans ? demanda Jérôme.

— Il en a fait quinze. On l'a relâché en 2011. Quand il est sorti, Yoruba, sa femme, l'attendait toujours. Ils ont dû se recycler. Ils se seraient apparemment tournés vers le vaudou. Une forme très violente du vaudou qu'on appelle là-bas le *Hoodoo*. Il est devenu *hougan*, elle s'est improvisée *mambo*, mais en réalité ce sont des cocaïnomanes finis.

Jérôme était entré dans la salle de conférences sans idées précises en tête. Maintenant, elles fourmillaient! Tout comme les questions d'ailleurs, qui se bousculaient au portillon. Cet Ogou Feray avait certes le profil du meurtrier qu'ils recherchaient, mais pourquoi lui et que venait-il faire à Montréal? Quel lien y avait-il entre Miami et les Haïtiens d'ici? Blanchet leva le doigt. Elle n'avait pas terminé.

— Il y a deux mois, trois *homicides by fire* ont eu lieu en bordure de Little Haiti, à Miami. Ces incidents se sont produits à soixante-douze heures d'intervalle... à peu près tous au même endroit. Pas un mot n'a été dit sur cette affaire dans les journaux locaux. Mais chez les enquêteurs, les yeux se sont tout de suite tournés vers Feray. Pour l'instant, ils n'ont aucune preuve, mais nos collègues américains sont très intéressés par notre enquête. À la lumière de ce que je leur en ai dit, ils croient qu'il pourrait y avoir un lien.

Blanchet se tut. Tout en massant son bras qui continuait à lui faire mal, Jérôme cherchait à assembler les pièces de ce casse-tête. Un ancien prince de la cocaïne de Miami recyclé en *hougan* errant dans les rues de Montréal! O'Leary pensait à la même chose, de toute évidence.

— D'après les personnes que j'ai interrogées dans les locaux de Nachons Sécurité, il n'y a aucun doute dans leur esprit. Ceux qui ont brûlé Anatole Nelson Cédras dans le garage de la Place Ville-Marie sont des *Hoodoos*.

— Mais certains disent aussi que la cible est *Fanmi Baron*, ajouta Jérôme.

Mais de qui diable tenait-il cette information ? Il n'avait pas assisté aux interrogatoires faits par O'Leary et, sauf erreur, il n'avait pas parlé à Tandus Lafontant. Blanchet le regarda d'un air suspicieux. Était-ce là une prérogative de patron, ou Aileron était-il simplement égal à lui-même, s'adonnant comme il l'avait toujours fait à l'art de l'enquête parallèle ? Sentant le malaise, Zehrfuss s'éclaircit la voix :

— Donc, on s'entend pour dire que la cible est *Fanmi* Baron.

Jérôme enchaîna avant qu'on lui demande des précisions. Comment pouvait-il affirmer avec autant d'assurance que les *Hoodoos* visaient *Fanmi* Baron ? Comment avait-il découvert la Mercedes S280 ? Et tant qu'à y être, d'où tenait-il le nom d'Anatole Nelson Cédras ?

— Donc, si on résume, Ogou Feray et sa femme sont soupçonnés de plusieurs *homicides by fire* en Floride. Ça ressemble étrangement à ce qu'on a ici. Jusque-là, tout va bien. Mais le mobile ? Quel est le mobile ?

— On s'en fout du mobile, du moment qu'on connaît la cible.

Ces mots étaient venus de Blanchet comme une salve de M16. Mais le ton employé l'avait trahie. Elle suspectait Jérôme de ne pas tout dire et cela l'agaçait. Qu'il retienne de l'information et se défile lorsqu'on l'interrogeait sur ses sources ne faisait rien pour arranger les choses. L'affaire était déjà assez complexe. Les traits tirés, l'air fatigué, elle se leva et fit quelques allers et retours dans la salle avant de s'arrêter devant lui.

— Je n'ai pas beaucoup dormi cette nuit. Depuis hier, j'ai recueilli cinquante gigs d'informations sur Georges Nelson Cédras. Des documents classés, des PDF de toutes sortes et des discours. J'y ai jeté un œil vite fait, mais il faudrait regarder ça de plus près.

Elle lui avait lancé ces mots comme si elle lui faisait un reproche : «Il faut te décider, bonhomme! semblait-elle dire. Ou bien on travaille ensemble, ou tu la fais tout seul, cette foutue enquête!»

— Tu me les envoies et je m'en occupe.

Blanchet reprit sa place devant l'ordinateur, enfonça quelques touches et téléchargea des documents dans un courriel qu'elle envoya aussitôt :

— C'est fait!

O'Leary, Zehrfuss et Jérôme échangèrent un regard. Blanchet perdait rarement ses moyens, mais cette fois il n'y avait aucun doute possible, elle était irritée. L'Irlandais pesa ses mots avant de suggérer :

— Ils ont éliminé Anatole près du tunnel sous la Place Ville-Marie. Soixante-douze heures plus tard, ils ont brûlé sa mère à l'autre bout du tunnel. Demain soir, après minuit, ça va faire soixante-douze heures. Dans la logique de la Sainte Trinité, ça devrait être au tour de Baron!

— Et à proximité du tunnel une fois encore, précisa Jérôme.

S'efforçant de sourire, Blanchet lui donna raison :

— Selon le rapport du Miami Police Department en tout cas, c'est ce qui est arrivé à Miami. Trois bûchers au même endroit, à soixante-douze heures d'intervalle. C'est une mort annoncée.

— Dans ce cas, il faut surveiller le tunnel. Demain soir et les jours suivants. Mais une question demeure quand même. Tandus Lafontant et Nachons Sécurité. Ce sont eux les grands gagnants de cette affaire. *Fanmi* Baron est la cible. Après chaque exécution, ils récupèrent des adeptes. Y a-t-il un lien à faire entre eux et les *Hoodoos*?

Cette remarque ne fit rien pour éclaircir les choses, sinon rappeler que Jérôme doutait toujours de tout. O'Leary eut le dernier mot de l'échange :

— Peu importe le mobile, comme disait Blanchet, le plus simple serait de les attendre dans le tunnel demain soir. On verra bien.

14

Avant de s'enfermer dans son bureau, Jérôme avait croisé Nathalie Blum dans le corridor. L'arrêt des procédures dans l'accusation de meurtre contre Bobby Ruiz l'avait tenue en haleine depuis le matin. Comment ce petit voyou pouvait-il être encore au pays? s'interrogeait la presse. Reconnu coupable de grande criminalité, il aurait dû être renvoyé chez lui depuis longtemps, disaient les uns. La Charte des droits et libertés lui garantissait le droit de se défendre, affirmaient les autres. Certains avançaient même que le nouveau patron des homicides avait voulu envoyer un message à la magistrature en la mettant devant ses propres contradictions. Pour débarrasser la ville des criminels dangereux, les choses devraient changer au palais de justice. Les journalistes avaient trouvé leur compte dans cette histoire, si bien que personne ne s'était encore intéressé aux incidents survenus à la Place Ville-Marie et à la sortie nord du tunnel sous la montagne.

Jérôme prit ses courriels tout en téléchargeant les documents que lui avait envoyés Blanchet. C'était un véritable fouillis de fichiers, de photocopies et de documents de toutes sortes. Des dizaines et des dizaines de

PDF liés de près ou de loin à Georges Nelson Cédras. Blanchet avait fait du bon boulot, mais par où commencer? Le travail serait long et fastidieux. Vidant ses poches pour se mettre à l'aise, Jérôme posa son porte-monnaie puis ses deux téléphones sur le bureau. Il pensa alors à Gabriel. Lui téléphoner ne donnerait rien. L'étudiant ne répondrait pas. Lui envoyer un texto peut-être? Il faudrait qu'il ait une raison. Une bonne. Il y avait Désiré, bien sûr, à qui il devrait parler très bientôt. Jusqu'ici, personne n'était mieux informé sur *Fanmi Baron* que ce témoin secret. Mais de qui tenait-il ces informations, au juste? De ses parents qu'il cherchait à protéger ou de quelqu'un d'autre?

Jérôme devait lire les documents. Il y passerait le plus clair de la journée. Le plus tôt il s'y mettrait, le mieux ce serait, mais il n'y arrivait pas. Son téléphone dans les mains, il pensait à un message, le tapait puis l'effaçait. *Je veux bien t'aider si tu veux*, finit-il par écrire. *Mais j'ai besoin d'abord que tu m'aides. Je dois reparler à Désiré.*

Il envoya le message en se disant qu'il n'avait pas le choix. Il lui fallait prendre la défense de Gabriel, même si ce qu'il avait fait était indéfendable. Jérôme avait du mal à s'expliquer la chose, toutefois. Rien ne l'y obligeait. Était-ce à cause de ce que lui avait dit Jessica, qui avait volé à sa rescousse? Sans attendre la réponse du jeune homme, il se mit à la lecture du dossier. Pendant une heure au moins, il se pencha sur les discours apparemment écrits par Georges Nelson Cédras, sans savoir à qui ils étaient destinés. Certains étaient en anglais et abordaient des questions internationales. D'autres comportaient des passages en créole. L'un d'eux attira tout particulièrement son attention. Il se terminait par une promesse qui lui parut presque farfelue: «Moi, Raoul Cédras, je m'engage à ramener la démocratie en Haïti.»

Après avoir classé les documents en ordre chronologique, Jérôme constata que les deux tiers du dossier de Georges Nelson Cédras étaient constitués de discours prononcés par Raoul Cédras entre 1991 et 1994, pendant les trois années où le lieutenant général avait été au pouvoir en Haïti. Le lien entre Raoul et Georges Nelson demeurait on ne peut plus flou, malgré les deux heures passées à déchiffrer ces envolées oratoires pour le moins arides ; Jérôme avait le sentiment de tourner en rond. Puis il tomba sur un article paru dans la presse locale de Port-au-Prince en 1993. Le papier, photocopié à quelques reprises avant de devenir un PDF, était difficile à lire. La photo et le commentaire étaient toutefois révélateurs : « Georges Nelson Cédras, cousin par alliance et auteur des discours politiques du lieutenant général Raoul Cédras, inaugure une exposition avec son épouse, Freda Cédras, dans un musée de la ville. »

L'image d'ensemble se précisa à la suite de la lecture d'une série de contrats et d'ententes signés avec le gouvernement provisoire d'Haïti. En tant que chef des forces armées, Raoul Cédras était le *leader de facto* du pays. C'était déjà un défi. Comme il ne voulait pas s'embarrasser de la présidence, il avait fait nommer Joseph Nérette, le juge en chef de la Cour suprême, à ce poste. C'est donc le nom de Cédras qui apparaissait sur le contrat faisant de Georges Nelson l'auteur des discours officiels du *leader*. Le salaire était très intéressant et les avantages sociaux encore plus. Les livres comptables étaient truffés d'anomalies et de tours de passe-passe douteux. Un prêt hypothécaire contracté six mois plus tôt, par exemple, était remboursé en un seul versement sans qu'on précise d'où venait l'argent. Des sommes apparaissaient puis disparaissaient des comptes, apparemment transférées outre-mer. Beaucoup d'argent circulait. Tellement que Jérôme finit par se lasser. Trop de détails, trop de faits disparates.

Il allait envoyer valser le dossier de Blanchet lorsqu'il tomba sur un rapport de la DEA, la puissante Drug Enforcement Administration américaine. Un agent y faisait le portrait de Georges Nelson Cédras, entre la fin de 1993 et le début de 1994. Sorti de nulle part lors du coup d'État qui avait porté Raoul Cédras au pouvoir en septembre 1991, on le disait à la fois brillant et manipulateur. À titre d'exemple, on rapportait que Nelson Cédras était l'amalgame fort opportun de son nom et de celui de sa femme, une cousine du lieutenant général. Le rapport soulignait avec insistance l'influence de l'auteur des discours sur les politiques du gouvernement ainsi que les dons particuliers de son épouse, une prêtresse vaudoue. Le triangle que formaient Raoul Cédras, sa cousine Freda et Georges Nelson était redoutable. Le vaudou était considéré comme une religion en Haïti, une religion populaire. Avoir une prêtresse à ses côtés rapprochait Raoul Cédras du petit peuple. Georges Nelson, en revanche, trouvait les mots pour expliquer les tueries commises par les forces paramilitaires du régime. Des dizaines de personnes avaient été massacrées à Raboteau. La communauté internationale avait été émue, bien sûr, et Georges Nelson avait écrit des discours. L'un d'eux avait même été livré par le lieutenant général à la tribune des Nations Unies, assorti d'une promesse d'élections libres et démocratiques. Puis, comme cela arrive toujours, le monde avait détourné les yeux, s'intéressant à d'autres misères, à d'autres conflits.

Le rapport de la DEA sur Georges Nelson Cédras était bien documenté. Il donnait la mesure de l'importance du personnage. Tout y était. Des dates, des lieux et ce détail assez particulier : plus le temps passait, moins l'auteur écrivait de discours. On recensait une soixantaine de textes datant de sa première année en poste, mais très peu par la suite. À partir de 1993, Georges Nelson Cédras s'était en fait rapproché des militaires, devenant ainsi un diplomate plénipotentiaire. À ce titre, il se rendait régulièrement aux États-Unis, plus particulièrement à Miami, où on l'avait chargé de tisser des liens avec la diaspora. La réalité, affirmait le rapport, c'est que l'importation de cocaïne colombienne via Haïti avait explosé après l'arrivée au pouvoir de Cédras. Une nouvelle filière était née. Une filière contre laquelle la DEA ne pouvait rien. Des avions transportant la drogue quittaient régulièrement la Colombie et se posaient sur une base militaire haïtienne. La Floride étant tout près, la dernière portion du voyage se faisait par voie maritime, sous escorte de la marine nationale.

À cette époque, le commerce de la cocaïne connut son âge d'or à Miami. Jamais il n'y avait eu autant de consommateurs. Jamais les prix n'avaient été aussi bas. La lutte contre la drogue connaissait son pire recul depuis des décennies, le taux de criminalité était à la hausse et le gouvernement américain ne faisait rien. En fait, il était pris avec un dilemme. C'est avec l'aide tacite de la CIA que Cédras avait pris le pouvoir, dans le but avoué d'écarter Jean-Bertrand Aristide, pourtant élu démocratiquement. Depuis, celui qu'on appelait affectueusement «Titide» était sur toutes les tribunes, réclamant la présidence qu'il avait gagnée de plein droit. D'une part, les Américains ne souhaitaient pas le voir revenir, mais d'autre part, il fallait endiguer le flot de cocaïne qui arrivait sur les côtes.

Au cours de l'été 1994, l'administration Clinton décida enfin d'agir, menaçant d'abord d'envahir Haïti, puis proposant un marché à Raoul Cédras. Avec la complicité de la CIA, toujours, le lieutenant général était invité à partir dès le mois de septembre, pavant ainsi la voie à un retour du président légitimement élu. Installé depuis à Panama, Cédras avait été condamné par contumace pour les crimes commis par son gouvernement, sans jamais purger la moindre peine.

Enfin, la dernière note du rapport concernait l'arrivée de la famille Nelson Cédras à Miami au mois de septembre de la même année, avec en main un sauf-conduit. On avançait l'hypothèse que Georges Nelson n'était en réalité qu'un nom d'emprunt. Avant l'accession de son cousin par alliance au pouvoir, on ne lui connaissait aucun passé, aucune vie. Son poste d'auteur de discours n'aurait été qu'une couverture, sa vraie fonction étant de superviser les activités illicites de l'armée, plus particulièrement le transfert de la cocaïne colombienne vers la Floride, en s'accaparant bien sûr une cote importante sur les transactions.

Jérôme referma le dossier et se frotta longuement les yeux. L'après-midi avait filé sans qu'il se lève de son bureau, sans qu'il avale une bouchée. En marchant de long en large dans la pièce, un sentiment d'impuissance le gagna. Tous ces noms, toutes ces hypothèses et toutes ces accusations lancées sans jamais qu'il n'y ait de suite l'avaient étourdi ! Il y avait beaucoup d'informations, mais ce qu'on ne disait pas, c'est ce qu'il était advenu de Georges Nelson Cédras depuis 1994. Tout portait à croire que lui et Baron étaient le même homme. L'homme sans visage. Mais comment le prouver ?

La suite du rapport de la DEA était en train de s'écrire, en ce moment même à Montréal. Une mort était annoncée. Un autre supplice du pneu surviendrait dans les prochaines vingt-quatre heures, probablement en lien avec ce qui s'était passé à Miami au milieu des années

1990. Mais comment relier toutes ces bribes d'histoire ? Comment y trouver un sens ? Blanchet avait bien ouvert une brèche. Ogou Feray, cet ancien trafiquant, était une piste valable, mais pour l'instant il n'était qu'une ombre. Un esprit que personne n'avait vu et qui n'existait peut-être même plus.

***

Baron se réveilla beaucoup plus tard. Il regarda son poignet pour voir l'heure. Sa montre avait disparu. Où était-il ? L'endroit était humide. Une lampe à piles était allumée à deux mètres de lui. Toujours lié à sa valise de carbone, il se traîna jusqu'à la paroi et frappa dessus. Puis il se leva, s'approcha de la lampe, la saisit d'une main et la pointa dans toutes les directions. Plafond et plancher d'acier. Il était dans un conteneur !

Il sentit une douleur au poignet. Celui auquel était attachée la valise. Quelqu'un avait tenté de briser les menottes. N'ayant pas les outils nécessaires, il s'était découragé. Le *hougan* pensa à Papa Legba. Le chauffeur avait retourné sa veste. Baron s'en était douté. Dans la grande maison, Legba avait reniflé plusieurs fois puis s'était isolé un long moment dans les toilettes. Il avait tellement pris de poudre à l'époque qu'il n'avait plus de paroi nasale. C'était facile d'entendre lorsqu'il s'en mettait dans le nez. Il émettait alors un long sifflement aigu. Mais Baron avait l'esprit ailleurs lors du retour du chauffeur sans Freda. Il devait réunir les comptes *offshore* et le plus de liquide possible, tout mettre dans la valise blindée achetée à grands frais par Anatole et, surtout, ne pas oublier la combinaison numérique des menottes. Il devait ensuite se rendre le plus rapidement possible à la maison de Deux-Montagnes. C'était le plan. Baron avait de nouveau entendu Papa Legba renifler en traversant le pont. Après vingt ans d'abstinence, le chauffeur s'était-il remis à la cocaïne ? Il ne manquerait plus que cela ! Mais le *hougan* n'avait pas eu le temps de s'interroger longuement. Legba s'était retourné et lui avait vaporisé quelque chose au visage. Il était maintenant au milieu d'un conteneur, sa valise soudée au poignet, seul avec une lampe à piles.

Baron avait chaud et voulut retirer son imperméable au col de velours, mais il se rendit compte qu'il ne pouvait pas l'enlever complètement à cause de la valise. Il tira la lampe au centre, improvisa un coussin avec l'imper roulé en boule et s'installa en grognant et en se plaignant. Son vieux corps de soixante-dix-huit ans lui faisait mal. Ce serait encore pire s'il restait debout. Il faisait chaud, mais surtout, c'était humide. Il devait être très près de l'eau.

Les piles s'épuisaient, la lumière baissait. Baron se demandait si Legba était derrière la disparition de *Mambo* Freda et le supplice d'Anatole. Il ne pouvait le croire. Mais alors, que faisait-il dans un conteneur à regarder une lampe s'éteindre doucement ? Baron ne comprenait pas pourquoi Legba avait agi ainsi. Freda et lui l'avaient sauvé d'une mort certaine en 1994. Il leur en avait toujours été reconnaissant.

Au bout d'une heure, la lampe ne projetait plus qu'une faible lueur. Baron s'habituait peu à peu à la noirceur. Il entendit des pas à l'extérieur. Retenant son souffle, il se leva. Quelqu'un ouvrait la porte du conteneur. Baron s'agrippa à sa valise, s'attendant au pire. Et c'est le pire en personne qui apparut derrière la cloison de métal. Papa Legba avait les yeux exorbités, le teint cireux et le visage secoué par des tics nerveux. Un thermos à la main, il en enleva doucement le bouchon.

— Tu dois avoir soif, Baron. Je t'ai préparé quelque chose à boire.

Malgré sa nervosité, Papa Legba restait poli et courtois. Baron, lui, n'avait d'yeux que pour la bouteille qu'il lui tendait. Jamais il ne tremperait les lèvres dans ce poison. Il se battrait jusqu'à l'épuisement avant d'avaler cette mixture!

— Tout va être beaucoup plus simple après, dit le chauffeur en tenant la bouteille devant lui.

Serrant fermement sa valise, Baron recula jusqu'au fond du conteneur. Papa Legba le suivait au pas, lui offrant toujours à boire. Le vieil homme n'aurait pas la force de résister longtemps. Adossé au mur, il attendit que le chauffeur soit à sa portée puis, feignant de céder, il tendit la main gauche et, de la droite, frappa un grand coup avec la valise de carbone. Papa Legba reçut la mallette en plein visage et le thermos vola. Il courut en catastrophe vers la porte du conteneur restée ouverte, alors que Baron lui criait :

— Tu es un chauffeur et tu ne seras jamais rien de plus qu'un chauffeur !

La porte de métal se referma, et Baron entendit des pas s'éloigner. Il tenta de se remettre de ses émotions. Une odeur de mandragore imprégnait l'air. C'était de toute évidence ce qu'on voulait lui faire boire. Il serait devenu un zombie.

Le temps passa et le vieil homme se calma. La lumière faiblissait doucement. Baron se déplaça dans un coin du conteneur. Il ne croyait pas Papa Legba capable d'une telle chose. Pas de sa seule initiative en tout cas. Il y avait quelqu'un d'autre avec lui. Un sacrifice se préparait, le sien, et ce serait la fin de *Fanmi* Baron.

***

Après sa nuit blanche qui l'avait rendue irritable, Blanchet avait dormi quelques heures, ce qui l'avait mise dans de meilleures dispositions. Jérôme et elle avaient longuement discuté dans la salle commune du dossier de Georges Nelson Cédras. Bien qu'elle n'ait que survolé les documents, elle était rapidement arrivée à la même conclusion que lui. Baron et l'ancien auteur des discours de Raoul Cédras étaient sans aucun doute une seule et même personne. Mais qui était-il avant l'accession au pouvoir du lieutenant général en Haïti ? Et qu'était-il advenu de lui après septembre 1994 ? Déterminée à trouver la réponse à ces questions, Blanchet avait promis de lui reparler d'ici la fin de la journée, avant d'aller rejoindre O'Leary à son bureau. Alors qu'il regagnait le sien, Jérôme s'arrêta devant la porte de l'Irlandais pour les épier. Leurs échanges n'étaient jamais bien longs, ils ne se témoignaient aucune marque d'affection, mais qu'à cela ne tienne, il ne s'y habituait pas. C'était O'Leary, surtout, qui l'agaçait. Il était si indépendant, si détaché, qu'on pouvait se demander s'il était vraiment intéressé. Cette attitude aurait dû refroidir Blanchet. Elle lui avait semblé exigeante en amour. Mais non, elle aimait ça, de toute évidence ! De plus, elle travaillait mieux depuis qu'elle cherchait son approbation.

Jérôme referma la porte derrière lui en massant son bras atrophié. Il avait un peu oublié la douleur en lisant, mais depuis une demi-heure elle était revenue en force. Avant la fin de la journée, il réglerait cette affaire une fois pour toutes. Entre-temps, il se glissa derrière son bureau et se tourna vers le gros écran, celui de l'ordinateur que Lynda utilisait et qu'il boudait depuis son arrivée en poste. Il lui était pourtant facile d'y accéder, il en avait tous les codes. Il tapa une demi-douzaine de chiffres et l'appareil s'anima. Rapidement, il se rendit compte que tous les dossiers avaient été effacés, mais ce n'était pas ce qu'il voulait consulter. L'ordinateur était muni de programmes très sophistiqués permettant d'accéder à une multitude de banques de données. Même les plus secrètes. Une vingtaine d'entre elles étaient identifiées par des icônes. Il en choisit une au hasard et tapa le nom de Gabriel. Gabriel Lefebvre. Il y en avait plusieurs, mais le moteur de recherche permettait de réduire ce nombre en répondant à certaines questions. Lorsqu'il inscrivit le 1444, rue Montcalm comme dernière adresse connue, Jérôme sut qu'il avait trouvé. Gabriel Lefebvre avait étudié la sociologie à l'Université de Montréal jusqu'au printemps précédent. Il avait demandé et obtenu une date pour son mariage avec Rashmi Singh Dhankhar en juillet. C'était lui.

L'appareil de Lynda était à son image. Il permettait d'aller partout et de consulter n'importe quoi sans demander la permission à quiconque. Jérôme interrogea les banques de données en associant le nom de Gabriel à celui de sa mère, citée comme référence lors de sa demande d'admission à l'université. Le dossier était mince. Il apprit peu de choses sinon que le garçon était né de père inconnu. Sa mère l'avait élevé seule et il y avait manifestement eu des moments difficiles. À deux reprises, on l'avait placé en foyer d'accueil pour cause de violence. Les rapports de la DPJ ne donnaient pas de précisions cependant. Les choses semblaient s'être calmées durant l'adolescence de Gabriel grâce à une thérapeute qu'il avait longuement consultée. Plus tard, il avait abouti en sociologie et il y avait eu ce projet de mariage. Ce funeste projet.

Jérôme détourna les yeux de l'écran. Qu'y avait-il donc entre eux? Pourquoi fouillait-il ainsi dans la vie du jeune homme? Parce qu'il craignait qu'il lui arrive quelque chose, sans doute. Jamais il ne se le pardonnerait. Délaissant l'ordinateur sans être complètement satisfait, il vérifia ses textos et se rendit compte que Gabriel lui avait répondu pendant qu'il lisait. *Tu veux parler à Désiré ? Il a peur et préfère changer d'endroit. Ça t'intéresse ?*

Jérôme reçut ce message comme un coup de fouet. Amanda aussi était effrayée après lui avoir parlé. L'effet trahison frappait peut-être à retardement chez Désiré. Rien pendant les premières vingt-quatre heures, et puis tout à coup l'effroi. Jérôme se jeta sur le clavier et répondit que le plus tôt serait le mieux. Il suffisait de lui indiquer l'endroit du rendez-vous et il y serait dans la demi-heure. Comme la fois précédente, la réponse ne vint pas tout de suite. Gabriel lui avait envoyé ce mot deux heures plus tôt. Peut-être s'étaient-ils manqués. Cela lui donnait à tout le moins le temps de régler le problème de son bras. Un saut à l'Hôtel-Dieu ne lui prendrait guère plus de trente minutes. C'était le moment ou jamais. Attrapant son veston, il passa devant le bureau de Martine, l'avertit qu'il devait sortir et se heurta à Lambert Grenier :

— J'ai parlé à cette enquêteure de la GRC.

— Jane Dorothy, précisa Jérôme d'une voix lasse.

— Un de tes «clients» s'est fait battre en prison, si je comprends bien ?

Il fallait rester calme, chercher une solution avec lui, mais surtout lui faire comprendre que son temps était compté. Il consulta sa montre et déclara :

— C'est un *Rouge* qui l'a tabassé, m'a-t-elle dit. Mais ce n'est pas très grave. Dhankhar est déjà retourné dans sa cellule, à Sainte-Anne-des-Plaines.

— Alors je fais quoi ? Qu'est-ce que je lui dis, à Dorothy ?

Jérôme prit les devants, cherchant consciemment à orienter l'enquête.

— Elle a une liste de vingt-cinq ou trente noms. Des comptes bancaires à partir desquels de petits montants ont été transférés. Le type, Moïse quelque chose, a reçu trois mille cinq cents dollars pour faire le travail! Ce n'est pas la première fois qu'on voit ça, ajouta-t-il pour minimiser. Bert semblait d'accord. Jérôme consulta à nouveau sa montre et s'avança sur la pointe des pieds:

— Si j'étais à ta place, j'essaierais de la convaincre de laisser tomber. Si ce sont des *Rouges* qui ont fait ces transferts, elle va perdre son temps et nous faire perdre le nôtre. Elle ne trouvera rien, et comme il y a eu plus de peur que de mal…

Lambert était aussi de cet avis, avec une nuance tout de même. Suivre la piste de l'argent pouvait être long. Utiliser les indicateurs qu'il avait chez les *Rouges* serait en revanche beaucoup plus efficace. Il carburait à l'adrénaline depuis son moment de gloire sous les feux de la rampe. Le report du procès pour meurtre de Bobby Ruiz avait soulevé l'indignation. On en parlait dans les tribunes téléphoniques et les reportages télévisés. Toute la journée, il avait donné des entrevues et, chaque fois, on avait salué son audace. Il n'avait que faire d'un type qu'on avait battu en prison et qui le méritait bien.

— Je vais ignorer ses appels, conclut-il. Elle va se lasser et on n'en entendra plus parler.

— Bonne idée, fit Jérôme en lui donnant une petite tape sur l'avant-bras.

En sortant des homicides, Jérôme pensa qu'il venait de régler une partie du problème de Gabriel. Si Bert faisait ce qu'il venait de dire, l'étudiant aurait un répit dans cette affaire, à moins que l'enquêteure de la GRC ne s'acharne, bien sûr. Il fila vers la sortie, mais Greg le rattrapa dans le hall. L'agent songeait à demander une autre affectation. Comme Jérôme empruntait le métro très souvent, il se tournait les pouces à longueur de journée et commençait à en avoir assez.

— Demain, lui lança Jérôme comme s'il le mettait au défi. Demain, il va y avoir de l'action. Tiens-toi prêt.

Il se garda toutefois de lui donner des détails, mais Greg sembla satisfait. Descendant les marches menant à ce corridor qu'il affectionnait tout particulièrement – celui qui passait par le palais de justice –, Jérôme partit vers le nord en se disant que les choses allaient bientôt changer et qu'il devrait modifier ses habitudes. Depuis qu'il avait rejoint Lynda aux homicides, il avait fait ce trajet des dizaines et des dizaines de fois, mais tout cela serait bientôt du passé. Les homicides rentraient au bercail. Dans quelques mois, le service réintégrerait le quartier général du SPVM, rue Saint-Urbain. Pendant des années, cette question avait fait l'objet d'une guerre rangée entre Lynda et ses patrons. Selon elle, le bureau des crimes majeurs devait rester à un jet de pierre du palais de justice, et surtout loin de l'agitation du quartier général. Cette bataille s'était terminée avec le départ de Lynda. Dans ses temps libres, Martine préparait déjà le déménagement.

Jérôme se déplaça rapidement dans les couloirs jusqu'au métro Place-d'Armes. À tout moment, il regardait par-dessus son épaule pour s'assurer qu'on ne le suivait pas. Sa connaissance du réseau était sa meilleure couverture. Lorsqu'il s'en donnait la peine, personne n'arrivait à le suivre. Il savait, par exemple, qu'il n'y avait pas de passage souterrain entre le boulevard Saint-Laurent et la rue Saint-Urbain, où se trouvait l'Hôtel-Dieu. Mais il y avait des garages et des immeubles qui communiquaient par-dessous, et il les connaissait tous. Finalement, il n'eut qu'à marcher une centaine de mètres sur les trottoirs glacés avant de se retrouver dans le hall d'entrée de l'hôpital. Comme il ne voulait pas attendre l'ascenseur, il emprunta l'escalier de service, grimpant les marches quatre à quatre. Au cinquième étage, il ralentit la cadence. Au niveau suivant, il s'accrocha à la rampe, pour arriver finalement au septième à bout de souffle.

La salle C-748 était au fond d'un long couloir. Jérôme s'arrêta à la fontaine pour se désaltérer. Son rythme cardiaque revenait doucement à la normale lorsqu'il entendit la voix du Dr Legault. Il raccompagnait un patient, avec qui il parlait avec enthousiasme. Les deux hommes s'arrêtèrent devant lui.

— Monsieur Marceau, permettez-moi de vous présenter Émile Jodoin.

Jérôme chercha le regard de l'homme, qui d'emblée lui parut réservé. Il fit un pas vers lui et ils échangèrent une poignée de main. Legault affichait un sourire de vainqueur.

— Vous avez fait le bon choix, lui dit Jodoin d'une voix encourageante.

La main du médecin se posa sur l'épaule de Jérôme.

— C'est ce que je crois également, répondit-il.

Comme Émile Jodoin était timide, la conversation n'alla pas plus loin. Alors qu'il s'éloignait dans le corridor, le Dr Legault invita Jérôme à passer dans la salle C-748.

— Alors, vous y avez repensé ? C'est bon ? Vous vous êtes décidé ?

— Je n'ai rien décidé du tout, fit Jérôme sur un ton qui n'autorisait pas la réplique. Ou plutôt si, j'ai pensé que la façon la plus simple de me débarrasser de vous était de venir vous dire que ça ne m'intéressait pas.

Legault ne sourcilla même pas. Il connaissait déjà le caractère de Jérôme. Se glissant derrière son bureau, il l'invita à s'asseoir devant lui et continua comme si de rien n'était.

— Alors, ça vous a fait quoi de serrer la main de mon patient?

Jérôme s'étonna de la question. Il n'avait rien senti de particulier. La poigne était ferme. Il haussa les épaules.

— M. Jodoin porte une prothèse, fit Legault, triomphant.

Long silence dans la salle C-748. Jérôme n'y avait vu que du feu. Mais cela n'avait aucune importance. Il ne changerait pas d'idée pour autant.

— Je n'ai plus de cachets contre la douleur. C'est pour ça que je suis venu. Je vous serais reconnaissant de me faire une nouvelle ordonnance... pour une semaine cette fois, ou dix jours. Je ne vous demande rien de plus.

Comme s'il n'avait pas entendu, Legault fit basculer son fauteuil tout en faisant tourner un crayon entre ses doigts. Il reprit avec autant de ferveur:

— Laissez-moi vous expliquer. Peut-être que je n'ai pas été clair la dernière fois.

— Au contraire! Vous avez été très clair.

— Je ne crois pas. Cette douleur que vous ressentez en ce moment, c'est exactement ce qu'il nous faut. C'est beaucoup plus facile alors d'implanter une interface. L'intervention dure à peine une demi-heure. Et vous aurez toujours votre bras. L'amputation, ça vient plus tard.

— Il n'y aura pas d'intervention, insista Jérôme.

Le médecin fit une fois encore la sourde oreille.

— Dans un premier temps, nous ne faisons qu'implanter un connecteur. Un micro-ordinateur extrêmement sophistiqué avec, au bout, une prise USB.

Effectivement, Jérôme n'avait pas compris les choses ainsi, mais ça lui était égal. Il n'avait pas du tout envie de jouer les rats de laboratoire. Legault devrait se trouver quelqu'un d'autre pour faire ses expériences.

— Nous procédons par étapes, continua le spécialiste. Une fois l'interface implantée dans les muscles de votre bras qui ne sont pas atrophiés, on déterminera grâce à des tests si le signal passe et comment il peut être utilisé.

— Quel signal ?

Legault eut une moue à peine perceptible. Plutôt que de se lancer dans une explication complexe dont les nuances auraient sans doute échappé à son interlocuteur, il vulgarisa en des termes simples :

— Les impulsions qui circulent dans votre bras sont des signaux qui viennent du cerveau ou qui y retournent. Un courant électrique, si on veut. L'interface sait lire ces messages. Ça ne fonctionne pas pour tout le monde. Mais avec cette douleur, ce mal qui vous afflige… tout porte à croire que ça pourrait marcher.

— Et mon bras ? fit Jérôme en baissant les yeux vers son moignon.

Le spécialiste se montra prudent.

— Si l'interface parvient à capter le signal, tous les espoirs sont permis. Plus tard, dans un mois, peut-être plus, on le coupera et on le remplacera par une prothèse.

Legault s'était remis à jouer avec son crayon. Jérôme n'avait qu'une envie : qu'il le pose sur le bloc d'ordonnances vierge et qu'il écrive. N'importe quoi pour endormir cette douleur entêtante !

— Il n'y aura pas d'intervention, pas d'interface, pas de prise USB ! C'est mon bras, il est laid, il est hideux, mais je le garde !

— Dommage, lui renvoya le médecin sans se départir de son sourire. C'était une douleur parfaite.

Du coup, il rédigea une ordonnance illisible.

Une douleur parfaite, pensa Jérôme. Quelle idée ! À ses yeux, la douleur et la perfection étaient antinomiques.

Seul un illuminé ou un masochiste pouvait penser ainsi! Il se leva pour bien faire comprendre que la discussion n'irait pas plus loin, mais le médecin fit une dernière tentative:

— Vous ne voulez pas rompre avec le passé. Vous vous sentez bien tel que vous êtes.

Il lui avait déjà balancé cette formule à la figure lors de leur dernière rencontre. Il ne s'en souvenait pas, sans doute. Peut-être faisait-elle partie de ses arguments de vente, comme la poignée de main avec le patient qui l'avait précédé dans son bureau. Legault était lourd. Quand les choses n'allaient pas comme il le souhaitait, il se rabattait sur la provocation, l'arme des faibles, l'arme de ceux qui veulent gagner à tout prix bien qu'ils n'en aient pas les moyens.

Jérôme le quitta en colère. Déloyal, le médecin avait semé le doute. «Vous ne voulez pas rompre avec le passé», avait-il dit. «Et vous avez tort», fallait-il comprendre. Or, lorsque Jérôme avait tort, il se mettait à douter de tout. C'était maladif chez lui. Il se dit alors qu'il devait se tromper au sujet d'Ogou Feray et de sa femme, Yoruba, qui n'étaient sans doute pas à Montréal et qui n'avaient rien à voir avec ces supplices, ces exactions qu'il ne pouvait expliquer. Comment pourrait-il en être autrement? Personne ne les avait vus. Il se mit aussi à douter des sentiments que Jessica nourrissait pour lui même s'ils semblaient bien vrais: il avait eu tort de n'avoir pas su reconnaître l'amour de cette femme. Enfin, il devrait cesser de penser que Gabriel était son fils, même un fils d'emprunt. Ce garçon avait fait battre Sanjay Singh Dhankhar en prison. Jérôme aurait dû le dénoncer. Le faire arrêter. C'était son devoir. Mais il ne le ferait pas et ne savait pourquoi. Le doute était partout. Il le cernait, l'assaillait de toutes parts. Pourquoi reprochait-il à O'Leary de coucher avec Blanchet, par exemple ? C'est par jalousie qu'il les avait écartés de l'enquête tous les deux, pour ensuite se raviser, réalisant qu'ils étaient indispensables. Il avait eu tort, enfin, d'accepter ce poste d'enquêteur chef. Cette première affaire en tant que patron n'en était-elle pas la preuve ? Il avait tout faux, il se battait contre des moulins à vent et faisait tout pour ne rien comprendre. Inconsciemment ou non, il ne voulait pas aller là où cette enquête le menait. Chaque fois qu'on prononçait le mot « Haïti », c'était un peu de lui que l'on parlait et cela le gênait. Il entendait le nom de son père, cet homme qu'il n'avait vu qu'une fois. Il revoyait ce ballon venant vers lui et qu'il n'avait pu attraper à cause de son bras, ce bras maudit qu'il voulait tout de même garder. Le Dr Legault n'avait pas seulement semé un doute, il l'avait bombardé de doutes, enseveli sous les doutes, pulvérisé à grands coups de doutes.

En quittant l'Hôtel-Dieu, Jérôme chercha une pharmacie, acheta des cachets antidouleur ainsi qu'une bouteille d'eau, puis chercha un coin tranquille afin de retrouver ses esprits. Le médicament était plus fort, l'avait prévenu le médecin. Le mal mettrait de vingt minutes à une demi-heure avant de s'estomper. Il texta un mot à O'Leary : *Tu as quelque chose de nouveau sur la Mercedes ? Plus j'y pense, plus je me dis que c'est important.*

La douleur avait complètement disparu lorsqu'il regagna les passages sous la ville. Le bruit du métro y était-il pour quelque chose ? L'agitation souterraine avait-elle un effet anesthésiant sur lui ? Chose certaine, à part cette Mercedes, Désiré était ce qu'il avait de plus concret dans cette affaire. Sans être capable de l'expliquer, il savait que l'étudiant détenait la clef de l'énigme. Mais comment lui tirer les vers du nez ? Et comment s'appelait-il, au fait ? Désiré qui ? Alors qu'il ne croyait plus en rien, il sentit une vibration dans sa poche. Un texto venait d'arriver. De la part de Gabriel. Le mot disait simplement : *À L'Égo dans une demi-heure.*

Jérôme connaissait ce bar de la rue Saint-Denis. Pour la discrétion, il y avait mieux, mais il n'était pas en position de contester ou de suggérer autre chose. Il allait répondre simplement *O.K.*, mais se ravisa avant d'envoyer le message et y ajouta : *Au fait, il s'appelle comment, Désiré ?* La réponse arriva instantanément : *Désiré Dessalines.*

L'empressement à répondre de Gabriel le rassura. Il collaborait, c'était déjà ça. Mais il venait de faire une erreur capitale pour la couverture de son ami. Sans perdre un instant, Jérôme rédigea un message pour Blanchet. Un texto plus élaboré que d'habitude : *Tu peux me trouver tout ce qu'il y a sur Désiré Dessalines ? Début de la vingtaine. Étudiant à l'Université de Sherbrooke à Longueuil. Nom et adresse des parents surtout. Je compte leur rendre visite.* La réponse arriva dans la seconde. Elle était toujours sur le cas de Georges Nelson Cédras, avec des gens en Haïti cette fois, mais elle ferait ce qu'il lui demandait.

Quinze minutes plus tard, Jérôme entra dans le bar et comprit tout de suite le choix de l'endroit. Il y faisait noir comme chez le loup. Des silhouettes allaient et venaient, tels des fantômes, une serveuse se tenait derrière le bar, et les quelques clients disparaissaient presque dans les fauteuils profonds. Ce trou noir était une oubliette d'où rien ne transpirait vers l'extérieur. Un lieu idéal pour une rencontre discrète. Gabriel et son ami n'étaient pas encore arrivés. C'est du moins ce que Jérôme croyait en se hissant sur un tabouret et en levant le doigt. Puis il sentit une présence derrière lui.

— Viens ! On est au fond.

Jérôme se retourna juste à temps pour voir Gabriel disparaître dans la pénombre. Reconnaissant sa démarche, il quitta le bar et le suivit. Dans un recoin, il y avait un divan bas ; enfoncé dans les coussins, Désiré les attendait. Jérôme le salua d'un hochement de tête et sentit immédiatement la réticence du jeune Noir. Cette rencontre l'inquiétait. Mais pourquoi donc était-il venu ?

— Je ne sais pas ce que vous me voulez, commença-t-il, mais je n'ai rien à voir avec cette affaire.

— Je le sais, lui répondit Jérôme. Il ne t'arrivera rien.

Désiré parut à peine rassuré. Croisant les bras, il rentra la tête dans ses épaules comme s'il craignait de recevoir un coup.

— Je voudrais que tu reparles de la voiture d'Anatole Nelson Cédras, dit Jérôme.

La question dérouta visiblement Désiré. Il s'attendait à tout sauf à cela.

— C'est une Mercedes comme toutes les Mercedes, marmonna-t-il.

Jérôme le gratifia d'un sourire.

— Blindée, tout de même ! Et tu as remarqué ce détail même si tu ne l'as vue qu'une fois.

Confus, le jeune homme se tourna vers Gabriel, comme s'il cherchait une explication. Jérôme tenta de l'aider :

— Les voitures blindées ont des pneus increvables, ce qui explique qu'ils soient surdimensionnés... Je ne crois pas que tu aies vu cette auto une seule fois.

Il allait à la pêche, mais Désiré ne mordait pas. Au contraire, il était de plus en plus suspicieux. Jérôme continua :

— Tu me dis avoir vu Anatole dans cette voiture. Je cherche seulement à savoir pourquoi cet homme conduisait une Mercedes blindée. De quoi avait-il peur ?

— Ah, mais ce n'est pas lui qui conduisait ! répondit spontanément Désiré. C'était le chauffeur.

— Le chauffeur ? s'étonna Jérôme. Il avait un chauffeur ?

— Oui, oui. Je n'ai jamais vu Anatole derrière le volant, précisa-t-il. C'était toujours le chauffeur qui conduisait.

— Et il s'appelle comment, ce chauffeur ?

Les yeux de Désiré devinrent tout ronds, comme s'il s'était fait prendre. Il baissa les yeux cette fois, puis haussa imperceptiblement les épaules.

— Je n'en ai aucune idée, finit-il par dire. *Fanmi* Baron a toujours eu un chauffeur.

— Un chauffeur et une Mercedes S280 blindée, précisa Jérôme.

Désiré acquiesça prudemment avant de prendre une grande respiration. Il regardait toujours ses pieds dans le noir.

— Vous ne comprenez pas. Vous ne comprenez rien !

Sur ce point, Jérôme était plutôt d'accord. Jamais il n'avait si peu compris une situation, lui semblait-il. Et voilà qu'on ajoutait un chauffeur dans la marmite ! Après les esprits venus de Floride et le mystère de la Sainte Trinité, pourquoi pas un chauffeur bien réel pour les conduire ?

— Les gens ont peur ! Des policiers ont posé toutes sortes de questions à ceux qui étaient présents ce soir-là, quand le *hounci* a été brûlé. Mais ils ne savent rien. Ils ne comprennent pas. Il faut les laisser tranquilles !

Était-ce pour cette raison que Désiré était venu ? Pour prendre la défense des siens ? Ou même de ses parents ? Pour qu'on cesse de parler de vaudou et de ce sacrifice inexplicable ? La question était taboue. Jamais les Haïtiens ne parlaient de cette histoire.

— Mon père est vieux et malade. Si vous allez le voir, il ne survivra pas. Il va en crever. Et bien sûr, il va croire que je l'ai trahi.

— Personne n'ira l'interroger, mentit Jérôme. Parle-moi plutôt du chauffeur. Depuis quand est-il avec *Fanmi Baron*?

— Depuis toujours, répondit-il mollement.

— Et Baron, son vrai nom, c'est Georges Nelson Cédras, n'est-ce pas?

— Je ne sais pas de qui vous parlez. Je ne connais pas ce nom, fit Désiré.

— Peu importe. Le chauffeur, il était déjà avec lui lorsqu'il est arrivé de Floride il y a vingt ans?

Le jeune Dessalines ne pouvait pas le savoir. Il y a vingt ans, il n'était qu'un enfant. Un bébé. Il répondit tout de même :

— Peut-être. Je l'ignore.

Jérôme avait entendu l'hésitation dans la voix. Désiré mentait de nouveau. Qu'à cela ne tienne, il avait d'autres questions, beaucoup d'autres questions, mais Gabriel s'interposa.

— Je peux te parler seul à seul?

Jérôme fit la sourde oreille ; il voulait mener cet interrogatoire jusqu'au bout. Que savait encore Désiré que lui ignorait?

— Il doit bien avoir un nom, ce chauffeur! s'impatienta Jérôme. Quelqu'un doit le savoir!

Poussé dans ses derniers retranchements, Désiré se leva brusquement.

— Il faut que j'aille aux toilettes.

Jérôme voulut le retenir, le forcer à se rasseoir et à répondre à ses questions. Il faillit le menacer. Il aurait été si facile de l'embarquer, de le conduire au quartier général et de le soumettre à un interrogatoire en règle. Mais le regard navré de Gabriel le persuada de ne rien faire.

— Je t'attends, grommela-t-il en s'efforçant de rester calme.

Jérôme se tourna vers Gabriel alors que Désiré disparaissait.

— Il a accepté de venir pour une seule raison. Il voulait plaider en faveur de ses parents.

— J'ai bien compris.

— Ses vieux vénèrent Baron et *Mambo* Freda. L'idée qu'ils ne soient plus là leur est insupportable. Si en plus ils apprennent que leur fils parle à la police…

— Il protège ses vieux. J'ai compris, je te dis. Mais je dois savoir, moi. Il faut que je sache.

Gabriel acquiesça.

— S'il les protège, c'est qu'ils ont quelque chose à cacher.

— Tu as promis de ne pas les interroger !

— J'ai dit ça, moi ? fit Jérôme, ignorant volontairement ce qu'il avait affirmé.

— Oui ! répondit Gabriel sans hésiter.

— Et si je te disais que j'ai plus envie que jamais de les questionner ? lança-t-il encore.

— Ça ne m'étonnerait pas vraiment de toi !

Jérôme avait perçu du mépris dans la voix de l'étudiant. Il rendit coup pour coup :

— Et moi, ce qui m'étonne de toi, c'est que tu aies fait battre Sanjay Singh Dhankhar et que tu ne sembles avoir aucun remords !

— Tu n'as jamais eu envie de te venger, toi ? T'es un *loser* à ce point-là ?

La réponse allait de soi. La vengeance ne faisait pas partie de ses habitudes. La justice s'occupait de ce genre de choses et cela le satisfaisait entièrement.

— Tu vas me dénoncer ? s'inquiéta Gabriel.

— Si on s'entend pour que tu ne recommences pas, il y a peut-être moyen de s'arranger.

Il y eut un silence. Un long silence que même la musique de fond du bar ne parvint pas à troubler. Gabriel n'en démordait pas :

— Tu ne t'es jamais vengé, toi ? Jamais ?

Jérôme n'avait pas à répondre à cette question. Il voulait un engagement de la part de Gabriel, sa parole qu'il ne récidiverait pas, mais rien n'indiquait qu'il était prêt à faire une telle promesse.

— Je crois qu'il ne reviendra pas, annonça Gabriel après un moment.

Il parlait de Désiré. Le fils Dessalines avait filé à l'anglaise par la sortie de secours près des toilettes. La porte était d'ailleurs encore ouverte. Jérôme serra les poings en faisant le constat. Voilà pourquoi il n'avait pas parlé de ce témoin lors de ses rencontres avec O'Leary, Blanchet et Zehrfuss. Non seulement l'Haïtien mentait, mais il avait la fâcheuse habitude de lui faire faux bond lorsque la situation se corsait. Et le fait qu'il cherche à protéger ses parents à tout prix paraissait suspect. Il y avait autre chose, et plus le temps filait, plus un interrogatoire en bonne et due forme s'imposait.

Jérôme et Gabriel se quittèrent sur le trottoir devant L'Égo en se saluant du bout des lèvres. Jamais l'enquêteur n'avait senti une telle distance entre eux depuis qu'ils se connaissaient. Mais pourquoi au juste ? À cause de son attitude envers Désiré ? Ou encore de cette promesse qu'il n'avait su lui arracher ? Le torchon brûlait. Avec sa mère, Jérôme avait vécu des passes d'armes de ce genre. L'idée de rompre avec elle ne lui avait jamais traversé l'esprit, toutefois. C'est pourtant à cela qu'il pensait en revenant aux homicides. Après la mort horrible de Rashmi, son amoureuse, Gabriel avait eu besoin de soutien. Était-ce une raison pour devenir son père ? Sans doute pas. Le moment était peut-être venu de prendre leurs distances, d'emprunter des chemins séparés.

La tristesse se lisait dans ses yeux lorsque Jérôme regagna les homicides un peu avant dix-sept heures. Martine, qui allait partir, s'inquiéta de son humeur avant de l'informer qu'O'Leary avait cherché à le joindre. Pour l'encourager, sans doute, elle affirma qu'il avait du nouveau au sujet de la voiture.

— La Mercedes? fit-il.

Elle acquiesça en lui demandant s'il avait besoin de quelque chose. Il se contenta de dire, avec une pointe d'amertume, que tout était pour le mieux dans le meilleur des mondes, ce qu'O'Leary se chargea toutefois de contredire lorsqu'il le rejoignit dans son bureau quelques minutes plus tard.

— Écoute, Aileron, j'en ai jusque-là!

Jérôme fit la moue. À quoi bon le reprendre? C'était exactement comme cela qu'il se sentait. L'Aileron qu'il avait toujours été et qu'il serait toujours.

— On t'a nommé patron, poursuivit O'Leary. Bravo! Mes félicitations! Puis tout à coup, il y a cette histoire dans les sous-sols de la Place Ville-Marie. On se roule les manches, on enquête, mais au deuxième jour tu nous écartes, Blanchet et moi.

— Tu l'appelles Blanchet? Ce n'est pas très romantique, dit Jérôme en cherchant à plaisanter pour détendre l'atmosphère.

— Jaloux comme un tigre, en plus! Eh oui, on couche ensemble, elle et moi! Et après?

— Après rien. Je suis désolé.

Il s'était excusé, mais O'Leary n'avait pas entendu. Comme Gabriel avant lui, l'Irlandais était en colère.

— Il y a un deuxième crime, comme le premier, dans le tunnel. L'enquête t'échappe, alors tu nous rappelles au front. Pas facile d'être patron, je veux bien, mais tu en rajoutes une couche. Tu fais ta petite enquête de ton côté et tu gardes tout pour toi. Tu ne partages rien. Ça ne va pas, ça ! Ça ne va pas du tout !

— Mon témoin n'est pas fiable. Je ne voulais pas vous lancer sur une fausse piste.

— Il s'appelle comment ? Il sort d'où ? Qu'est-ce qu'il vient faire dans cette histoire ?

Jérôme détourna le regard. O'Leary se vexa encore plus.

— On le convoque et on lui fait subir un interrogatoire cinq étoiles. On fait venir sa famille, ses amis, ses voisins...

— Non !

— Pourquoi ?

— J'ai promis.

— Tu as promis quoi ? De ne pas l'interroger ? Un flic ne promet pas ce genre de chose ! Un flic ne promet pas. Point ! S'il y a un fil, on tire dessus ! Et c'est tout !

— Pas mon style.

— Alors dis-moi ! Dis-moi quel est ton style, parce que là...

Exaspéré, O'Leary fut incapable de terminer sa phrase. C'était peine perdue. Il se laissa lourdement tomber sur un fauteuil. Encore un peu et il jetait l'éponge. Ou du moins il en donnait l'impression.

— Il paraît que tu as du neuf à propos de la voiture ? fit remarquer Jérôme.

À contrecœur, l'Irlandais haussa les épaules.

— Les Mercedes S280 du milieu des années 1990 se comptent sur les doigts de la main. Un modèle plutôt rare.

— Et les blindées ?

— Sur les fiches d'enregistrement, on ne dit pas s'il s'agit d'une voiture blindée ou non.

— Des détails? continua Jérôme.

D'un geste las, O'Leary fit glisser un feuillet sur le bureau. Six noms, six adresses. Tous les propriétaires de Mercedes S280 de 1992 à 1998 y figuraient.

— Tu peux leur parler? demanda Jérôme.

O'Leary ne répondit pas. Il revint plutôt à la charge.

— Qu'est-ce que tu sais encore qu'on ne sait pas?

— C'est ça le problème, admit Jérôme. Je ne sais pas ce que je sais. Dans cette affaire, je ne vois plus ce qui est important et ce qui ne l'est pas. Au mieux, je devine...

L'agacement de l'Irlandais se traduisit par un long soupir.

— Et ce que je devine, c'est que tout ça est près de moi. Très près de moi.

Ces mots ne faisaient rien pour aider, et Jérôme le savait bien. N'avait-il pas le don de compliquer les choses simples? Ce qui était près de lui, c'était la chute, l'aboutissement de l'enquête. En temps normal, il tournait autour du nœud, du cœur de l'affaire, et, petit à petit, il s'en approchait. Au point de l'enlacer, de l'étreindre. Cette fois, il y avait de l'interférence. Il ne voyait rien, ne sentait rien. Il n'y arrivait pas.

— Je crois savoir que la Mercedes était conduite par un chauffeur.

— Tu crois savoir, le reprit O'Leary en se levant, écœuré.

— Il nous reste une journée, lui renvoya Jérôme. Tout n'est pas perdu.

L'Irlandais sortit du bureau sans rien dire et Jérôme regarda distraitement la liste des propriétaires de Mercedes S280. Dans son for intérieur, il savait qu'O'Leary reviendrait à la charge le lendemain, qu'il ne le laisserait pas tomber. Cette rencontre de fin de journée était à oublier. Se tournant vers l'ordinateur de Lynda, il tapa le nom des six propriétaires identifiés et imprima les pages de données les concernant sans prendre la peine de les lire. Après les avoir glissées dans son sac, il saisit le dossier de Georges Nelson Cédras et lut un certain nombre de rapports qui lui avaient échappé. Sans grand résultat. L'auteur des discours de Raoul Cédras n'avait en apparence vécu que trois ans. Les trois ans où le lieutenant général avait été au pouvoir. Jérôme perdait son temps.

En quittant son bureau, il s'arrêta sur le pas de la porte et rédigea un texto à Jessica : *Suis-je invité ce soir ?* Persuadé qu'il avait le temps de descendre dans le métro avant de recevoir la réponse, il ferma la porte derrière lui et traversa la salle commune en direction des ascenseurs. Alors qu'il appuyait sur le bouton d'appel, un texto arriva. Un mot sans équivoque qui le fit déchanter : *Je crois que c'est ton fils qui a besoin de toi ce soir. Et au cas où tu l'aurais oublié, je ne fais plus la pute depuis un moment déjà. À demain, au In BaR, à midi. Jess.*

Après les reproches de Gabriel et les remontrances d'O'Leary, les mots de Jessica le blessèrent. Qu'est-ce qui lui prenait, tout à coup, de lui faire la morale ? Elle savait pertinemment que Gabriel n'était pas son fils. Il cherchait à l'aider, tout au plus. En relisant la deuxième partie du texto, il sombra davantage. En lui disant plutôt crûment qu'elle n'était pas une pute, ne lui demandait-elle pas de l'aimer autrement ? Ne lui rappelait-elle pas aussi qu'elle l'aimait ?

Désemparé, Jérôme rentra chez lui, sauta dans la douche et se mit la tête sous le jet d'eau chaude jusqu'à ce qu'il en ait le cerveau engourdi. Une façon comme une autre d'oublier. Mais il n'oubliait rien, bien au contraire. Gabriel, O'Leary et Jessica défilaient tour à tour devant ses yeux embrouillés, lui disant qu'ils en avaient assez de ses cachotteries, lui rappelant qu'il manquait de manières. L'eau coulait et coulait encore lorsqu'une phrase du texto le rattrapa : « Je crois que c'est ton fils qui a besoin de toi ce soir. »

Ces mots concernaient Gabriel, évidemment. Il aimait ce garçon comme un père aime son fils, et ce n'était pas pour lui plaire qu'il l'avait affronté au sujet de la vengeance. Mais il le regrettait, maintenant. Il s'en voulait de lui avoir parlé ainsi. Et il avait eu tort de le faire. S'il renonçait après leur première querelle, s'il abandonnait ce rôle qu'il s'était donné, c'est que leur relation n'était qu'une mascarade. C'était pour lui éviter le pire qu'il avait abordé cette question. Pour qu'il ne s'engage pas sur des chemins dont il ne reviendrait qu'un peu plus esquinté, un peu plus compromis. Évidemment, Gabriel avait mal réagi. Au cours de sa vie, peu de gens avaient dû lui parler sur ce ton ou même l'obliger à reculer. Plus tôt, dans le métro, Jérôme avait pensé lui envoyer un mot pour s'excuser. Heureusement, il ne l'avait pas fait. Demain, à la première heure, il reviendrait à la charge, reprendrait le dialogue et tenterait de convaincre l'étudiant de mettre sa vindicte de côté. En sortant de la douche, il ne lisait plus le mot de Jessica de la même manière. Ce « conseil » qu'elle lui avait donné mettait un baume sur cette fin de journée chaotique. Jessica devait certainement l'aimer.

Jérôme était beaucoup plus calme lorsqu'il se glissa sous les couvertures. Il avait déposé quelques dossiers sur la table de nuit. En les parcourant, il finirait par s'endormir. Ouvrant la première chemise, il trouva pêle-mêle les informations recueillies sur les six propriétaires de Mercedes S280. Il survola la vingtaine de pages qu'il avait imprimées sans rien remarquer de particulier. Des noms, des adresses, des infractions mineures, des notes de crédit, des déclarations douanières. Une lecture somnifère qui l'amena toutefois à repenser à Désiré et au peu d'informations qu'il avait à son sujet. Un père chauffeur de taxi, vieux sans doute, même si Désiré était tout jeune. L'enfant qu'on avait attendu trop longtemps, d'où ce prénom, probablement. Inventait-il tout cela ? Et si c'était vrai, qui le lui avait dit ? Alors qu'il luttait contre le sommeil, Jérôme se rendit compte qu'il venait de faire une association. Dans ces feuilles éparses, il avait lu quelque chose qui lui avait fait penser à Désiré, ou plutôt à son père. Mais quoi ? Se redressant dans son lit, il revint en arrière, lut en diagonale et chercha jusqu'à ce qu'il trouve le mot qui l'avait fait basculer dans la rêverie.

— Chauffeur ! marmonna-t-il. Chauffeur !

Un des six propriétaires de Mercedes S280 était chauffeur. C'était écrit en toutes lettres sur une des pages qu'il avait imprimées. Patrice Legba, chauffeur. Jérôme eut une bouffée de chaleur. On ne disait pas « chauffeur de taxi » ou « chauffeur de poids lourd », mais bien « chauffeur », tout simplement. Il écarta les cinq autres dossiers, étala sur le lit les quatre pages d'informations concernant cet homme et lut attentivement. Son histoire ne tenait qu'à un fil. Une kyrielle d'infractions routières – normal, pour un chauffeur –, une adresse à la campagne, à Village-de-la-Belle-Élodie, plusieurs comptes bancaires, ce qui était plutôt étonnant. Aucun enfant connu. Pas de femme non plus.

Jérôme se leva, fébrile. Tout collait sauf le nom, qui à première vue n'avait rien d'haïtien. Slave peut-être, ou encore russe sans la dernière syllabe. Legbaski. Il se souvenait d'avoir vu un nom semblable. Legboski ou Leboski. Il pensa retourner aux homicides pour faire une recherche approfondie mais se ravisa. N'était-il pas en train de s'emballer, une fois encore ?

Il y a des centaines de chauffeurs, chercha-t-il à se convaincre. Et qu'est-ce qu'un Slave ou un Russe pourrait bien faire dans cette histoire?

Incapable de tenir en place, il se tourna plutôt vers son ordinateur portable, lança le moteur de recherche et inscrivit le nom «Legba» dans la fenêtre. Quand il lut la première inscription, il en resta bouche bée : *Papa Legba est un Lwa, une divinité ou encore un esprit chez les vaudous haïtiens. C'est lui qui garde la frontière entre le monde des humains et le monde surnaturel. L'équivalent de saint Pierre chez les chrétiens en quelque sorte, Papa Legba détient les clefs du paradis. Dans sa représentation humaine, il prend la forme d'un vieillard couvert d'un chapeau de paille, fumant la pipe et tenant une canne. Dans le rite Petro ou Hoodoo, on l'appelle aussi Kalfu. On dit qu'il devient coléreux et malfaisant à minuit.*

Jérôme n'en revenait pas. Le chauffeur était le gardien de la frontière entre le monde des humains et le monde surnaturel. Enfin, il avait quelque chose de solide. Quelque chose de plausible. Tous les «esprits» qui allaient et venaient dans cette affaire étaient reliés à cet homme, à ce *Lwa* qui, de surcroît, avait une voiture blindée. Il revint aux quatre pages qu'il avait imprimées sur le chauffeur en question, les relut en vitesse et trouva ce qu'il cherchait : une adresse. Le 88, chemin de la 3e-Ligne, Village-de-la-Belle-Élodie, une agglomération voisine de Saint-Paul-de-l'Île-aux-Noix, tout près de la frontière américaine.

Il allait se rhabiller, rameuter O'Leary et Blanchet et faire une pointe du côté de Saint-Paul pour rendre une visite nocturne à Patrice Legba lorsque le téléphone des homicides sonna. Il consulta l'afficheur avant de répondre. L'appel venait de la Sécurité et du Contrôle souterrains.

— Désolé d'appeler si tard, fit Simon Bourgeois en déglutissant.

— Y a pas de quoi.

— J'attendais d'avoir quelque chose de concret.

Décidément, ce mot revenait souvent chez le patron de la SCS. La fébrilité de Jérôme grimpa d'un cran.

— Tu connais la station d'épuration des eaux usées Jean-R.-Marcotte, à Rivière-des-Prairies?

Tous les circuits du cerveau de l'enquêteur chef s'allumèrent en même temps. Bien sûr qu'il connaissait! Le réseau d'égouts de la ville était d'une sophistication remarquable. Les multiples collecteurs d'eaux usées et d'eau de pluie de la métropole se déversaient dans de véritables rivières souterraines appelées intercepteurs. Ces tunnels méconnus, pour ne pas dire secrets, se prolongeaient sur quatre-vingt-cinq kilomètres sous la ville et comptaient trois grandes ramifications. L'intercepteur nord, mesurant quarante et un kilomètres à lui seul, aboutissait à la station d'épuration Marcotte, la quatrième plus grosse installation du genre dans le monde.

— Il se passe quelque chose là-bas?

— Peut-être. Rien de sûr, mais j'ai pensé te le signaler. Il y a d'importants travaux en cours en ce moment, raconta le patron de la SCS. Donc beaucoup de va-et-vient. À deux reprises cette semaine, on a mentionné la présence d'un intrus dans le tunnel principal. Il n'était pas arrivé d'incident de ce genre depuis huit ans.

— Quelqu'un est intervenu? s'enquit Jérôme.

— Pas vraiment. C'est une compagnie privée qui assure la surveillance. Les caméras de sécurité ont tout enregistré par contre. Un type qui se promenait dans l'intercepteur comme s'il faisait du tourisme ou du repérage.

— Et on a fait un rapport.

— C'est ça, fit Bourgeois comme s'il cherchait à s'excuser.

D'abord le chauffeur, Patrice Legba. Puis ce tunnel géant, comparable à celui sous le mont Royal. Malgré ses efforts, Jérôme parvenait à peine à contenir son excitation.

— Il y a des caméras de surveillance sur le chantier, dans le stationnement, aux alentours?

— Affirmatif, répondit Bourgeois.

— Tu as une idée de l'endroit où est passé ce type pour descendre dans la conduite souterraine?

— Plus ou moins.

Jérôme respira profondément avant de demander:

— Tu as quelqu'un pour visionner les films cette nuit? On cherche une Mercedes S280, milieu des années 1990. Tu vois le modèle?

— Tout à fait! Et pour toi, Aileron, je vais trouver quelqu'un. Ne t'inquiète pas.

Une fois encore, Jérôme se garda de réagir. Il connaissait Bourgeois depuis toujours! Si c'était le prix à payer pour ce petit service, il était prêt à fermer les yeux.

— Je serai là demain matin. Tôt.

— J'y serai aussi, promis Bourgeois.

Et Jérôme raccrocha. Les choses allaient vite tout à coup. Beaucoup trop vite pour dormir. Il le fallait bien, pourtant. La conclusion de cette affaire était proche. La journée du lendemain serait cruciale. Jérôme fit les cent pas dans le salon en cherchant à stopper cette avalanche qui l'emportait, sans vraiment y parvenir. À cette heure, il n'y avait rien d'autre à faire que lâcher prise. Il retourna finalement dans son lit et s'endormit presque aussitôt.

15

Le réveil posé sur la table de chevet indiquait cinq heures trente-huit, et ils n'avaient pas fermé l'œil de la nuit. L'air dans la chambre de motel était suffocant. Les draps et les couvertures étaient par terre, des vêtements avaient été jetés dans un coin, il y avait une boîte de pizza ouverte posée sur une table basse avec trois pointes séchées à l'intérieur. Un long reniflement se fit entendre dans la cuisinette. Patrice Legba venait d'aspirer une ligne de cocaïne. La dixième au moins depuis le début de la nuit. Il se massa le nez, regarda les traces de poudre blanche au bout de ses doigts et se frotta les gencives avec, anesthésiant ainsi la seule partie de son corps qui ne l'était pas encore complètement. Ogou Feray suivait chacun de ses gestes, comme si les choses n'allaient pas assez vite pour lui. L'œil démoniaque, le sourire scintillant – gracieuseté des diamants incrustés dans ses incisives –, il poussa Papa Legba, lui prit le billet de cent dollars des mains et enfonça une petite cuillère d'argent dans le boîtier serti de pierres précieuses posé sur le comptoir. En tirant une ligne de coke, il agita la tête, pris d'un spasme soudain. Les nombreux *piercings* transperçant le pavillon de ses oreilles s'entrechoquèrent. Le bruit sembla l'exciter. La cicatrice qu'il avait sous la pommette gauche s'arqua, donnant à son visage une allure réjouie même si rien de ce qui se passait dans cette chambre n'était amusant. Il enfonça dans sa narine gauche le billet enroulé, se pencha au-dessus de la ligne blanche et renifla à son tour.

— Il faut respecter le rituel, lança une voix rocailleuse à l'autre bout de la grande chambre, qui comptait deux lits et une cuisine. Le même endroit, la même heure et la même manière !

Ni Legba ni Feray ne prêtèrent attention au baragouinage de Yoruba. Le premier regardait la ligne disparaître sur le comptoir. Le second replongeait la cuillère d'argent dans le boîtier pour soulager sa deuxième narine.

— Gourmand ! fit Papa Legba en poussant Feray du coude.

Les yeux de ce dernier jetèrent des flammes.

— Du calme, il y en a pour tout le monde !

Il renifla à s'en faire éclater les poumons puis expira avec une évidente satisfaction. Legba voulait recommencer pour être à égalité : Ogou Feray en avait pris deux. Il lui arracha le billet des mains. Yoruba quitta alors le fauteuil dans lequel elle somnolait depuis un moment et s'approcha en tendant la main. Elle avait droit à sa part elle aussi, mais Legba la repoussa violemment. Perdant l'équilibre, elle s'accrocha à son mari pour ne pas tomber avant d'invectiver le chauffeur :

— Tu ne respectes rien ! Le rituel, c'est le rituel !

Une fois encore, Papa Legba l'ignora. Il planta le billet de cent dollars transformé en tube dans une nouvelle ligne de cocaïne, se boucha la narine gauche et inhala tant qu'il put. C'était trop. La poudre lui râpa la gorge et, dans une espèce de retour de flamme, il éternua en plein visage de Yoruba. Une pellicule blanchâtre recouvrit les joues et le front de la vieille femme, comme si elle venait de se farder à outrance. Ogou Feray, qui ne tenait plus sur ses jambes, s'esclaffa. Yoruba ressemblait à une geisha. Une vieille geisha tonitruante qui ne cessait de répéter :

— Au même endroit, à la même heure et de la même manière ! C'est ça le rituel.

Feray prit Yoruba par les épaules, la tira vers lui et, dans un nouvel éclat de rire, lui lécha le visage. La cocaïne se mêla à sa salive, transformant ce fard insolite en une pâte grisâtre.

— *Sa ki mal lespri !* cria la vieille femme. *Sa ki mal lespri !*

Une fois de plus, les deux hommes ne l'entendirent pas. Ils étaient trop drogués. Papa Legba déroula le billet, referma le coffret de poudre blanche, puis, comme si les mots de la prêtresse le rattrapaient enfin, il lança sur un ton désinvolte :

— Au même endroit, c'est impossible ! Plus maintenant !

Elle répondit sur le même ton :

— Dans ce cas-là, ce ne sera pas un sacrifice ! Si le rituel n'est pas respecté, ce n'est rien !

Elle se tourna vers son mari :

— Rentrons à la maison ! Nous perdons notre temps !

Réagissant au chantage, Papa Legba la fusilla du regard.

— Ce n'est pas rien ! C'est de l'argent. Beaucoup d'argent ! Il ne reste qu'à aller le cueillir. On ne peut pas tout faire rater pour le rituel !

Obstinément, Yoruba répéta :

— Au même endroit, à la même heure et de la même manière !

Les yeux de Feray s'étaient mis à briller lorsqu'il avait entendu le mot « argent ». Alors que Yoruba répétait la même phrase comme une incantation, il se fâcha :

— Laisse-le parler, bon Dieu! Laisse-le s'expliquer!

Ogou Feray avait une voix de stentor. Lorsqu'il parlait et, pire encore, lorsqu'il criait, tout s'arrêtait.

Papa Legba avait maintenant la parole, mais il n'avait plus toute sa tête. Un gros trou s'était creusé au milieu de sa cervelle, comme celui qu'il s'était fait dans la paroi nasale en s'envoyant toute cette poudre blanche.

— De quoi parle-t-on? balbutia-t-il.

La question provoqua un fou rire chez Feray. Yoruba, en revanche, ne s'amusait pas du tout.

— Dis-nous pourquoi il faut faire cela ailleurs, s'enquit le vieux *Hoodoo*.

De nouveau, Legba parut entendre la question avec un décalage. Il cligna des yeux, se tourna vers Yoruba, puis la regarda comme si elle venait d'entrer dans la chambre, comme s'il n'avait pas passé la nuit avec elle et son mari, dans la déchéance la plus totale:

— Pourquoi?

La cocaïne mêlée à la salive avait fait du visage de la vieille femme une caricature de ces guerriers de l'Amazonie qui se couvrent le corps de boue avant d'aller au combat.

— Ah oui, l'endroit! reprit Legba. Le tunnel sous le mont Royal. Il ne faut pas y retourner. Ce serait du suicide. Les flics vont nous attendre.

Papa Legba s'étonna de la clarté de ses propos. La phrase lui était venue d'il ne savait trop où. Les mots s'étaient échappés tout seuls.

— Il ne reste plus qu'à ramasser l'argent, précisa-t-il. Pourquoi tout faire rater?

Ogou Feray soupira en entendant ce mot si doux. Argent. Legba voulait ajouter quelque chose, mais il ne se souvenait plus de quoi. Se passant une main sur le front, il chercha le regard de la femme et se rappela:

— Il y a un autre tunnel, beaucoup plus grand, beaucoup plus imposant, qui fera tout aussi bien l'affaire. Personne ne nous surprendra à cet endroit. D'ailleurs, ce n'est pas la peine d'attendre la nuit. On peut y aller maintenant, lui couper le bras, récupérer la valise et partir d'ici.

— Selon le rituel, soixante-douze heures doivent s'écouler...

— Le rituel ne changera rien ! Il n'y a que l'argent ! cria Papa Legba.

Même si Ogou Feray était exalté, il était le seul dans cette chambre à pouvoir réfléchir. Yoruba était trop obstinée. Legba ne se comprenait plus. Après vingt ans d'abstinence, il ne lui avait fallu qu'une ligne pour retomber aussi bas qu'il avait déjà été.

— Tu as trouvé un autre endroit pour faire la peau de Baron, résuma Feray. Et tu voudrais qu'on le fasse maintenant. C'est ça ?

Yoruba eut un haut-le-cœur, comme si cette perspective la rendait malade. Sentant qu'il avait l'oreille de Feray, Papa Legba s'anima :

— Ils nous attendent. Après le *hounci*, après *Mambo* Freda, quelqu'un a compris que nous allions y retourner avec Baron. Il faut les déjouer et s'enfuir avec l'argent ! *Take the money and run !*

Legba était convaincant.

— Tout est à mon nom. La maison, les comptes en banque, ici et à l'étranger. Et l'argent liquide est dans la valise blindée. Mais ce n'est pas vraiment un problème. On lui coupe le bras et on emporte la valise. On trouvera bien un moyen de l'ouvrir plus tard. Ce n'est même pas la peine de le brûler.

— Le supplice du pneu ! ronchonna l'Haïtienne. Il faut le faire, sinon ce n'est rien.

Ogou Feray était partagé entre sa femme et Papa Legba. Jamais il ne s'était mêlé des rituels. Yoruba était prêtresse. Il n'avait pas à lui dire quoi faire. Mais Legba avait un bon point. Le temps était leur ennemi. Si les policiers les attendaient dans le tunnel sous le mont Royal, il fallait les déjouer et, surtout, ne pas risquer de tout perdre.

— Maintenant? trancha Feray. On le fait maintenant?

— Mais le jour se lève, protesta la femme. On fait ça en plein jour sans attirer l'attention?

Ensemble, Legba et Feray se tournèrent vers la fenêtre pour jeter un œil à l'extérieur. Le stationnement du motel baignait dans une lumière rosâtre. La nuit avait passé trop vite. À cet égard, Yoruba avait raison. C'était trop tard.

— Plus tôt nous aurons récupéré la valise et les comptes bancaires, mieux ce sera. *Fuck* le rituel! déclara Papa Legba.

Cette fois, il était allé trop loin. En l'entendant jurer, Yoruba Feray perdit la tête. Se jetant sur le chauffeur, elle lui prit le cou à deux mains pour l'étrangler. Legba se défendit, la bagarre éclata. Bien qu'elle soit dans la soixantaine avancée, la prêtresse avait de la force. Elle repoussa Legba contre le comptoir. La cocaïne aidant, il perdit l'équilibre et tomba sur le boîtier serti de diamants, renversant la précieuse poudre par terre. Yoruba ne s'arrêta pas pour autant. Enlevant un de ses souliers, elle multiplia les coups et les taloches alors que Papa Legba, glissant sur la poudre blanche qui recouvrait le plancher, ne parvenait pas à se relever.

— *Fuck* le rituel! criait-elle. C'est ce que tu dis? *Fuck* le rituel! *Sa ki mal lespri!*

Catastrophé par toute cette poudre qui jonchait le sol, mais aussi par sa femme qui malmenait celui qui leur avait promis la fortune de *Fanmi* Baron, Ogou Feray se précipita vers la porte, l'ouvrit toute grande et sortit dans le stationnement. Une Cadillac Escalade était rangée devant l'entrée ; Feray enfonça la main dans sa poche, attrapa son trousseau de clefs et déverrouilla la portière. Ouvrant un compartiment sous la banquette arrière, il chercha à tâtons, mit la main sur un chargeur et sur un Uzi. Revenant vers la chambre en courant, il retrouva Papa Legba, la lèvre fendue, essayant de repousser les assauts de Yoruba Feray.

— Arrêtez ! cria-t-il.

L'arme dans une main, un chargeur de rechange dans l'autre, Ogou Feray avait fait sauter le cran de sûreté. Son doigt tremblait sur la détente. D'une simple pression, il aurait pu les pulvériser tous les deux. Avec une cadence de tir de six cents coups par minute, le pistolet-mitrailleur les aurait instantanément transformés en bouillie.

— O.K. ! O.K. ! On arrête !

Yoruba s'immobilisa. Le visage de son mari était celui du diable, distordu par des spasmes qu'il ne contrôlait plus, des tics qui le rendaient hideux.

— Nous ne retournerons pas dans le tunnel sous le mont Royal, décréta Feray en s'efforçant de ne pas toucher la détente de son index. Papa Legba a trouvé un autre endroit. C'est là que nous brûlerons Baron après lui avoir pris son argent. Mais il fait jour, maintenant. Il va falloir attendre.

Il pointait toujours l'Uzi sur eux, son doigt tremblant de plus en plus. Regardant sa femme, il articula en insistant sur chaque mot :

— Pas au même endroit, mais à la même heure et de la même manière.

Ogou Feray avait lancé cette phrase de sa voix puissante. Yoruba ne pouvait plus rien. Elle inclina la tête tandis que Legba, une main sur sa lèvre fendue, invitait Ogou à baisser son arme.

— Ce soir après minuit, continua le chef, Baron brûlera. Ensuite nous partirons.

— Dans un tunnel encore plus grand que celui sous la montagne, dit le chauffeur pour les convaincre. Dans la mère de tous les tunnels!

Feray pointa le canon de son pistolet-mitrailleur vers le sol. La cocaïne s'était répandue partout. Dans les interstices du plancher, sur les chaises, sous le comptoir, sur les vêtements de sa femme et sur ceux de Papa Legba.

— Quel gâchis! Il va falloir ramasser tout ça!

Le chauffeur glissa son index sur le plancher, regarda le bout tout blanc de son doigt et le porta à sa bouche. Sous la menace de l'Uzi, Yoruba et lui récupérèrent la précieuse poudre blanche. L'exercice leur arracha le peu d'énergie qu'il leur restait, si bien que lorsque le soleil fut complètement levé, ils s'endormirent d'épuisement, tous les trois dans le même lit.

***

Jérôme ouvrit l'œil un peu avant sept heures. En se levant, il sut d'emblée que le dompteur de doutes était à l'œuvre en lui. Malgré les embûches, les fausses pistes et les détours dans cette affaire, une évidence s'était imposée durant son sommeil. «Une certitude», pensat-il sans oser prononcer le mot. Il n'y avait pas de guerre de pouvoir entre *Fanmi* Baron et Nachons Sécurité. Les Haïtiens de la ville avaient bien le droit de pratiquer la religion qui leur plaisait. Ce n'était pas plus mal que d'adorer des statues de plâtre dans des cathédrales aux murs couverts d'or, bercé par les sérénades d'hommes portant des robes et des chasubles. Les peaux de serpent, les poils de singe, les crapauds écrasés, les poulets égorgés, les racines de mandragore et les fleurs de belladone – l'attirail des cérémonies vaudoues – l'avaient certes impressionné, mais quelle différence y avait-il entre tout cela et l'encens étouffant des églises où sa mère l'emmenait lorsqu'il était jeune, le forçant à chanter des cantiques dans une langue qui n'existait plus ? L'homme avait apparemment un besoin inné de croire en quelque chose. À ce compte, un curé valait bien une *mambo* dans le rayon des communications avec les disparus, les esprits et les divinités, qui depuis la nuit des temps ne s'étaient jamais donné la peine de répondre.

Jérôme se méfiait de ses certitudes, toutefois. Il avait encore en tête ses écarts dans cette affaire. Ce malheureux détour par l'Afrique du Sud et l'ANC, alors que tout était là, sous ses yeux, dans les rues et les sous-sols de sa ville. L'affaire était beaucoup plus simple qu'il ne l'avait d'abord pensé. Un chauffeur était en passe de détrousser ses patrons en cherchant à faire porter le blâme sur d'autres, sur la communauté vaudoue tout entière, éraflant au passage une croyance que chacun cherchait à cacher parce que c'était une « religion de pauvres ». De très pauvres. Mais toutes les religions ne soulignaient-elles pas jusqu'à un certain point l'ingénuité de l'homme devant l'inexplicable ?

Patrice Legba était au cœur de cette affaire, mais il restait à le prouver. Jérôme avait devant lui un peu plus de douze heures pour le faire. Si son instinct ne le trompait pas, il y parviendrait. Il devrait pour cela retenir certaines informations au cas où il ferait fausse route – c'était une possibilité –, mais lorsque viendrait le temps d'agir, O'Leary, Blanchet et même Lambert Grenier seraient là pour l'appuyer. Il suffisait de faire les choses dans l'ordre. La première consistait à se raser. C'était toujours un moment difficile avec son bras atrophié, surtout que Jérôme boudait les rasoirs électriques. En répandant de la mousse sur son visage, il pensa à la prothèse articulée que le Dr Legault avait tenté de lui vendre. Le médecin lui avait promis qu'il pourrait attraper un ballon. Pourrait-il aussi se raser sans que l'exercice l'exaspère ? Il chassa aussitôt l'idée. Patrice Legba devait occuper toutes ses pensées.

Craignant de surprendre Blanchet et O'Leary au lit, il leur envoya des textos. À la première, il écrivit : *Patrice Legba, chauffeur, propriétaire d'une Mercedes S280. Trouve-moi tout ce que tu peux sur lui. Comptes bancaires surtout.* Et il ajouta : *$*. Pour l'Irlandais, le message fut nettement plus expéditif. *Je veux Désiré Dessalines au poste pour interrogatoire à dix heures.*

En rassemblant ses affaires, il composa le numéro de l'agent qui le conduisait – il répugnait à l'appeler chauffeur – et lui demanda de le prendre chez lui avec des gilets pare-balles et deux armes de service. Greg s'enthousiasma au bout du fil. Enfin de l'action ! Simon Bourgeois, le patron de la SCS, avait promis de le rejoindre à la station d'épuration des eaux de Rivière-des-Prairies. Ils n'avaient pas fixé d'heure, mais Jérôme savait qu'il serait là. Pas la peine de confirmer. Il allait oublier les textos envoyés aux deux enquêteurs lorsque la réponse arriva. *Bien reçu. O'Leary. Blanchet.* Une confirmation avec laquelle il aurait à vivre dorénavant. Ces deux-là ne se séparaient plus, mais ils obéissaient tout de même aux ordres.

En arrivant dans le hall de son immeuble, Jérôme s'étonna de voir la voiture de service déjà devant l'entrée. Greg était derrière le volant. Les phares rouges et bleus dissimulés dans la calandre s'allumaient et s'éteignaient en alternance. Il fit deux pas sur le trottoir, ouvrit la portière et se glissa sur la banquette au moment même où son cellulaire vibrait dans sa poche.

— On va à Rivière-des-Prairies.

Jérôme voulut lui dire d'éteindre les gyrophares et de ralentir, mais Greg attendait ce moment depuis des jours, depuis le départ de Lynda sans doute. Il n'allait pas lui gâcher son plaisir. Il jeta plutôt un œil à l'afficheur de son téléphone. *Au fait, je le trouve où, Désiré Dessalines?* demandait O'Leary. La réponse tenait en quatre chiffres et une rue : *1444, Montcalm.* C'est Jane Dorothy qui lui avait refilé le tuyau. Dans la liste de noms qu'elle lui avait donnée relativement au passage à tabac de Sanjay Singh Dhankhar, un certain D. Dessalines vivait à cette adresse. Le colocataire ou le sous-locataire de Gabriel.

— Alors, on fait quoi ce matin ? lança Greg en le cherchant du regard dans le rétroviseur.

— Visite d'une station d'épuration des eaux. Très instructif.

— Et on a besoin de gilets pare-balles pour ça ?

Jérôme avait vu les deux gilets sur la banquette tout près de lui. Son arme de service était sans doute à l'avant, dans le coffre à gants. Il n'ajouta rien de peur de le décevoir, mais il ne doutait pas. Zehrfuss, tout comme lui d'ailleurs, avait noté la précipitation dans l'exécution du dernier supplice du pneu à la sortie nord du tunnel sous le mont Royal. Ceux qui avaient fait le coup n'oseraient pas récidiver à cet endroit. Ils chercheraient un autre tunnel. L'immense et interminable conduite d'eau menant à la station d'épuration Jean-R.-Marcotte était tout indiquée, croyait Jérôme. Il ne savait dire pourquoi exactement, mais cela avait à voir avec le rituel et la répétition d'un schéma qu'il ne décodait pas tout à fait encore. Mais qu'il finirait bien par décrypter. Ses arguments étaient ténus, presque inexistants, mais ce matin il faisait fi de tout doute.

— J'ai quelque chose à te montrer, lui lança Simon Bourgeois en l'accueillant sur le site imposant de la station d'épuration des eaux.

Jérôme voulait voir le chantier, le secteur du site où des travaux majeurs étaient en cours, mais le patron de la SCS l'entraîna plutôt vers un bâtiment en brique à l'ombre d'une rotonde, une sorte de réservoir servant sans doute au traitement des eaux usées. L'homme ne parlait pas beaucoup, mais il était à l'évidence content de lui. Comme s'il lui réservait une surprise. Greg était resté dans la voiture avec les gilets pare-balles et les armes de service.

— On en a pour deux minutes, lança Bourgeois en montant les marches d'un escalier en demi-cercle.

Ils se retrouvèrent dans la salle de surveillance, où les murs étaient littéralement couverts d'écrans de télévision. Les agents de garde n'étaient pas de la SCS. Ils portaient des uniformes aux couleurs de Sécur-Action, une firme privée. Bourgeois présenta l'un d'eux à Jérôme, un homme petit et nerveux nommé Feliciano, d'origine mexicaine. Un garçon très gentil et qui, de toute évidence, n'avait pas dormi de la nuit. Il voulait en finir et aller se coucher.

— J'ai trouvé ceci, annonça-t-il en s'assoyant devant une console impressionnante.

Levant les yeux vers les trois écrans qui se trouvaient devant lui, il appuya sur quelques boutons, fit deux ou trois ajustements et une image apparut sur l'écran du centre. Un plan statique d'un stationnement. Rien ne bougeait. Tout semblait normal. Et puis dans le haut, à gauche, une voiture recula. Elle était en marge de l'image et tellement décentrée que Jérôme n'y vit que du feu.

— Les caméras sont fixes dans les stationnements. Elles n'effectuent pas de balayage comme celles de la station d'épuration et de l'intercepteur.

— Le tunnel principal, crut bon de préciser Bourgeois.

Ce n'était pas nécessaire. Jérôme connaissait ce terme. Feliciano fit reculer l'image et la repassa au ralenti.

— La voiture était stationnée en dehors du champ de la caméra, mais, au moment de partir, elle recule et on la voit.

La date et l'heure étaient inscrites en bas à gauche.

— C'était hier en fin d'avant-midi.

L'agent de Sécur-Action fit un arrêt sur image et, après quelques manipulations sur sa console, zooma sur le coin supérieur gauche de l'écran. C'était bien une Mercedes S280. Il fallait avoir l'œil, mais il n'y avait pas de doute possible. L'arrière très carré, les fenêtres teintées, les pneus surdimensionnés et, surtout, l'étoile à trois branches plaquée sur le coffre arrière au-dessus de la plaque d'immatriculation.

— C'est celle-là que vous cherchez? demanda Feliciano.

Jérôme avait peine à y croire. La voiture n'apparaissait qu'une fraction de seconde dans le coin de l'image et l'agent l'avait repérée!

— J'ai noté le numéro de la plaque, fit-il encore. JMZ 547.

Le gros plan du pare-chocs était granuleux, mais les lettres et les chiffres étaient tout de même lisibles. Jérôme les nota puis donna une tape sur l'épaule du Mexicain.

— Beau travail! Mes félicitations!

Bourgeois semblait soulagé. Il avait hésité la veille avant d'appeler Jérôme. L'impressionnante rivière souterraine reliant les égouts de la ville à la station d'épuration des eaux n'était pas sous la juridiction de la SCS. Lorsqu'il avait reçu le rapport de la firme privée, il l'avait d'abord mis de côté. Mais comme il n'avait rien d'autre, il avait fini par le lire.

— Tu peux nous montrer les images de l'intercepteur, maintenant ? demanda-t-il.

Feliciano s'exécuta avec la même efficacité que pour les images du stationnement. Il procéda à quelques manipulations sur sa console. C'est l'écran de gauche, cette fois, qui prit vie. L'intercepteur avait piètre apparence sur l'écran. Il fallait s'y aventurer pour constater l'importance de l'ouvrage. D'une largeur de six et même sept mètres par endroits, il se prolongeait sur quarante kilomètres. Mais rien ne ressemble plus à un tunnel qu'un autre tunnel. À la différence dans ce cas-ci qu'un intrus s'y promenait, alors que l'accès y était en principe strictement contrôlé. Jérôme pointa l'écran.

— Vous connaissez cet homme ?

Feliciano se retourna.

— Difficile à dire. Normalement, les employés enfilent des combinaisons pour descendre là-dedans. Et même des masques quelquefois. Il y a des émanations.

— Vous pouvez zoomer encore ?

L'agent joua de nouveau de sa console. Au début, on ne voyait l'homme que de dos. Il semblait chercher quelque chose. Mais à un moment il se retourna. Même si l'image n'était pas très bonne, on ne pouvait en douter, c'était un Noir. Jérôme consulta le jour et l'heure dans le coin droit de l'écran. L'image était antérieure à celle de la Mercedes, mais toutes deux avaient été prises le même jour, c'est-à-dire la veille. Il se tourna vers Bourgeois :

— Vous pouvez envoyer tout ça aux homicides ?

— Bien sûr !

— On en a d'autres, insista Feliciano. Il est aussi venu avant-hier. Même scénario. Il descend dans le tunnel, se promène, semble chercher quelque chose puis disparaît.

— Vous envoyez tout ce que vous avez. On a quelqu'un qui va analyser ça.

Jérôme ne tenait plus en place. Enfin, on avait un visage dans cette affaire ! De toute évidence, Patrice Legba n'était ni un esprit ni une divinité, même si son nom le laissait croire. C'était un rat d'égout qui préparait un nouveau coup.

— Mais par où diable passe-t-il pour descendre là-dedans ? s'enquit Jérôme. Il doit y avoir un contrôle quelque part !

— Avec le chantier, se défendit Feliciano, notre travail est devenu très difficile. C'est une auberge espagnole. Un vrai bordel !

— Je veux voir !

Le Mexicain sembla touché lorsque Jérôme lui serra chaleureusement la main et le remercia encore une fois.

— Du très, très bon travail ! Allez dormir maintenant ! Vous l'avez amplement mérité.

Flanqué de Simon Bourgeois, il quitta la salle de surveillance et descendit le grand escalier en demi-cercle, pendant que le patron de la SCS lui expliquait le détail des travaux en cours. L'arrivée de l'intercepteur nord, à trente-trois mètres sous terre, était en cours de réfection. Des fuites importantes d'eaux usées étaient signalées depuis quelque temps, risquant de contaminer la nappe phréatique, si bien que des ouvertures latérales avaient été pratiquées dans le tunnel afin de dévier momentanément le flux des eaux.

— L'équivalent d'un batardeau lorsqu'on construit une centrale électrique, précisa Bourgeois.

Jérôme ne perdait pas un mot.

— Tous les agents s'entendent pour dire que c'est le bordel depuis qu'il y a les travaux. Le site est sous haute surveillance habituellement. Mais en ce moment, n'importe qui peut entrer. Mais ça va s'arrêter aujourd'hui! On va doubler les effectifs. Plus personne ne descendra dans le tunnel!

— Non! Non! Pas tout de suite! On ne veut pas l'effrayer.

Bourgeois le dévisagea, circonspect.

— Faut pas crier au loup pour deux images d'une caméra de sécurité.

— Bien sûr, convint Bourgeois, sans insister.

— Pour l'instant, on ne change rien. Vous attendez mon signal. Mais j'aimerais bien le voir, ce chantier.

— C'est par là.

Greg les attendait devant la voiture. La station était tellement vaste qu'ils roulèrent trois bonnes minutes avant d'atteindre des hangars, devant lesquels de la machinerie lourde était rangée pêle-mêle. Des ouvriers allaient et venaient. Personne ne leur prêta attention et ils circulèrent librement dans le premier puis le second hangar. Le stationnement séparant les garages était celui où la Mercedes avait été repérée. Bourgeois, qui avait fait ses devoirs, indiqua à Jérôme des accès par lesquels Patrice Legba – si c'était lui, bien sûr – avait pu passer pour descendre dans l'intercepteur. Jérôme notait tout mentalement tandis que Greg les suivait. Ni l'un ni l'autre n'avaient enfilé son gilet pare-balles. Il ne se passait rien dans cet endroit. Un chantier comme tant d'autres.

Lorsqu'ils sortirent du deuxième hangar, Jérôme allait proposer de rebrousser chemin lorsqu'il aperçut des conteneurs un peu plus loin. Le sol était boueux. Ils n'étaient pas chaussés pour s'aventurer sur ce terrain vague. Jérôme leur fit signe de l'attendre. Il en aurait pour cinq secondes. Greg protesta. Bourgeois aussi d'ailleurs, mais Jérôme y alla seul. Il ne voulait pas discuter. Une vingtaine de conteneurs en métal étaient alignés derrière le garage sur trois rangées distinctes. Le boulevard Maurice-Duplessis était à un jet de pierre. Une clôture électrifiée, qui en temps normal faisait office de rempart, avait été enlevée, sans doute afin de faciliter l'entrée et la sortie des contenants remplis de débris et de matériaux de construction. Un accès avait même été aménagé entre le boulevard voisin et le terrain vague, pour que les camions puissent accéder aux bennes d'acier sans passer par les entrées surveillées du site.

En s'engageant entre deux rangées de conteneurs, Jérôme eut une drôle de sensation. Ce n'était ni de la peur ni un sentiment de danger. Plutôt une impression de proximité. Comme si quelqu'un le regardait. Il se retourna brusquement. D'où il était, il ne pouvait voir Greg et Bourgeois. Il aurait pu les appeler, mais il n'avait pas besoin d'être rassuré. C'était autre chose. Quelqu'un était là, quelque part.

S'arrêtant devant une des caisses métalliques, il ferma le poing et cogna comme s'il frappait à une porte. Geste futile. Personne ne viendrait lui ouvrir ! Il continua d'avancer dans la boue. La sensation s'accentua encore. Il s'approchait de quelque chose, de quelqu'un, mais il ne voyait rien. L'idée de faire ouvrir tous ces conteneurs lui traversa l'esprit. Il faudrait au moins une heure pour faire venir un chien. Il poursuivit sa marche et la sensation s'estompa. À part l'inconfort d'avoir les pieds mouillés, il ne ressentait plus rien. Arrivé au bout de la rangée, il contourna le dernier conteneur et revint sur ses pas, laissant traîner sa main sur le métal ondulé des gros caissons. Greg et Simon Bourgeois apparurent devant lui.

— Ça va, patron ? lui cria Greg.

Il ne répondit pas, bifurqua plutôt entre deux conteneurs et revint dans la première rangée, où il avait éprouvé quelque chose d'étrange. Pataugeant dans la boue, les sens en éveil, il la parcourut jusqu'au bout sans rien percevoir de particulier.

— Vous avez vu quelque chose ?

— Non. Rien ! fit-il, laconique.

Bourgeois regardait les pieds de Jérôme. Ce dernier avait de la boue jusqu'au pantalon, mais cela ne semblait pas le déranger. Il était tout à ses pensées.

— On peut faire surveiller le secteur, ajouter des caméras de surveillance, suggéra-t-il.

— Ce ne sera pas nécessaire, répondit Jérôme en essuyant sommairement ses souliers sur l'herbe. C'est bon. On retourne aux homicides.

La déception du patron de la SCS se sentait. Il raccompagna Jérôme jusqu'à sa voiture, l'interrogea du regard mais n'en tira rien de plus.

— Gardez l'œil ouvert, dit Jérôme. On se reparle en fin de journée. D'après moi, il ne reviendra pas.

— Le type dans le tunnel ?

Jérôme acquiesça.

— Il ne prendra pas ce risque. Il y a trop de monde ici. Trop de va-et-vient.

Simon Bourgeois n'en crut pas un mot. Il connaissait Jérôme. Quelque chose s'était passé. Quelque chose qui lui avait échappé. Il aurait beau poser cent questions, lui offrir tous les agents de son service, fixer une caméra de surveillance sur chacun des conteneurs alignés derrière le deuxième hangar, il n'en apprendrait pas plus. Pas pour l'instant, du moins. Mais il était convaincu que le nouveau patron des homicides reviendrait. C'était écrit dans ses yeux.

Sur le chemin du retour, Jérôme tenta de nettoyer ses souliers avec une guenille que Greg lui avait dénichée dans le coffre. Il abandonna rapidement l'idée et envoya un nouveau texto à O'Leary. *Numéro de plaque Mercedes :* *JMZ 547. Et Désiré?* La réponse mit exactement trente secondes à venir : *Signalement donné. Désiré est là.*

Lorsque Jérôme traversa la salle commune, tous les yeux se tournèrent vers lui, ou plutôt vers ses pieds. Ses chaussettes faisaient un chuintement dans ses souliers, le bas de son pantalon était sali, mais il était le seul à ne pas le voir. Blanchet le rattrapa :

— Baron était le secret le mieux gardé de la communauté vaudoue de Montréal, tenta-t-elle.

— Tu m'en diras tant !

Elle marchait à ses côtés en direction de la salle d'interrogatoire. Il n'était pas d'humeur à discuter. Pensif, il préparait ses questions.

— J'attends un appel. J'aurais peut-être quelque chose sur Georges Nelson Cédras.

— Parfait ! Mais n'y perds pas trop de temps. C'est Patrice Legba qui nous intéresse, maintenant. Ses comptes en banque surtout. Et la maison de Village-de-la-Belle-Élodie.

— Les agents de la SQ y ont fait une descente ce matin. Un désastre. Tout a été saccagé. Quelqu'un a même tenté d'y allumer un incendie.

— Ah oui ? Ils ont trouvé des traces de pneus ?

— Apparemment.

— Ceux de la Mercedes ?

— On vérifie.

Jérôme s'arrêta devant la salle d'interrogatoire.

— Le salaud ! Il a encore un coup d'avance sur nous.

— Tu es sûr que c'est le chauffeur ? s'enquit-elle.

Il se garda de répondre, pointant plutôt la porte. La réponse à cette question se trouvait dans la pièce voisine, croyait-il, mais il n'osait pas prononcer les mots pour le dire. Baissant les yeux, il tourna la poignée et entra. Désiré Dessalines, assis au bout de la table devant la fenêtre-miroir, avait mauvaise mine. C'est à peine s'il regarda Jérôme lorsque celui-ci entra. O'Leary était debout, le dos appuyé au mur. Les deux hommes se saluèrent d'un imperceptible hochement de tête. L'ami de Gabriel était tétanisé mais pas encore tout à fait prêt à parler, jugea Jérôme. L'ignorant, il tira une chaise, s'y assit et enleva ses souliers. Désiré attendait la première salve. Jérôme retira ses chaussettes, les replia l'une dans l'autre et les tordit jusqu'à ce qu'un jus gris-noir coule sur le plancher. Comme si la situation le préoccupait plus que tout, il se tourna vers l'Irlandais :

— Tu as des chaussettes dans ton casier ?

La question parut de la plus haute importance pour O'Leary.

— Il me semble que oui. Je vais les chercher.

— Ce serait gentil.

L'Irlandais quitta la salle d'interrogatoire, laissant la porte ouverte derrière lui. Jérôme se leva, prit ses chaussettes mouillées et les posa sur le calorifère. Il tournait le dos à Désiré, dont le regard allait de la porte à Jérôme, à genoux maintenant devant le vieux radiateur, cherchant à glisser ses chaussures mouillées dessous. Désiré pensait-il à fuir ? S'imaginait-il capable de traverser la salle commune et de quitter l'immeuble sans qu'on le rattrape ? C'est en tout cas ce que souhaitait Jérôme. Il aurait ainsi un motif pour le mettre en garde à vue. Après vingt-quatre heures au trou, sa langue se délierait sans doute. Pour l'instant, le jeune homme n'avait pas la tête de quelqu'un qui s'apprêtait à se mettre à table.

O'Leary avait compris le stratagème. Il prit tout son temps pour revenir. Jérôme, de son côté, ne parvenait tout simplement pas à insérer ses souliers sous le calorifère. Il commençait à s'impatienter. Du moins, il donnait cette impression. Désiré ne bronchait pas. Lorsqu'il devint clair qu'il ne tenterait rien, Jérôme se redressa en marmonnant :

— Pas une très bonne idée de me faire faux bond hier en allant aux toilettes. Tu as le dos au mur maintenant, Désiré !

Le coup porta. Le jeune homme baissa la tête. Jérôme était plutôt content d'avoir évoqué leur rencontre de la veille en l'absence d'O'Leary. Cela ne le regardait pas. Sentant que l'étudiant vacillait, Jérôme regagna sa chaise, roula le bas de son pantalon et s'essuya les pieds avec des mouchoirs en papier. Il y en avait toujours une boîte sur la table. Quelquefois, lors d'interrogatoires, certaines personnes pleuraient. Il s'appliqua à la tâche jusqu'à ce qu'O'Leary ramène son grand corps, une paire de chaussettes et des bottes de montagne. Les bottes étaient deux fois trop grandes, mais pour les chaussettes, cela allait. L'Irlandais retrouva sa place en biais derrière Désiré et s'appuya contre le mur. Jérôme se tourna vers la fenêtre-miroir :

— On est prêts à commencer.

Revenant vers un des deux micros posés sur la table, il articula à voix haute :

— Interrogatoire de Désiré Dessalines.

Le garçon s'attendait à un premier coup de semonce. Jérôme baragouina plutôt en regardant O'Leary :

— Vraiment trop grandes, ces bottes d'alpinisme. C'est pas des pieds que tu as, c'est des skis !

Pour faire bonne mesure, Jérôme laissa échapper un long soupir, comme si l'exercice lui pesait, comme si cet interrogatoire était la dernière chose au monde qu'il avait envie de faire. Puis il lança :

— Bon ! Qu'est-ce que tu as à nous raconter, Désiré ?

La réponse ne vint pas tout de suite. O'Leary et Jérôme crurent qu'elle ne viendrait jamais. Il y eut un long silence. Un interminable silence. Désiré lâcha finalement :

— Le chauffeur s'appelle Patrice Legba. C'est mon père.

La petite mise en scène qu'avaient improvisée les deux policiers se retournait brusquement contre eux. Déstabilisés, ils échangèrent un regard étonné. Jérôme parvint finalement à dire :

— Le chauffeur ?

Désiré fit signe que oui.

— Le chauffeur de *Fanmi* Baron !

Jérôme se trouva ridicule en chaussettes, le bas de son pantalon roulé, mis K.-O. par ce jeune garçon qu'il avait sous-estimé, qu'il avait si mal compris. Depuis le début, depuis sa toute première rencontre avec lui, il s'était demandé pourquoi l'étudiant acceptait de le voir. L'amitié qu'il avait pour Gabriel n'expliquait pas tout. À bien y regarder, ce garçon était en détresse.

— Je suis né à Miami le 24 décembre 1986, commença-t-il. Ma mère et mon père étaient cocaïnomanes. Des *junkies*. Quand j'ai eu trois ans, ma mère, Rose Dessalines, est morte d'une *overdose*. Mon père, Patrice Loisellière – c'est son vrai nom –, était en voie de la suivre. J'étais comme les enfants qu'on voit à la télé. Ces petits Africains aux yeux exorbités et au ventre ballonné. Personne ne s'occupait de moi. Mon père était fou. Tellement pété que par moments il ne se souvenait plus de mon existence. On allait me placer à l'assistance publique lorsque mon oncle, René Dessalines, est venu me chercher. Je n'ai aucun souvenir de ma mère. Et de mon père à cette époque, je ne retiens qu'une image : il avait un trou dans le nez. Il s'était tellement envoyé de cocaïne que sa paroi nasale était usée.

Désiré fit une pause, se tourna vers le miroir sans tain, comme s'il cherchait à voir qui était de l'autre côté, et prit une grande respiration.

— À Miami, à part se geler, mon père était le chauffeur d'un trafiquant. Un fou qui se prenait pour un *hougan* et qui disait être un prince vaudou.

— Ogou Feray ? demanda Jérôme.

Désiré leva nerveusement les yeux vers lui.

— Vous le connaissez ?

— Pas personnellement, répondit Jérôme. Continue !

Ce n'était pas facile. Désiré ne racontait pas une anecdote. Il enlevait petit à petit la gaze qui recouvrait une épouvantable blessure.

— Ogou Feray vivait avec une femme, une *mambo* qui ne l'était pas réellement.

— Une prêtresse, précisa O'Leary.

Désiré se retourna. Il avait oublié la présence de l'enquêteur derrière lui, dont le regard acéré épiait ses moindres gestes. Jérôme crut qu'il ne dirait plus rien, mais on ne pouvait plus l'arrêter.

— Yoruba Feray n'est pas une *mambo*. C'est une usurpatrice qui, comme son mari, se sert du vaudou pour terroriser les gens. Ils prétendent être des *Hoodoos*, mais ils ne sont rien du tout. Des trafiquants de cocaïne dans le meilleur des cas.

Désiré avait la gorge sèche. Il se passa la langue sur les lèvres et regarda autour de lui. Le devançant, O'Leary prit le pot d'eau et un verre sur une tablette près de la fenêtre-miroir et lui donna à boire.

— Quoi qu'il en soit, continua-t-il, trois ans après mon arrivée ici – j'avais huit ans –, mon oncle m'a annoncé que mon père serait bientôt là. Je suis tombé malade. Ma tante, qui s'appelle Sybille, a eu beau me dire qu'il allait mieux, qu'il était guéri, je ne voulais pas le voir. Mon corps s'est couvert de taches rouges, je suis resté fiévreux pendant des jours. On songeait à m'hospitaliser lorsqu'un soir mon père s'est présenté chez nous. Il avait toujours ce trou dans la paroi nasale, mais, effectivement, il avait changé. Il n'était plus le même. C'est à Baron que l'on devait ce miracle. À *Fanmi Baron.*

— À Georges Nelson Cédras, tu veux dire?

Pour la première fois depuis le début de ses aveux, Désiré parut déstabilisé. Il fronça les sourcils, chercha le regard de Jérôme, puis celui d'O'Leary.

— Qui est Georges Nelson Cédras?

Le jeune homme était sincère. Ce nom ne lui disait rien.

— Sans importance. Du jour au lendemain, Baron l'a guéri?

— Il l'a surtout délivré des griffes d'Ogou Feray. C'est Baron qui lui a donné son nom. Dans le vaudou, Papa Legba est celui qui garde la frontière entre le monde des humains et le monde surnaturel.

— Un nom tout à fait approprié! ajouta Jérôme. Baron, l'homme sans visage, le *hounci*, son fils, et *Mambo* Freda venaient du monde surnaturel. Legba, le chauffeur, était le trait d'union entre eux et les adeptes, le monde des humains.

— C'est à peu près ça, oui.

Désiré semblait étonné que Jérôme en connaisse autant. Il plissa les yeux et chercha encore une fois son regard.

— C'est pourquoi la maison, les comptes bancaires et la voiture sont au nom de ton père.

— On voit mal comment un *hougan* venu du monde surnaturel pourrait avoir un compte en banque.

— Bien sûr, concéda Jérôme.

— Baron, Freda et Anatole sont très aimés chez nous. Ils assurent la protection contre *Sa ki mal lespri*. Ils ont beaucoup aidé leurs adeptes. Mon père, mon deuxième père, les vénère. Ils ont aussi sauvé mon premier père. Pendant vingt ans, il n'a plus touché à la coke. Petit à petit, les choses se sont arrangées entre lui et moi. Le lien de confiance s'est rétabli et j'ai appris à le connaître. Il prenait son travail très au sérieux. Il se serait jeté du haut d'un pont si Baron le lui avait demandé. *Mambo* Freda en avait fait son deuxième fils. Il aurait supplanté le *hounci* s'il n'avait pas été ce cerbère si habile.

— Mais…, souffla Jérôme comme s'il devinait la suite.

Désiré se rembrunit. La perspective de raconter la suite ne l'enchantait guère. L'exercice relevait de la dénonciation, et même un enfant issu d'un couple de *junkies* ne pouvait s'y résoudre sans une certaine dose d'appréhension.

— Mais…, répéta Jérôme.

L'étudiant vida son verre d'eau, attrapa le pot et s'en versa un autre. Les mots ne lui venaient plus. La source semblait momentanément tarie.

— Le gardien de la frontière entre le monde des humains et le monde surnaturel s'est imaginé qu'il pouvait supplanter le *hougan*. Qu'il pouvait passer dans le monde surnaturel puisque c'était une illusion, une fumisterie. Ne passait-il pas sa vie à cacher le visage de Baron pour faire croire qu'il venait de l'au-delà ? Qu'il était un *Lwa*, une divinité ?

— C'est plus simple, en fait, intervint O'Leary.

La remarque déconcerta Jérôme. O'Leary, qui n'avait pas perdu le fil, remit les pendules à l'heure :

— C'est une affaire d'argent !

Désiré se tourna vers l'Irlandais et hocha longuement la tête :

— Une affaire d'argent impliquant Ogou Feray, un imposteur.

On y était. Le nerf de la guerre, c'était lui. Le trafiquant de cocaïne de Miami, ancien employeur de Legba. Une affaire qui remontait au milieu des années 1990, lorsque Georges Nelson Cédras était arrivé en Floride et avait arraché son futur chauffeur à l'enfer de la drogue. Désiré ne semblait plus capable de s'arrêter maintenant. Sa tête se balançait de l'avant vers l'arrière et de plus en plus vite, comme si elle allait se décrocher. Sa colère montait.

— Il y a deux mois, Baron a dépêché mon père à Miami. Sa mission était de trouver une maison à l'abri des regards. Une retraite pour le vieux *hougan* et sa femme. *Fanmi* Baron avait fait son temps, semblait-il. Le moment était venu de se retirer. Je ne sais pas vraiment ce qui s'est passé là-bas. Je n'ai revu mon père qu'une seule fois depuis. J'ai tout de suite su qu'il s'était remis à consommer. Il y avait quelque chose de fou dans son regard. Il était comme je l'avais connu, enfant.

— Il a revu Ogou Feray, son ancien patron, sorti de prison depuis.

— Je suppose. C'est pour ça en tout cas que j'ai voulu vous voir.

Jérôme baissa la tête. Décidément, il avait eu tout faux dans cette affaire. Il croyait avoir cherché à rencontrer Désiré, mais c'était le contraire. Ayant eu vent par Gabriel que Jérôme enquêtait sur l'incident de la Place Ville-Marie, Désiré s'était arrangé pour entrer en contact avec lui. Mais pourquoi au juste ?

— Pour le sauver. Pour sauver mon père avant qu'il se tue. Avant que la cocaïne ou Ogou Feray l'achève.

« On ne sauve jamais personne, eut envie de lui dire Jérôme, encore moins son père. Au mieux, on se sauve soi-même. Et encore. » Les yeux de Désiré s'étaient embués. Son père était redevenu le monstre qui l'avait abandonné. Un faux *Hoodoo*, un cocaïnomane, un dépravé. Et pourtant, il voulait le tirer d'affaire. Il en avait les larmes aux yeux. Quelle était donc cette puissance de la paternité, ce statut unique qui permettait de tout se faire pardonner? Les épaules de Jérôme s'affaissèrent. Lorsqu'il avait trouvé Désiré une heure plus tôt dans cette salle, il l'avait mis au banc des accusés. À la fin de son récit, il avait envie de le prendre dans ses bras et de le bercer, lui qui n'avait jamais bercé un enfant.

— C'est quand même mon père, marmonna le jeune homme en pleurant.

Jérôme croisa le regard d'O'Leary. Même lui semblait ému. Lui, l'Irlandais, le dur à cuire, qui attendait en retrait pour prendre sa place. D'un geste qui surprit l'enquêteur chef, O'Leary s'avança vers Désiré, lui mit une main sur l'épaule et le serra contre lui.

— On va t'aider, bonhomme! On va essayer de sortir ton père de là.

Désiré se mit à sangloter comme l'enfant de trois ans qui avait vu mourir sa mère d'une *overdose* sans pourtant avoir aucun souvenir d'elle. Il pleura toutes les larmes de son corps, parce qu'il savait bien qu'il ne pouvait plus rien pour Patrice Loisellière, alias Papa Legba. Le père de Désiré avait abandonné la frontière qu'il était censé garder. Il était passé dans le monde du surnaturel et n'en reviendrait jamais.

O'Leary serrait le jeune homme dans ses bras comme un enfant, tandis que Jérôme tapait sur son téléphone: *Gabriel! Désiré a besoin de toi!* Il allait envoyer le message mais hésita. Il avait manqué à sa parole. Ne s'était-il pas engagé à ne pas traîner son ami au poste pour l'interroger? Mieux valait attendre un peu avant de lui annoncer la nouvelle. Il effaça le message.

O'Leary mit une bonne demi-heure à consoler Désiré. Jérôme le regarda, impressionné. Qui l'aurait cru ? L'homme était paternel. Peut-être parce qu'il avait eu un père, lui. Ou parce qu'il était bon. Meilleur que Jérôme ne l'aurait pensé. Blanchet s'en mêla, elle aussi. Elle ignorait ce qui s'était passé dans la salle, mais après un simple échange de regards avec l'Irlandais, elle devina. Désiré avait besoin d'aide mais aussi de protection. Il en savait beaucoup trop. Avec les fous qui rôdaient dans la ville, ces faux *Hoodoos* qui menaçaient de frapper la nuit venue, il n'y avait pas de risque à prendre.

Blanchet se chargea de l'intendance. Le téléphone de Désiré lui fut retiré et mis hors service. On emmena le jeune dans les garages souterrains, où une voiture aux vitres teintées l'attendait. Flanqué d'un psychologue prêté par les ressources humaines du SPVM, il fut conduit dans un refuge au nord de la ville, où l'on s'assurerait qu'il serait sous surveillance constante dans les jours à venir. Ce traitement avait pour nom la «vigie des suicides». On craignait pour sa vie.

Jérôme avait un nœud dans le ventre lorsqu'il regagna son bureau. Il avait essayé de joindre Gabriel, en lui téléphonant cette fois. Sans succès. Les ponts étaient coupés. Consultant son agenda électronique pour voir où il en était, il se rappela soudain son lunch avec Jessica. Il devait la rejoindre au In BaR à midi. C'était dans cinq minutes. Il attrapa son veston et son sac de cuir puis sortit en coup de vent.

— Jérôme ! lui lança Martine en le voyant passer.

— Pas le temps !

— C'est un mémo de Jane Dorothy.

— Merde !

Une entêtée, celle-là ! Qui ne savait pas envoyer des textos ! Elle s'était arrêtée à l'époque des mémos. Il prit le feuillet que lui tendait Martine et le fourra dans son sac. Le même scénario se reproduisit dans la salle commune. Blanchet le prit en chasse en agitant deux feuilles devant ses yeux :

— C'est à propos de Georges Nelson Cédras.

Jérôme regarda les pages à peine noircies. Il les glissa aussi dans sa sacoche.

— J'ai parlé à quelqu'un qui l'a bien connu avant 1991. Je t'ai fait un petit résumé. C'est sans intérêt, mais comme tu me l'avais demandé…

Blanchet était un bon soldat, mais elle était curieuse :

— Tu vas où, là ?

Jérôme se demanda s'il devait répondre.

— Je dîne avec ma blonde.

Blanchet s'arrêta de marcher alors qu'il continuait au pas de course.

16

Le In BaR était une ancienne brasserie irlandaise de l'ouest de la ville, reconvertie en temple disco dans les années 1980 et devenue depuis un restaurant où l'on aimait se faire voir. L'endroit était décoré dans un style néo-mexicain exubérant. Un grand comptoir carré, au milieu duquel s'agitaient des serveurs surexcités, était planté en plein centre d'une immense salle au plancher de marbre brun. On pouvait manger à ce comptoir, mais aussi dans des fauteuils en cuir souple en forme de demitonneau. Les murs étaient recouverts de panneaux de résine de synthèse avec éclairage à l'arrière. Ces écrans de lumière, dans les mêmes teintes que le plancher, donnaient l'impression d'être dans un gigantesque coffret de marbre. Il y avait des tables un peu plus loin, et un va-et-vient constant entre les cuisines et le comptoir, où Jessica l'attendait, bien en vue côté cour, vêtue d'un magnifique tailleur sombre. Elle avait réservé une place près d'elle. Le resto était complet, comme toujours.

Elle l'embrassa sur les joues, reprit sa place sur son tabouret et balaya le comptoir du regard. On mangeait, on buvait et on discutait bruyamment. D'affaires surtout. Il y avait toujours des agentes immobilières au In BaR.

Des «conseillères haut de gamme», préféraient-elles dire, qui vendaient surtout des espaces de bureaux et des condos extravagants dans les gratte-ciel. Jessica était de celles-là.

— D'abord, je veux te dire…

Lorsqu'elle parlait ainsi, Jessica l'inquiétait. Il y avait au début ce «d'abord». Une sorte de mise en garde. Puis il serait question de la vraie raison de leur rencontre. Elle ne s'arrêterait pas là. Elle avait beaucoup de choses à dire.

— … tu as foutu la merde chez les indicateurs!

— Les indics?

— Tout le monde est au courant. Ils savent tous que tu veux leur couper les vivres.

Jérôme était persuadé qu'elle lui parlerait de Gabriel. Qu'elle lui ferait peut-être même des remontrances. Mais non, il n'était pas question de cela. Elle parlait des indicateurs!

— Comment le savent-ils?

Jessica se mordit la lèvre.

— C'est à moi que tu demandes ça?

Jérôme connaissait la réponse. Ça ne pouvait être que Lambert Grenier. Il se souvenait de lui avoir demandé combien il avait d'indicateurs et trouvé que c'était beaucoup. Ridicule, même. Tous les indicateurs du service étaient connus, repérés et identifiés, autant par les *Rouges* et les *Bleus* que par la mafia et les Irlandais. C'était à se demander qui ils informaient! Mais Jérôme ne voulait pas parler de cela.

— Chaque chose en son temps. Mais c'est vrai, je vais leur couper les vivres.

Un serveur, prisonnier du grand comptoir, posa deux verres d'eau pétillante devant eux. Son collègue, les abordant par l'arrière, leur servit deux assiettes de salade, que Jessica avait commandées pour eux.

Après l'interrogatoire qu'il venait de réaliser, Jérôme avait du mal à se concentrer, à s'intéresser aux craintes de quelques indicateurs frustrés. Que Bert ait répandu la bonne nouvelle lui plaisait un peu moins. Le spécialiste des gangs de rue avait-il une veste réversible ? Il faudrait y voir.

— Je t'aurai prévenu, lui dit Jessica avec un certain détachement.

Elle appréciait chaque bouchée de cette salade-repas, ce qui n'était pas tout à fait le cas de Jérôme. Encore une antinomie. Dans son esprit, une salade ne pouvait être un repas.

Il arrivait que Jessica, tout en parlant, croise le regard de quelqu'un qu'elle connaissait. Un sourire apparaissait instantanément. Ses yeux scintillaient. Parfois elle bougeait les lèvres, prononçant des mots inaudibles, prenait des rendez-vous ou complimentait une rivale sur les vêtements qu'elle portait.

— C'est joli !

Même si la jeune femme distribuait généreusement des sourires autour d'elle, la tristesse se lisait sur son visage. Elle allait parler, mais il la devança :

— Tu penses à Amanda.

Elle acquiesça et ses yeux s'embuèrent.

— Demain à dix heures, je vais à ses funérailles. J'aimerais que tu viennes avec moi.

Il voyait sa peine. Sa peine coupable, pensa-t-il.

— Bien sûr ! Bien sûr que je vais y aller !

Elle renifla.

— On pourrait être un vrai couple pour une fois…

— Oui. Oui. Je vais venir avec toi.

Elle se tourna vers lui. Il avait éludé la question. Ou plutôt la sous-question, celle du vrai couple. Il était visiblement de plus en plus tenté par l'idée, mais pas nécessairement à l'occasion d'obsèques. Elle sentit son hésitation et changea de sujet :

— Ça s'arrange, ton enquête ? Tu y comprends quelque chose ?

— On y est presque, répondit-il, heureux qu'elle n'insiste pas. C'est une affaire d'extorsion. Le vaudou n'a pas vraiment quelque chose à voir là-dedans. Les coupables s'en servaient comme écran de fumée.

— Ils ne parlent que de ça !

— Qui ? Les Haïtiens ?

Sa tête bougea imperceptiblement. Elle venait encore d'apercevoir quelqu'un qu'elle connaissait. Sa figure s'éclaira d'un sourire.

— Vous allez bien ?

Indiscret, Jérôme leva les yeux, cherchant à voir qui elle avait interpellé cette fois. Appuyé au comptoir de l'autre côté du grand carré, John LeBreton, le journaliste du quotidien *The Gazette*, affichait un sourire sournois. Sans que ses lèvres bougent, Jérôme demanda à Jessica :

— Tu le connais ?

Faisant mine qu'elle ne parlait pas elle non plus, Jessica susurra entre ses dents :

— Bien sûr ! Je connais tout le monde, tu le sais bien !

LeBreton fit un petit signe de tête qu'il destinait spécifiquement à Jérôme. Celui-ci porta le verre d'eau pétillante à ses lèvres, mais n'en but pas une goutte. Il continua à parler en cachant sa bouche :

— Je comprends que les Haïtiens soient contrariés. Pour eux, c'est quelqu'un qui salit leur religion !

— Encore de la mauvaise publicité.

— «Les vaudous, ce sont des dingues.» Ce genre de choses-là !

Ils achevèrent leurs salades, se désolant en silence de la situation. Puis Jérôme leva les yeux et constata que John

LeBreton était parti. Il regarda autour, le chercha dans cet écrin de marbre, mais le journaliste avait disparu. Jessica, elle, ne le quittait plus des yeux, se demandant ce qu'il cherchait et pourquoi il était si fuyant. Si elle s'était essuyé la bouche avec sa serviette, il aurait décrété que le repas était terminé et serait parti !

— Pourquoi tu ne m'écoutes pas ?

Ces mots parurent le surprendre. Il eut l'air de se demander si la question lui était adressée, puis il la regarda droit dans les yeux :

— Je t'entends ! Je t'écoute !

Il était nerveux. Elle glissa la main sur sa cuisse sous le comptoir et le fixa, plus insistante encore.

— On pourrait être des amoureux. Il n'y a plus rien qui l'interdit, maintenant.

— J'y ai pensé moi aussi. Ça ne se voyait peut-être pas l'autre soir, mais j'étais content de rentrer à la maison.

— Je sais. Et tu m'as écoutée.

Il réprima un sourire, plongea dans le noir de ses yeux et avoua :

— Tout à l'heure, quand je suis parti des homicides, j'ai dit à Blanchet que j'allais dîner avec ma blonde.

Jessica ignorait qui était Blanchet. Il s'était bien gardé de lui en parler. Elle n'en avait que faire de toute façon. Elle avait vu ses yeux s'allumer. Avec une pointe d'auto-dérision, il ajouta :

— Il serait temps que j'aie une blonde !

Ce n'était pas le plus romantique des commentaires, mais Jérôme l'accompagna d'un geste. Il effleura le bras de Jessica et l'attira doucement vers lui. Ils restèrent ainsi un moment sans rien dire. Le marbre brun, l'éclairage ocre, le brouhaha de ce restaurant bigarré n'existaient plus. Lorsqu'un des serveurs déposa deux allongés et un pot de lait chaud en retirant les assiettes vides, elle lui murmura :

— Et ton bras ? Qu'est-ce que tu vas faire ? Tu as repensé à la proposition du médecin ? Ce n'est pas très gros ce qu'il veut te greffer, si j'ai bien compris.

Jérôme s'éclaircit la voix en regardant de l'autre côté. Pas un mot. Pas un geste. Comme si elle n'avait rien dit. Il trempa ses lèvres dans le café. Hésitant, il finit par dire :

— Je ne pourrai pas rester très longtemps.

Il descendit de son tabouret et s'excusa de nouveau :

— Je vais aux toilettes. J'en ai pour deux minutes.

Jessica aurait voulu le retenir. Il lui avait parlé de la prothèse, de ce bras bionique que le Dr Legault lui proposait. Elle y voyait une métaphore, mais il l'avait reprise. Une métaphore, c'était autre chose. Elle avait insisté et, après avoir cherché ses mots, avait fini par dire la même chose que Legault. Faire amputer son moignon serait couper avec son passé. Il ne voulait même pas y penser. Pas maintenant. D'heure en heure, cette enquête ne cessait de le surprendre et, surtout, de le peiner. Il n'avait pas su être aussi réconfortant qu'O'Leary avec Désiré, mais il avait été tout aussi touché. La perspective d'assister aux funérailles d'Amanda le lendemain – la troisième victime de cette malheureuse affaire, sans parler de la mort annoncée de Baron – le bouleversait. La cérémonie, catholique cette fois – le vaudou n'était pas un culte qu'on avouait pratiquer –, ne manquerait pas de réunir une foule à la colère réprimée, parce que quelqu'un avait supprimé des êtres sans visage, des esprits venus du monde surnaturel, sans adresse ni identité, ce qui ne se disait pas, ne se confessait pas. On avait enlevé *Fanmi* Baron, mais aucun signalement de disparition ne serait fait. Le *hounci*, *Mambo* Freda et Baron n'étaient personne avant que cette violence éclate.

Jérôme était très peu haïtien, mais il l'était quand même. Sa peau le lui rappelait parfois ainsi que le lointain souvenir de son père, qui lui avait lancé un ballon qu'il n'avait pu attraper. Une partie de lui souffrait. Dans les toilettes, il se posta devant un urinoir, descendit sa braguette et se soulagea. Fermant les yeux momentanément pour s'échapper du monde, il sentit tout à coup une présence près de lui. John LeBreton était venu prendre place devant l'urinoir voisin. Il ne pissait pas, il le regardait. Pris au dépourvu, Jérôme secoua son sexe dans l'espoir de se débarrasser de l'ultime goutte. Il y parvenait rarement. Le journaliste mâchonnait ses mots :

— Si j'avais un conseil à vous donner, monsieur l'enquêteur chef, ce serait de mettre à la déchiqueteuse votre rapport final sur le juge Rochette.

Jérôme remonta sa fermeture à glissière et se dirigea vers les lavabos pour fuir cet importun. LeBreton le suivit. Ils étaient tous les deux debout devant le miroir, et le reporter chercha le regard du policier dans le reflet de la glace.

— Parce que, au fond, ce que vous lui reprochez, c'est d'avoir couché avec une pute. Mais comme on dit, il n'y a rien qui ressemble plus à une pute qu'une autre pute.

Jérôme, qui se lavait la main sous le jet d'eau du robinet, leva les yeux. LeBreton affichait le même sourire qu'au comptoir tout à l'heure.

— Pour qui travaillez-vous ? Sa veuve ? La magistrature ?

Le journaliste fit comme s'il n'avait pas entendu.

— Jessica Haddad, pute de luxe. Arrêtée en 2005. Habile, elle s'est négocié une sortie discrète. Devenue indicatrice, elle a travaillé pour vous. Pendant deux ou trois ans, vous dormiez chez elle un soir sur deux dans son condo sur le Plateau, jusqu'à cet incident malheureux qui a eu un effet très gênant sur l'esthétique de votre visage.

Jérôme se regarda dans la glace. La cicatrice qui courait le long de sa joue droite ne se voyait presque plus. Il avait la mâchoire un peu plus droite qu'avant, le nez un peu moins amoché. Il n'était pas d'accord avec le diagnostic.

— Le nouvel enquêteur chef fréquentant une pute… Ce serait dommage que votre réputation soit ternie pour si peu.

John LeBreton le salua de son sourire hypocrite et quitta rapidement les toilettes.

— Enculé! lui lança Jérôme, mais l'autre était déjà loin.

La porte à ressort hydraulique se referma doucement. Jérôme voulut le rattraper, mais lorsqu'il atteignit la grande salle aux murs de résine moirés, LeBreton avait quitté les lieux. Jessica se rendit bien compte qu'il était contrarié lorsqu'il la rejoignit.

— Qu'est-ce qu'il y a? On dirait que tu as vu le diable!

— Non. Un journaliste.

Elle s'en amusa, mais il n'était pas d'humeur à rire. Sortant son porte-monnaie, il voulut payer, mais c'était déjà fait. Elle s'en était chargé pendant son absence. LeBreton croyait pouvoir le faire chanter. Jérôme commençait à mieux comprendre les liens que celui-ci avait entretenus avec Lynda, le juge Rochette et peut-être même la magistrature. À tout prendre, ce n'était qu'une autre raison d'aimer Jessica, d'accepter la proposition qu'elle venait de lui faire. Ostensiblement, il se pencha vers elle et l'embrassa longuement sur la bouche. Il espérait que cette larve de LeBreton le verrait. Que tous les clients du In BaR seraient témoins de ce baiser, qu'on en prendrait même des photos!

— Tu as raison, lui souffla-t-il à l'oreille. On peut être des amoureux. Il n'y a plus rien qui l'interdit.

Jessica en resta stupéfaite. Persuadée qu'elle avait mal entendu, elle fronça les sourcils. Pour toute réponse, il l'embrassa à nouveau. Puis il lui dit :

— Ils vont essayer d'en brûler un troisième. Le *hougan*. C'est écrit dans le ciel, mais il arrive que le ciel se trompe. Il n'y aura pas d'autre supplice du pneu à Montréal ce soir. Tu peux compter sur moi !

Il laissa Jessica abasourdie devant le comptoir et sortit du restaurant en balayant la salle du regard, dans l'espoir d'apercevoir John LeBreton. Mais il n'y était plus. Comme tous les grands hypocrites, l'homme connaissait l'art de prendre ses jambes à son cou. Jérôme avait demandé à Greg de l'attendre rue de la Montagne. Le chauffeur était déjà sur place, et quand le policier se glissa sur la banquette arrière de la voiture, il trouva les journaux du jour. Il les ignora, préférant jeter un œil aux documents que Martine et Blanchet lui avaient donnés au moment où il quittait les homicides.

— Au QG, lança-t-il en ouvrant son sac.

L'échange avec LeBreton le poursuivait. Quel culot avait eu ce bon à rien de le menacer ainsi ! C'était le coup de pouce qu'il lui fallait pour déposer le rapport controversé sur le juge Rochette. Non seulement il ignorerait le chantage du journaliste, mais il rendrait le rapport public le jour même. Sa détermination était si grande et sa colère si vive que les deux mémos lui glissèrent des mains lorsqu'il les sortit de sa sacoche. Les feuillets s'emmêlèrent en tombant sous le siège avant. Jérôme se pencha pour les ramasser. Le mémo de Jane Dorothy sur le passage à tabac de Sanjay Singh Dhankhar et les quelques détails glanés sur la vie de Georges Nelson Cédras avant 1991 ne firent momentanément qu'un seul document. Jérôme les lut en diagonale avant de les remettre en ordre. Soudain, il s'arrêta sur un passage qui le paralysa. Il le relut pour être certain qu'il avait bien vu et sentit tout son corps se crisper. Greg, les yeux dans le rétroviseur, s'aperçut que quelque chose n'allait pas.

— Ça va, patron? Il y a un problème?

Jérôme plia les feuillets entremêlés et les glissa dans son sac. Minimiser l'impact. C'était la seule chose qu'il avait en tête. Retenir l'information le plus longtemps possible, le temps de se faire une idée.

— Non, non. C'est rien. Un problème d'intendance.

Greg ne connaissait pas ce mot ou, en tout cas, ne l'utilisait jamais.

— Intendance?

Il en avait déjà trop dit. Il ne lui restait qu'à mentir.

— Ma mère. Un truc de testament. Je dois m'en occuper. Laisse-moi au métro Berri-UQAM.

— Pas la peine de prendre le métro. Je vous conduis.

Jérôme avait à peine la force d'argumenter.

— Le métro, ce sera parfait. Je t'appelle si j'ai besoin de toi.

***

Lorsqu'il ouvrit la porte de l'appartement de sa mère au septième étage du Port-de-Mer, Jérôme était persuadé qu'il trouverait l'endroit désert, que Gabriel aurait fui les lieux depuis belle lurette, mais le jeune homme était là et étudiait. Effondré dans un fauteuil, des livres de philosophie pêle-mêle autour de lui, il prenait des notes et surlignait des passages tout en consultant son ordinateur à tout moment.

— Tu es là? s'étonna Jérôme.

— Je ne devrais pas? répondit Gabriel, candide.

De toute évidence, il ne savait pas que Désiré avait été emmené au poste et interrogé.

— J'ai un examen à trois heures. Ça chauffe!

Jérôme fit mine de sourire. Il était heureux de le retrouver, en fait. De voir que leurs derniers échanges n'avaient pas compromis leur relation.

— J'ai une décision à prendre. Il faut que je réfléchisse.

Gabriel lui adressa un grand sourire en montrant les livres autour de lui.

— Pour réfléchir, tu es au bon endroit!

Jérôme entendit à peine ces mots. Il déposa son sac de cuir sur la table, se tourna vers le corridor menant à la chambre de sa mère et dit:

— Tu m'aides à déplacer le meuble? Je dois aller dans la chambre.

Sans hésiter, Gabriel quitta son fauteuil, s'approcha du vaisselier qui bloquait le passage et prit son bout. Ensemble, ils déplacèrent le gros meuble.

— Il se passe quelque chose?

— Non, non. Une sale migraine. Je vais m'étendre quelques minutes.

— Tu veux des cachets?

Il fit signe que non en s'avançant dans le corridor. En ouvrant la porte de la chambre, il ne se rendit même pas compte que le bout de fil dentaire n'y était plus. S'il avait été dans son état normal, il aurait vu le fil blanc sur le sol. Jérôme ne pensa pas au journal de sa mère non plus, qui devait se trouver dans le deuxième tiroir de la table de nuit. Il n'en avait que pour le lit, sur lequel il se laissa choir comme une masse.

Gabriel tournait en rond dans le salon. Jérôme n'allait pas bien. Une sieste en plein jour, et dans la chambre de sa mère de surcroît? Il y avait des tas d'endroits mieux qu'ici où il pouvait se reposer. Quelque chose s'était passé. En payant pour faire tabasser Sanjay Singh Dhankhar en prison, il l'avait peut-être mis dans l'embarras. Dieu sait ce que le policier avait pu faire pour le couvrir.

Intrigué, il reprit sa place dans le fauteuil mais ignora ses livres de philosophie. Il s'était trompé. En faisant battre Dhankhar, il avait mis Jérôme dans une fâcheuse position.

Gabriel se releva au bout d'un moment et se remit à marcher dans l'appartement. Comment se racheter? En demandant pardon peut-être? Il revint vers la chambre et jeta un œil à l'intérieur. Jérôme ronflait. Un volcan sur le point d'entrer en éruption. Gabriel devait savoir de quoi tout cela retournait. Il devrait peut-être même se dénoncer avant que l'affaire pousse Jérôme vers la sortie. Revenant sur ses pas, il s'arrêta devant la table de la cuisine et contempla le sac de cuir. La réponse à ses questions se trouvait sans doute là. Mais pourquoi Jérôme ne l'avait-il pas emporté dans la chambre? Ce n'était pas dans ses habitudes.

Tendant l'oreille pour s'assurer que Jérôme dormait toujours, Gabriel ouvrit le sac et feuilleta le carnet de notes. Un inextricable fouillis! Des mots gribouillés ici et là. Aucune phrase cohérente, organisée. Rien de structuré. Des noms, dont un revenait plus souvent que les autres: Jessica Haddad, accompagné d'un numéro de téléphone. Un cœur était maladroitement dessiné à côté du nom. Gabriel recopia le numéro avant de refermer le carnet et de sortir l'ordinateur. Des feuillets pliés grossièrement tombèrent sur le sol. Il les ramassa pour les ranger, mais se ravisa et y jeta un œil. De prime abord, il n'y avait aucun lien entre ce qui était écrit sur la première page et ce qui se trouvait sur la deuxième. Il relut pour se rendre compte qu'il s'agissait de deux sujets bien différents. À quoi cela rimait-il? Il lut attentivement en démêlant les feuilles.

Renonçant à fouiller dans l'ordinateur de Jérôme, il le remit dans le sac avec le carnet de notes et se tourna plutôt vers son lit. Posée à même le sol dans un coin du salon, une valise faisait office de table de nuit. Il l'ouvrit et en sortit le journal de Florence. Il fit glisser son doigt sur l'écriture fine à la recherche d'un passage qu'il avait lu. Au bout d'un moment, il trouva ce qu'il cherchait. Refermant le journal d'un geste brusque, il se leva et consulta l'heure. Non, il ne réveillerait pas Jérôme. Il irait à son examen, en espérant que le policier serait toujours là à son retour. Alors, sans doute, ils pourraient s'expliquer. Jusque-là, ils y étaient toujours arrivés, tous les deux.

Gabriel rassembla ses livres, les fourra dans son sac à dos et chercha ses souliers, qu'il trouva dans la cuisine. Alors qu'il les enfilait, il hésita. Ne devrait-il pas laisser un mot à Jérôme, une note au cas où il se réveillerait avant son retour ? Pour qu'il sache que Gabriel avait compris, pour qu'il se rende compte que, tout enquêteur chef fût-il, il n'était plus seul avec ses secrets. L'étudiant pensa le lui écrire mais une fois de plus changea d'idée. Le journal de Florence serait plus éloquent. Il le mit sur la table et posa dessus les feuillets trouvés dans la sacoche. C'était un triple aveu. Il avait fouillé dans la chambre de Florence, avait lu le journal de celle-ci et ouvert le sac du policier pour lire les mémos qui s'y trouvaient. Si après cela Jérôme continuait de se considérer comme son père, alors tout était possible.

17

Ogou Feray se réveilla le premier. L'Uzi était toujours sur le sol près du lit, où il l'avait laissé. Il le prit dans ses mains, s'assura que le cran de sûreté était enlevé et se leva péniblement. Le jour baissait. Ce que la lumière était rare dans ce foutu pays en novembre! Il avait les narines en feu, la gorge sèche. Papa Legba ronflait. Se traînant jusqu'à la cuisinette, le *Hoodoo* chercha le coffre dans lequel Legba et sa femme avaient remis la cocaïne. Il était sur la table, mais la poudre avait changé de couleur. À cause de la poussière et de la saleté, elle était devenue grise. Qu'à cela ne tienne, il ouvrit le tiroir à ustensiles et prit une cuillère. Il y avait aussi une pierre à aiguiser dans le rangement. Il la déposa sur le comptoir et, sans lâcher son pistolet-mitrailleur, enfonça la cuillère dans la coke pour se faire une ligne. Comme il ne trouvait pas le billet qu'ils avaient utilisé un peu plus tôt, il dut poser l'Uzi, ouvrir son porte-monnaie et en prendre un autre.

Yoruba avait bougé dans le lit. Feray reprit l'arme, les regarda, elle et Legba, puis s'enfila de la coke poussiéreuse dans la narine gauche. Il fit de même dans sa narine droite, trouva le couvercle du boîtier, le referma soigneusement et le fit disparaître. Dorénavant, les choses se passeraient à sa façon. Il n'y aurait plus de discussion.

— Debout, vous deux ! C'est fini les histoires. On y va !

Yoruba n'eut aucune réaction. Legba ouvrit un œil. Feray pointait toujours son Uzi, comme s'il n'avait pas dormi et était resté tout ce temps à les menacer. Qu'est-ce qu'il lui prenait ? Pourquoi être aussi pressé tout à coup ?

— Qu'est-ce qui se passe ? grogna le chauffeur.

Pour toute réponse, le *Hoodoo* leva son arme puis dirigea le canon vers sa femme. Legba n'avait pas besoin qu'on lui fasse un dessin. Il la réveilla doucement. Feray se déplaça jusqu'à la porte et s'y appuya.

— J'ai eu une idée en dormant.

— Tu as dormi ?

Yoruba se réveilla à son tour. Sans prêter la moindre attention à son mari, elle bâilla, s'étira, puis descendit du lit en regardant autour d'elle. Ogou n'allait pas tirer, elle le savait. Se traînant les pieds, elle se dirigea vers la cuisinette et chercha le coffret de coke… qui n'y était plus. Agacée, elle se tourna vers lui :

— Qu'est-ce que tu as fait ? On ne va pas recommencer ce petit jeu ! Elle est où la…

— Ta gueule !

Papa Legba avait sursauté dans le lit. Il chercha le regard de la vieille femme. Elle s'était assise à la table dans la cuisinette et se frottait les tempes, comme si une migraine l'assaillait. Feray se déplaça sur la gauche et montra la porte du menton en fixant le chauffeur.

— Dans le camion, il y a une hache dans le faux plancher sous la banquette arrière. Va la chercher tout de suite.

Ogou Feray n'entendait plus discuter, visiblement. Lorsque Papa Legba hésita à se lever, il s'avança vers lui de façon menaçante, lui colla le canon de l'Uzi sur la tempe et répéta :

— La hache ! Dans le camion sous la banquette arrière !

Patrice Legba s'exécuta tandis que Yoruba se plaignait :

— Pourquoi tu fais toujours ça, Ogou ? Pourquoi tu perds la tête ?

Le chauffeur aurait pu en profiter pour se sauver une fois à l'extérieur, mais il écarta rapidement l'idée. Ogou Feray était resté dans le cadre de la porte et dirigeait son arme vers lui. Une simple pression de l'index et il était fait. Docile, il trouva la hache sous le siège, la dissimula sous sa chemise et revint vers la chambre. Feray referma la porte sur lui et annonça :

— Il n'y aura pas de rituel. *Fuck* le rituel !

Yoruba redressa la tête, scandalisée. Lui aussi ! Alors qu'elle allait ouvrir la bouche, son mari se mit à crier :

— On va aller à cet endroit retrouver Baron, on va lui couper le bras, prendre la valise et disparaître !

Un vrai cauchemar ! Yoruba se prit la tête à deux mains. Legba chercha à son tour le coffret contenant la coke. Une ligne, une toute petite ligne, l'aurait bien aidé à y voir plus clair ! Il parvint tout de même à articuler :

— Mauvaise idée.

— Ce n'est pas une mauvaise idée, c'est mon idée ! Et c'est ce qu'on va faire !

— D'accord, fit le chauffeur. Mais pas avant dix heures ce soir.

Patrice Legba avait une hache dans les mains. Ogou Feray, en revanche, avait un engin capable de les transformer en passoire en une fraction de seconde. L'inégalité de leur situation s'entendait dans la voix du chauffeur :

— Avec tout le respect que je te dois, Ogou, l'endroit grouille de travailleurs jusqu'à dix heures. Après, ça se calme. Il n'y a plus personne. Je le sais, je suis allé voir.

Le *Hoodoo* feignit de ne pas entendre. De son canon toujours, il montra la pierre à affûter qu'il avait mise sur le comptoir.

— Aiguise la hache ! aboya-t-il.

Legba essayait-il de gagner du temps ? Et pourquoi dix heures ? Pourquoi les ouvriers partaient-ils à cette heure et non pas à six heures ou à minuit ? Yoruba continuait de geindre :

— Le *hounci* est mort par le feu. *Mambo* Freda aussi. Baron doit connaître le même sort...

Feray ne la laissa même pas finir. Il se mit à crier :

— Il n'y a plus de vaudou ! Il n'y aura pas de cérémonie, pas de supplice ! Il y a l'argent et c'est tout ! On va lui couper le bras et prendre la valise ! Voilà ce qu'on va faire !

Patrice Legba n'avait pas besoin qu'on lui en dise plus. De toute façon, il était plutôt d'accord. L'écran de fumée qu'ils avaient créé en se cachant derrière une quelconque cérémonie vaudoue occulte les avait bien servis, mais au point où ils en étaient, ce n'était plus nécessaire. Il avait vidé la maison de Village-de-la-Belle-Élodie et l'avait incendiée. Les objets de valeur qu'il avait pu récupérer étaient dans la Mercedes. Le plus tôt ils fuiraient la ville, le mieux ce serait.

— Si tu pouvais gentiment poser ce fusil, tenta Legba, je crois qu'on arriverait à s'entendre tous les trois.

Conciliant, il attrapa la pierre à aiguiser sur le comptoir. Il cracha dessus pour la mouiller, puis la passa sur la lame de la hache dans un lent mouvement de va-et-vient.

— C'est pas tout, reprit Feray. Il faut se débarrasser de la Mercedes.

Papa Legba s'arrêta net. Se débarrasser de la Mercedes! Ogou Feray allait trop loin cette fois. Il n'en était pas question.

— Tu crois que c'est une bonne idée? demanda le chauffeur.

— C'est la garder qui serait une mauvaise idée. On doit la chercher partout en ville, ta vieille tôle. Tu veux qu'on se fasse repérer, c'est ça?

— Si on va là-bas avant dix heures, c'est certain qu'on va se faire repérer!

— Alors on fait moitié-moitié. On se défait de la Mercedes et on attend qu'il soit dix heures pour y aller.

Les yeux de Feray étaient exorbités, comme si ce compromis lui avait demandé un effort surhumain. Ses cicatrices sous les joues étaient plus roses et les diamants incrustés dans ses incisives lui conféraient un sourire encore plus menaçant. Son index se mit à trembler sur la détente.

— D'accord, on y va ce soir, mais tu me dis où tu as mis le coffret! beugla Yoruba comme si elle était sur le point de se lever et de se jeter sur lui. Maintenant! Tu me dis où tu l'as mis!

Papa Legba s'était remis à aiguiser la hache. Le bruit était insupportable. Pour Yoruba en tout cas. Elle se mit les mains sur les oreilles et cria de toutes ses forces:

— Où est la coke?

Quelqu'un frappa contre le mur dans une chambre voisine. La paranoïa grimpa d'un cran dans le regard d'Ogou Feray. On l'attaquait sur deux fronts! C'était la mutinerie dans la chambre et les voisins menaçaient de débarquer pour se plaindre. Legba continuait d'aiguiser la hache, frottant d'un geste incessant la pierre sur la lame. Feray baissa finalement le canon de son arme.

— Elle est dans le four, dit-il simplement.

Yoruba se tourna vers la cuisinière. Legba posa la hache. Ils ouvrirent la porte du four et se bousculèrent pour attraper le coffret. Le chauffeur eut le dessus. À leur tour, ils cherchèrent un billet pour s'en faire un tube. Au dernier moment, Legba eut la courtoisie de laisser la vieille dame se servir en premier. Lorsqu'ils se furent envoyé chacun deux lignes, Feray proposa sur un ton nettement plus conciliant :

— O.K.! On fait comme ça. À dix heures, on va retrouver Baron avec la Cadillac, on lui coupe le bras pour récupérer la valise et on file.

Papa Legba acquiesça en reprenant la hache et la pierre à aiguiser. Yoruba aussi se rangea à la proposition. Mais elle avait une question :

— Qui va lui couper le bras ?

Ogou Feray et Patrice Legba échangèrent un long regard. La question resta sans réponse.

***

Jérôme se réveilla tout en sueur. Il avait fait un cauchemar et il mit un moment avant de comprendre où il était. Il n'en fallait pas plus pour que le rêve s'enfuie. Il faisait déjà noir à l'extérieur quand il se redressa dans le lit en pensant au Dr Legault. Pourquoi lui ? Parce qu'il faisait partie du cauchemar sans doute. Pour une raison ou une autre, il se souvenait maintenant de l'avoir vu passer dans ce rêve qu'il faisait depuis toujours. Son père, qu'il n'avait rencontré qu'une seule fois, lui lançait un ballon qu'il ne parvenait pas à attraper. Mais au fait, pourquoi Gabriel l'avait-il laissé dormir ? Peut-être ne lui avait-il pas demandé de le réveiller. Il était arrivé si contrarié. Jérôme enfila ses chaussures, se leva et sortit de la chambre en consultant sa montre. Un trou noir ! Voilà ce qui lui était arrivé. Il était tombé dans un trou noir. Attrapant son sac, il balaya le salon du regard et sortit sans se rendre compte que le journal de sa mère et les deux mémos aux feuillets entremêlés étaient sur la table.

Refermant la porte, il chercha d'autres détails, d'autres images de ce cauchemar récurrent, mais il n'en restait rien. Tout avait disparu, sauf bien sûr l'image de ce médecin apparaissant dans cette improbable partie de football. Mieux valait ne pas chercher plus loin. Avant de sombrer dans le lit de sa mère, n'avait-il pas pris une décision par rapport à la proposition que lui avait faite le spécialiste? Il chercha son numéro dans son porte-monnaie. Martine le lui avait remis, griffonné sur un bout de papier, mais qu'en avait-il fait? Arrivé dans le hall d'entrée de l'immeuble, il sortit son carnet et tourna les pages. Au milieu des gribouillis et des notes concernant l'enquête en cours, il trouva le numéro.

— Monsieur Marceau! lança le médecin en reconnaissant sa voix. Que c'est étrange, je pensais justement à vous!

Jérôme n'eut même pas la curiosité de lui demander pourquoi. Il alla droit au but.

— L'intervention, ce truc que vous voulez me mettre dans le bras, ça prend une demi-heure, c'est bien ça?

— Tout à fait. Ça se fait sous anesthésie générale. En principe, vous ne sentirez rien.

— Anesthésie générale, répéta Jérôme comme s'il déchantait.

En traversant le passage vitré entre le Port-de-Mer et la station de métro, il aperçut la ville entre deux édifices. La nuit venait de tomber, mais il était encore tôt. Les menaces que lui avait lancées John LeBreton dans l'affaire du juge Rochette commandaient une réponse rapide et décisive. Plus tôt il déposerait son rapport sur le juge assassiné, mieux ce serait. Il continua de marcher.

— Ça pourrait se faire demain matin ? demanda-t-il.

Il y eut un silence au bout du fil. Pourquoi cette précipitation tout à coup ? Le Dr Legault n'en perdit pas sa bonne humeur pour autant.

— Une urgence, remarqua-t-il sur un ton badin.

— Si on veut, oui. J'ai un créneau en ce moment. Un tout petit créneau. Sinon, ça devra attendre.

Nouveau moment de flottement à l'autre bout. Malgré la pression que Jérôme appliquait, le Dr Legault ne perdait pas de sa superbe :

— Dans ce cas, nous devons essayer !

Jérôme ralentit la cadence. À quoi le médecin pensait-il au juste ?

— Venez me voir. Nous allons en discuter.

— Pas le temps de discuter, rétorqua-t-il sèchement. C'est possible ou ça ne l'est pas.

— C'est possible, l'entendit-il dire.

Jérôme avait un nœud dans le ventre. Était-il vraiment en train de prendre cette décision ?

— J'ai un certain nombre de choses à régler au quartier général. J'en ai pour une heure. Peut-être plus. Dès que j'aurai terminé, je viendrai vous rejoindre et vous m'hospitaliserez.

— Ah, mais vous n'avez pas besoin d'être hospitalisé pour ça ! Vous devez seulement être à jeun. Je vous prescrirai aussi un lavement. Il est préférable de le faire ce soir.

— Trop compliqué ! Je veux être hospitalisé. Les lavements, je n'en ai pas tellement l'habitude !

Même si Jérôme poussait, le Dr Legault ne s'offusquait pas. Au contraire, il avait des solutions à lui proposer. Tout semblait possible pour accommoder ce patient capricieux.

— Donnez-moi une demi-heure. On devrait bien être capable de vous trouver quelque chose pour une nuit, monsieur l'enquêteur chef.

Jérôme avait entendu le sarcasme dans sa voix. Les spécialistes comme Legault ne devaient pas se faire bousculer ainsi, habituellement. Mais il n'en démordait pas. L'hospitalisation n'était pas négociable.

— Très bien. Je demande à ma secrétaire de vous rappeler pour confirmer le tout.

Legault était visiblement ravi. Exultant au bout du fil, il eut ces mots d'encouragement :

— Je ne sais pas ce qui vous a fait changer d'avis, mais c'est la bonne décision. Et si ça doit se faire demain, je me plierai volontiers à votre souhait.

— On se revoit un peu plus tard, conclut Jérôme en raccrochant.

Il descendit les marches de la station de métro quatre à quatre et sauta dans le dernier wagon, alors que les portes se refermaient. Sous le fleuve, entre Longueuil et Montréal, il pensa à Gabriel. Lui avait-il dit qu'il avait un cours ? Avait-il dû partir précipitamment ? Il faudrait éclaircir cette question, mais pour l'instant il y avait plus urgent.

Aussitôt descendu à Berri-UQAM, il remonta trois étages et prit un train de la ligne orange, direction Vieux-Montréal. Quittant le métro Champ-de-Mars, il enfila les passages souterrains et les corridors de service, que lui seul connaissait, et se retrouva dans le garage du palais de justice. De là, il n'y avait qu'un saut de puce à faire pour regagner son bureau. Lorsque Martine le vit apparaître, les cheveux ébouriffés, le costume froissé et le regard fuyant, ce n'est pas le nouvel enquêteur chef qu'elle crut apercevoir, mais ce bon vieux Aileron, toujours aussi décalé, aussi différent des autres. Elle sut aussi que l'enquête sur les supplices du pneu survenus ces derniers jours tirait à sa fin. Patron ou pas, Jérôme avait généralement cette tête lorsqu'il touchait au but. Il ne dormait plus, ne mangeait pas, se négligeait et avait l'air totalement confus lorsqu'il s'apprêtait à coincer sa proie. Insaisissable, il faisait des choses qu'on ne comprenait que beaucoup plus tard, lorsque la poussière retombait. Cette fois encore, il médusa complètement la secrétaire.

— Vous pouvez m'imprimer le rapport final sur le juge Rochette? En quatre exemplaires. Une pour le greffier, une pour les archives, les deux autres pour les patrons. Je veux qu'ils le reçoivent d'ici une heure.

— Vous êtes certain? eut-elle tout juste le temps de dire.

Il s'enferma dans son bureau sans répondre. Son cœur battait la chamade. Sans enlever son imper, il se laissa tomber dans le fauteuil et se recueillit. Le dépôt de ce rapport ferait des vagues. Le juge Rochette avait été assassiné en plein tribunal par une prostituée qui avait par la suite retourné l'arme contre elle. L'enquête avait démontré que le juge couchait avec cette prostituée en lui faisant miroiter la possibilité qu'il obtienne un pardon de la cour pour ses erreurs de jeunesse. Après un certain temps, la jeune femme s'était rendu compte que le juge se moquait d'elle et elle avait cherché à se venger. Peu de gens à part Sonia Ruff connaissaient les détails de cette affaire. En réalité, le juge Adrien Rochette avait été l'artisan de son propre malheur. Ces révélations posthumes n'enchanteraient pas la famille Rochette, ni la magistrature d'ailleurs, mais il en allait de l'intégrité de l'enquêteur chef. Après les menaces que lui avait faites John LeBreton, avait-il le choix?

Pour l'instant, ce qui importait était de faire les choses dans l'ordre. Et de ne surtout pas se laisser distraire. À nouveau, il consulta sa montre. À cette heure, le brigadier général n'avait pas encore quitté son bureau. Après l'avoir prévenu de sa décision, Jérôme ferait déposer une copie du rapport au greffe, ce qui n'était pas le rendre public mais presque. Dans les jours qui suivraient, des journalistes voudraient en prendre connaissance en se prévalant de la loi sur l'accès à l'information. Dans le meilleur des cas, une semaine s'écoulerait avant que l'affaire remonte à la surface. D'ici là, Jérôme serait de retour pour faire face à la situation. Il décrocha le téléphone.

Sa conversation avec le brigadier général Lemieux ne dura que quelques minutes. Le patron devait s'attendre à cette décision puisqu'il ne manifesta pas la moindre surprise. Après en avoir pris bonne note, il s'informa de l'enquête en cours. Les journaux avaient été particulièrement discrets sur l'affaire. Jérôme en attribua tout le crédit à Nathalie Blum, ce qui sembla plaire à Lemieux. L'intégration du nouvel enquêteur chef au sein de l'équipe se faisait rondement. Le patron l'en félicita. Et ce n'est qu'à la toute fin de l'échange que Jérôme évoqua ses problèmes de santé. À son grand dam, en pleine enquête, il devait faire un séjour de vingt-quatre heures à l'hôpital. Comme l'intervention qu'il devait subir nécessitait une anesthésie complète, il envisageait de transférer ses responsabilités à O'Leary. Le brigadier Lemieux se désola d'apprendre la nouvelle, mais il entérina cette proposition sans la moindre hésitation. L'Irlandais était un bon choix. D'autant que Jérôme promit d'être de retour en pleine forme le surlendemain.

En raccrochant, il se demanda pourquoi le brigadier Lemieux n'avait pas été plus curieux. Pourquoi il ne s'était pas informé de la nature de l'intervention. C'était mieux ainsi, de toute façon. Jérôme aurait eu du mal à s'expliquer. Trop personnel.

O'Leary était le suivant sur la liste. Il allait composer son numéro et lui demander de venir lorsque Martine frappa à la porte. Elle entra sans attendre, déposa les exemplaires fraîchement imprimés du rapport devant ses yeux et répéta :

— Vous êtes certain ?

— Je viens d'en informer le brigadier général. Pourquoi me posez-vous cette question ?

Martine fut incapable de répondre. Jérôme n'avait d'ailleurs pas vraiment besoin de ses explications. Elle était toujours la secrétaire de Lynda Léveillée. Même si l'ancienne patronne était six pieds sous terre, même si elle s'était suicidée parce que l'étau se refermait sur elle, même si elle avait erré en s'acoquinant avec le journaliste LeBreton, même si elle avait eu tout faux, Martine la protégeait encore.

— Vous pouvez téléphoner au Dr Legault ? Je dois être hospitalisé ce soir. Il vous dira si tout est prêt.

La nouvelle eut l'effet d'une bombe. Les traits de Martine s'affaissèrent. Sa bouche s'ouvrit à moitié, son teint devint pâle et c'est tout juste si elle parvint à dire :

— Vous n'êtes pas bien ?

Il agita la main en se tournant vers le téléphone.

— Je me suis blessé l'autre soir.

Depuis son cauchemar, depuis qu'il s'était réveillé en sueur dans le lit de sa mère, il n'avait pas arrêté de mentir. Mais cela le servait. Il ne cessait d'apprendre des choses.

— Greg m'en a touché un mot. Lorsqu'il vous a laissé plus tôt, vous n'étiez pas très bien, paraît-il.

Greg était-il à mettre dans le même panier que Lambert Grenier ? Une grande gueule qui répétait tout parce qu'il ne pouvait tenir sa langue ?

— Est-ce que je peux faire quelque chose ? demanda-t-elle, sincèrement inquiète.

— Parlez au Dr Legault. Demandez-lui quand il pourra m'accueillir et ce que je dois faire. Et prévenez Greg pour qu'il me conduise.

Elle s'attardait, comme si elle voulait en savoir plus.

— Je serai de retour après-demain, trancha-t-il. Pas de quoi fouetter un chat.

Il composa le numéro d'O'Leary alors que Martine se retirait. À l'instar de la conversation précédente, l'échange ne dura que quelques secondes. L'Irlandais promit de passer le voir dans la demi-heure tout en lui reprochant, l'air amusé, d'avoir disparu pendant près de trois heures au cours de l'après-midi.

— Tu vas comprendre, lui renvoya Jérôme.

Il restait Jessica. En la quittant après leur lunch au In BaR, il lui avait fait comprendre qu'il l'aimait et qu'il n'y avait plus rien pour contrer leur relation. C'étaient des mots. Il avait oublié d'y ajouter les sentiments. Ou il n'avait pas su le faire. À ce moment, il faut bien le dire, il y avait un empêchement bien réel en la personne de John LeBreton. Depuis qu'il avait pris la décision de déposer le rapport toutefois, Jérôme sentait que plus rien ne l'arrêterait. Mais il fallait jouer franc jeu avec Jessica. Pour sa part, les conséquences de son geste l'indifféraient, mais si le journaliste étalait en pleines pages dans son journal les secrets du passé de Jessica, elle devait au moins le savoir et s'y préparer. Il lui téléphona aussitôt pour lui en parler.

— Ne t'en fais pas, répondit-elle avec assurance. Je suis qui je suis. J'assume complètement ce que j'ai été et ce que j'ai fait. Mais si ça te gêne qu'on le sache...

Il l'arrêta aussitôt :

— Non, non ! Je t'aime comme tu es. Et comme tu as été. Je me fous totalement des menaces d'un journaliste. Le rapport sur la mort du juge Rochette va être rendu public. Et je veux que tu restes à mes côtés. Je regrette seulement ce long silence radio entre toi et moi.

— Circonstances atténuantes, s'amusa-t-elle. On oublie tout. Tu es revenu. C'est ce qui compte.

Au moins, il ne lui avait pas menti. Avec tous les autres depuis sa sieste, il n'avait fait qu'enchaîner les faussetés, les hâbleries et les demi-vérités.

— Et ton bras ? reprit-elle. Tu y as repensé ?

Après s'être racheté, il n'allait pas la tromper. Mais il ne voulait pas l'alarmer non plus.

— Je revois le Dr Legault un peu plus tard aujourd'hui.

— Tu t'es décidé ? Tu vas le faire ?

— Oui, oui, je…

— Je peux être là si tu veux. Pour te soutenir. C'est pour quand ?

Il allait mentir juste un peu mais se ravisa :

— C'est pour maintenant. Là, tout de suite. Mais je préférerais que tu ne viennes pas. C'est un truc avec moi-même et…

Elle en prit ombrage, il l'entendit à sa voix. Un mélange de déception et de soulagement.

— C'est une bonne nouvelle, mais tu es certain que…

— Je t'aime, Jessica ! J'aimerais que ça ne fasse pas une histoire. L'intervention ne dure qu'une demi-heure. Je ne sais pas ce que ça va donner, si ça va réussir. Je veux que ça se passe comme si j'allais chez le dentiste. Tu ne m'accompagnerais pas chez le dentiste.

— C'est à l'Hôtel-Dieu ?

— Oui, mais ne viens pas, insista-t-il.

— Je vais t'envoyer des fleurs !

Elle avait ri en lançant cette boutade. Il était tout pardonné. Parce qu'il lui avait dit «Je t'aime», sans doute. Il ne se souvenait pas de l'avoir fait avant. Jessica était heureuse lorsqu'ils raccrochèrent. Les choses s'étaient mieux passées qu'il ne l'avait espéré. Il pouvait se remettre à mentir…

O'Leary arriva.

— Greg m'a dit que tu n'allais pas très bien, commença l'Irlandais, et que tu t'étais remis à hanter le métro et les souterrains de la ville.

Jérôme montra son bras atrophié.

— C'est là que je me suis fait ça, d'ailleurs.

O'Leary s'installa dans le fauteuil devant le bureau. Il voulait tout savoir.

— Il y a trois jours, je suis retourné dans le tunnel sous la montagne.

— Seul ? demanda l'Irlandais.

Jérôme fit signe que oui et se leva. Contournant le bureau, il marcha de long en large dans la pièce en gesticulant.

— Seul et après minuit, alors qu'il n'y avait plus de train de banlieue. C'est là qu'ils vont tuer Baron cette nuit.

Il avait prononcé ces mots avec une telle assurance qu'O'Leary ne se permit même pas d'en douter.

— Ça en a tout l'air.

— J'arrive mal à tout expliquer, mais ça fait partie d'un rituel. Trois supplices du pneu à trois jours d'intervalle chacun. Un truc comme ça.

— On avait deviné.

— Le problème, c'est que je suis tombé dans le tunnel ce soir-là. Je me suis blessé.

Il avait dit ces mots en le regardant droit dans les yeux. Pour une fois, il ne mentait pas.

— Tu n'as pas eu envie de nous en parler ?

— Je n'étais sûr de rien. J'ai voulu aller voir.

O'Leary le croyait. Ce n'était pas étonnant de la part de Jérôme de toute façon. Ce solitaire était devenu patron par accident. Il ne changerait pas du jour au lendemain.

— Je me suis fait mal et, maintenant, il y a de l'infection. Je vais subir une petite intervention demain. Ils vont introduire une mèche, cautériser la plaie.

Il avait frotté son moignon en parlant pour faire plus réaliste. O'Leary fit la grimace. Jérôme ajouta avec un haussement d'épaules :

— Vingt-quatre heures à l'écart. Ils me l'ont promis.

Il se tourna en désignant son fauteuil derrière le bureau.

— Et c'est toi qui vas occuper le trône. J'ai averti le brigadier général. Il te tient en haute estime.

L'Irlandais était flatté. S'aidant de ses coudes, il se redressa dans son fauteuil, ouvrit la bouche pour dire quelque chose, mais le téléphone sonna. Cet appel n'était pas prévu dans le scénario de Jérôme. Une conversation téléphonique en présence d'O'Leary pouvait le trahir. Comme il hésitait à répondre, l'Irlandais se leva.

— Je prends aussi les appels pendant ton absence ? fit-il à la blague.

Jérôme le devança et décrocha.

— Monsieur Marceau, lui annonça Martine, j'ai le notaire Fillion au bout du fil. Il souhaiterait vous parler.

— Pas maintenant ! répondit-il sèchement. Prenez le message. Je le rappellerai.

O'Leary nota sa nervosité. Jérôme raccrocha d'un geste brusque et se passa la main sur le visage.

— Où est-ce que j'en étais ? Ah oui ! Le tunnel sous le mont Royal. Il faut des hommes aux deux bouts ce soir. Dans les garages de la Place Ville-Marie et dans ceux des Promenades Cathédrale. Ils vont tenter quelque chose. Un autre supplice du pneu. Je veux que tu les cueilles. Je peux compter sur toi ?

— Ça ne nous laisse pas grand temps pour monter l'opération.

Jérôme n'avait rien à dire à ce sujet, pas plus qu'il n'avait de réponse à la question qu'O'Leary ne manquerait pas de lui poser : « Comment peux-tu en être aussi sûr ? » L'Irlandais le surprit :

— C'est ce que Blanchet dit elle aussi. C'est un rituel. D'après ce qu'ils ont fait en Floride, les *Hoodoos* frappent toujours au même endroit, de la même manière et à intervalle régulier. Les sacrifices sont donc prévisibles.

Jérôme s'empressa de changer de sujet :

— Tu as les clefs de la baraque. Fais en sorte qu'il n'y ait pas de morts et tiens les journalistes éloignés de l'affaire.

La commande était claire. O'Leary savait surtout qu'il n'avait pas une minute à perdre. L'opération ne serait pas simple. Le tunnel faisait au moins quatre kilomètres. On pouvait y accéder par un nombre important de points d'entrée. L'opération demanderait en plus du doigté. Si les *Hoodoos* croyaient l'endroit trop bien surveillé, ils n'oseraient pas agir.

— Bonne chance ! lui lança Jérôme en revenant derrière son bureau.

O'Leary le fixa. Jérôme crut un moment qu'il avait deviné le subterfuge. Ce fut plutôt le côté humain de l'Irlandais qui fit surface. La même compassion dont il avait fait preuve en consolant Désiré après son interrogatoire.

— Tu as quelqu'un pour t'accompagner à l'hôpital ?

— Oui, oui. Jessica, mentit-il de nouveau.

— Ah ? Tu la revois ? demanda O'Leary.

Il hocha la tête sans donner de détails.

— Il faut que j'y aille, maintenant. Je compte sur toi ?

— Bien sûr !

Jérôme fit mine de s'activer, déplaçant des papiers sur son bureau, relisant des notes et consultant l'afficheur de son téléphone. O'Leary ne partait pas.

— Tu es certain que ça va aller ?

— Au fait, fit-il en se gardant de répondre, je ne sais pas qui tu comptes emmener dans le tunnel, mais ne prends pas Lambert Grenier, d'accord ? Au cas où l'idée te serait venue.

— Toi aussi, tu te poses des questions au sujet de Bert ?

Jérôme se contenta de sourire. Diversion réussie. L'Irlandais s'en alla, emportant ses interrogations. Un détail préoccupait l'enquêteur chef, toutefois. Il avait insisté pour que le Dr Legault l'hospitalise et le garde pour la nuit – ce qui n'était pas encore confirmé d'ailleurs –, mais il n'avait rien prévu le cas échéant : pyjama, brosse à dents… Il n'aurait d'autre choix que de passer chez lui. Voyant le temps filer, il sortit de son bureau et s'arrêta devant le poste de Martine :

— Vous avez parlé au Dr Legault ?

— Oui, oui, c'est vrai ! J'ai oublié de vous le dire. Il vous attend après dix-huit heures.

Elle chercha dans ses notes puis ajouta :

— La salle C-748. Il vous a trouvé quelque chose pour la nuit.

Jérôme n'avait pas besoin d'en savoir plus. Il se précipita dans son bureau, attrapa son sac, son imper et son téléphone, éteignit la lumière et ressortit. Martine s'était levée. Elle tenta de l'intercepter.

— Le notaire Fillion… il a une très bonne nouvelle pour vous. Il aimerait que vous le rappeliez…

Jérôme passa devant elle sans ralentir le pas. Florence était morte. Il ne pouvait y avoir de bonnes nouvelles de ce côté. Sauf si le notaire avait enfin fermé le dossier et conclu la succession. C'était sans doute cela, la bonne nouvelle.

— Je le rappellerai un autre jour.

— C'est une très bonne nouvelle! dit-elle encore, mais il n'entendit pas.

Il était déjà loin.

Greg, qui avait été prévenu, l'attendait près de la voiture dans le garage souterrain. Il lui ouvrit la portière dès qu'il l'aperçut. En s'approchant, Jérôme lui lança :

— Martine te l'a dit, je suppose. Je vais à l'Hôtel-Dieu. Mais avant, je dois passer chez moi prendre des choses.

Arrivé à sa hauteur, Jérôme se rendit compte que le chauffeur était confus, triste même. Celui-ci chercha à en savoir plus :

— C'est grave, votre truc?

Jérôme s'étonna de la question. Greg avait l'air bouleversé.

— Un jour, j'ai conduit la patronne à l'Hôpital général, poursuivit-il. Elle n'en est jamais vraiment ressortie.

Jérôme lui tapota l'épaule :

— Ce n'est rien. Ça va aller.

Il s'engouffra dans la voiture, rassuré par la réaction de Greg. Les sentiments du chauffeur étaient bien réels, ce qui voulait dire qu'il avait cru à son histoire. Les autres aussi s'y étaient laissé prendre d'ailleurs, au point de manifester de la compassion. Jusque-là, tout se tenait.

18

Vers huit heures, une infirmière s'avança dans le corridor en regardant autour d'elle, un plateau dans les mains. Elle cherchait Jérôme parmi les patients couchés dans des lits alignés le long des murs beiges de l'hôpital. Ils étaient une demi-douzaine parqués ainsi dans ce couloir du septième étage, à deux pas du bureau du Dr Legault.

— Monsieur Marceau ? demanda la jeune femme.

Il leva le doigt. Elle s'approcha avec un sédatif et un verre d'eau. Durant l'heure précédente, on lui avait fait un lavement. Il en était tout retourné. Ses entrailles étaient vidées. C'est de peine et de misère qu'il était revenu vers son lit de fortune, les jambes tremblantes. Il s'exécuta sans discuter lorsque l'infirmière lui demanda d'avaler cette toute petite pilule, qui passerait certainement tout droit tellement il n'avait plus rien dans le corps. En portant à sa bouche le verre qu'elle lui tendait, il eut l'impression que l'eau lui redessinait l'intérieur, prenant des raccourcis et filant directement vers sa vessie, aussi vide qu'un réservoir à sec.

— On peut aussi vous donner un somnifère. Mais avec ça vous devriez bien dormir.

Il agita la main. Ce n'était pas ainsi qu'il avait imaginé son séjour éclair à l'Hôtel-Dieu. Tenant compte de l'empressement de Jérôme, le Dr Legault s'était engagé à lui trouver une chambre. Du moins l'avait-il cru. Ce corridor était terne et sans âme, mais il s'en accommoda. Ce n'était pas le moment de faire des chichis. Son alibi était en béton. L'infirmière le gratifia d'un sourire tout en s'excusant :

— Les lumières doivent rester allumées pendant la nuit. Pour le confort, il y a mieux. Si vous changez d'idée pour le somnifère, dites-le-moi. Je vous en apporterai un.

Jérôme refusa à nouveau et ferma les yeux. L'infirmière, dont il n'était pas parvenu à lire le nom sur son épinglette, s'en alla dans un bruissement d'uniforme. Il resta ainsi immobile pendant un long moment. Il croyait être sur le point de s'endormir lorsqu'il entendit une voix :

— Ah, tu es là !

Il ouvrit un œil. Gabriel était penché au-dessus de lui. La bouche pâteuse, l'esprit trouble, Jérôme parvint à articuler :

— Qu'est-ce que tu fais là ?

— Et toi, répliqua Gabriel, qu'est-ce que tu fais là ? Tu te venges ?

Jérôme reçut ces mots comme un coup de poing. Gabriel ne pouvait avoir dit cela ! Il avait certainement mal entendu.

— J'ai lu le mémo que tu as laissé sur la table.

Il faisait un cauchemar ! Voilà ce qu'il lui arrivait. On l'avait bourré de médicaments pour l'intervention, on l'avait purgé et parqué dans un train de nuit qui était passé dans le monde surnaturel. Gabriel n'était pas Gabriel. C'était un esprit. Dans un moment, les *Hoodoos* arriveraient et il y aurait une cérémonie, là, dans le corridor. Une messe.

— J'ai lu le journal de ta mère, aussi. En comparant les deux, tout devient clair.

— Le journal de ma mère? De quoi parles-tu?

Aucun doute possible, Gabriel était bien là. Et la conversation qu'ils avaient était on ne peut plus réelle. Jérôme s'appuya sur ses coudes et se redressa dans le lit. Un autre malade, un vrai celui-là, émit un grognement. Cet échange l'indisposait.

— De quoi je parle? fit Gabriel, retenant sa colère. Je parle de vengeance. Du beau discours que tu me tiens alors que tu fais exactement le contraire!

Jérôme s'y retrouvait. Gabriel avait lu le court dossier que Blanchet avait préparé sur Georges Nelson Cédras.

— Comment tu m'as trouvé? demanda-t-il en articulant difficilement.

— Jessica, répondit Gabriel. Son numéro aussi, il était dans tes notes.

— Tu as parlé à Jessica?

Jérôme détourna le regard. Il était confus, tenté une fois encore de croire qu'il rêvait. Mais tout était bien vrai. Gabriel en savait trop. Il savait tout!

— Tu as besoin que je résume? Que je te fasse un dessin? dit-il encore.

— Je ne sais pas de quoi tu parles.

— Raconte ça à quelqu'un d'autre! Tu sais très bien ce que tu fais ici, monsieur l'enquêteur chef!

Jérôme se laissa aller dans le lit, feignant une fatigue soudaine. Gabriel ignora le long soupir qu'il poussa et enfonça le clou:

— Tu débarques chez ta mère en milieu d'après-midi, blanc comme un drap, tu laisses ton sac, ton ordi et tous tes dossiers là, sur la table, et tu t'en vas te coucher comme si tu allais te réfugier sous les jupes de ta mère. Qu'est-ce que tu crois ? Je m'inquiète, moi ! Je tiens à toi ! Je n'ai personne d'autre !

Jérôme l'écoutait sans le regarder. Les yeux rivés au plafond, il était content de l'entendre parler ainsi, de l'entendre lui dire des choses qu'il n'aurait jamais osé dire autrement. Mais il y avait un prix à tout cela et Jérôme le voyait venir.

— Je me suis demandé ce qui se passait. Et j'ai lu. J'ai lu les deux pages sur Georges Nelson Cédras... avant.

Jérôme ferma les yeux et ne tenta plus rien.

— Avant 1991, Georges Nelson Cédras s'appelait seulement Georges Nelson. C'était pendant le premier passage de Jean-Bertrand Aristide à la présidence. Et avant de s'appeler Georges Nelson, c'était un petit fonctionnaire, un pion dans le régime Duvalier. Et à ce moment-là, il s'appelait Justal Jeanty... ton père !

Jérôme ne respirait plus.

— Je me trompe ? Ce n'est pas ça ?

Il ne répondit pas.

— Tu veux que je te rafraîchisse la mémoire ?

— Vos gueules ! se plaignit un voisin en se retournant lourdement dans son lit.

Jérôme pensa chasser Gabriel. Ce n'était ni le moment ni l'endroit. On pouvait les entendre. Il demanda quand même :

— Comment tu as su ? Qui t'a dit que c'était mon père ?

— Ta mère en parle en long et en large dans son journal. Tu ne l'as pas lu ?

Bien sûr que non, il ne l'avait pas lu. Mais il évita de répondre, tournant la tête et fuyant le regard de Gabriel. Celui-ci resta obstinément debout près du lit.

— Bon! Tu ne l'as pas lu si je comprends bien ? Dommage, tu aurais découvert plein de choses. Mais ça ne t'intéresse pas.

— De quel droit l'as-tu lu ? Qui t'en a donné la permission ?

Une autre voix s'éleva un peu plus loin :

— On dort !

Jérôme murmura en laissant rouler sa tête sur l'oreiller :

— Va-t'en, Gabriel ! Laisse-moi tranquille !

Le jeune homme n'en démordait pas :

— Ils vont tuer ton père, ce soir ! Tu le sais et tu as décidé de ne rien faire ! Tu le détestes, alors tu te venges. Parce qu'il ne t'a pas choisi.

— Tu dis n'importe quoi ! Il n'a rien choisi du tout ! Et comment je saurais qu'ils vont le tuer ?

— Oh oui, il a choisi ! Il a choisi l'autre. Anatole Nelson Cédras, son deuxième fils, né deux mois après toi. Né avec ses deux bras et ses deux jambes, lui.

— Qu'est-ce que tu racontes ?

Gabriel avait senti la surprise dans la voix de Jérôme. Il le connaissait assez pour savoir qu'il ne jouait pas la comédie. Quelque chose lui avait échappé.

— Je n'ai vu ce journal que tout récemment, affirma l'enquêteur. Je ne savais même pas qu'il existait.

— C'est à toi qu'elle parle, pourtant, insista Gabriel. Pendant des pages et des pages.

Jérôme en avait le vertige. Une nouvelle fois, il se redressa en s'appuyant sur ses coudes.

— Arrête. Tu dis n'importe quoi !

Mais Gabriel était déterminé à aller jusqu'au bout. Il s'approcha de Jérôme, baissa le ton et souffla :

— Ton père avait deux femmes. Deux femmes enceintes en même temps. Dans deux pays. Mais il n'arrivait pas à se décider.

— C'est ça qu'elle a écrit, ma mère?

Gabriel voyait bien qu'il ne feignait pas. Jérôme était désemparé. L'étudiant hésita avant de continuer. Et si c'était vrai? Si ce journal n'était apparu qu'il y a peu de temps? Si Florence le lui avait toujours caché?

— Tu connais Anatole Nelson Cédras, continua-t-il.

D'un geste lent, Jérôme fit signe que oui.

— C'est ton demi-frère. Le *hounci*... Celui qu'ils ont brûlé le premier.

Les lèvres sèches, Jérôme se releva complètement et s'assit sur le bord du lit. Il luttait contre le sédatif. Chaque mot que prononçait Gabriel – qu'il entendait avec un certain délai, d'ailleurs – le heurtait, lui faisait mal. Qu'est-ce que c'était que cette histoire? Loin de perdre le fil, le jeune homme, qui ne le quittait plus des yeux, ajouta:

— Dans le fond, ça n'a aucune importance que tu l'aies su ou non. Le mal est fait depuis longtemps. Ta mère en a souffert. Même si elle ne t'a rien dit, tu en as souffert toi aussi. Et puis ce soir, la possibilité de te venger s'est présentée. Ton père va mourir et tu as décidé de ne rien faire. Tu as décidé qu'il mourrait afin que personne ne puisse jamais faire le lien entre lui et toi. C'est quoi la différence entre ça et payer pour qu'on tabasse Sanjay Singh Dhankhar en prison?

L'expression de Jérôme avait changé. Gabriel en savait trop. Il ne pouvait plus lui mentir. Doucement, très doucement, il bougea la tête de haut en bas. Puis ses lèvres bougèrent:

— Oui. Tu as raison. Et j'espère qu'ils vont le faire souffrir autant qu'il l'a fait souffrir, elle!

— Autant qu'il t'a fait souffrir, toi aussi.

— C'est vrai. Autant qu'il m'a fait souffrir.

— Et ce n'est pas de la vengeance, ça?

Jérôme ne répondit pas. Gabriel le quitta momentanément des yeux et se redressa. Mais il n'avait pas fini.

— Je n'ai tué personne, moi! Mais toi, c'est ce que tu es sur le point de faire! Ou plutôt, tu ne feras rien pour empêcher qu'on le tue.

Ces mots, comme des dards, l'atteignirent en plein cœur. Dépassé, Jérôme eut un soubresaut avant de laisser retomber sa tête, le menton appuyé sur le sternum. Sans le saluer, Gabriel pivota et s'éloigna dans le corridor. La conversation avait réveillé les autres patients. Plus personne ne dormait. Ils regardaient tous Jérôme, prostré sur son lit. Alors qu'il allait atteindre les ascenseurs, Gabriel se ravisa, fit demi-tour et revint sur ses pas.

— J'ai oublié de te dire. J'ai une flic de la GRC sur les talons. Jane Dorothy. Elle cherche aussi Désiré. Tu as une idée où il se trouve? Je n'arrive pas à le joindre.

Jérôme reçut ces mots comme un coup de fouet. Il releva la tête. Gabriel se tenait à cinq mètres. Il craignait de s'approcher, aurait-on dit.

— Viens! cria Jérôme.

En s'accrochant aux barreaux du mieux qu'il le put, Jérôme descendit du lit. Gabriel ne bronchait toujours pas. D'une voix interdisant toute réplique, il cria encore plus fort:

— Viens! J'ai besoin d'aide!

Dans le corridor, les malades s'étaient tous redressés dans leur lit. Leurs regards allaient de Jérôme à Gabriel. Le jeune homme fit un premier pas, puis un deuxième.

— Mes vêtements…

Il pointa du doigt une boîte sous le lit.

— Donne-moi mes vêtements! On s'en va d'ici!

***

Il était vingt-deux heures et O'Leary roulait comme un fou sur le boulevard Métropolitain, en direction de l'est.

Effondré sur le siège du passager, Jérôme luttait contre le sommeil. Quant à Blanchet, elle était dans un autre véhicule derrière eux. Trois auto-patrouilles suivaient.

— Tu fais chier, Aileron ! répétait l'Irlandais. Tu fais chier !

Le départ de l'Hôtel-Dieu avait causé tout un émoi. Les patients du corridor s'étaient plaints, bien sûr, et une infirmière était intervenue tandis que Gabriel aidait Jérôme à s'habiller. Brandissant son badge aux yeux de quiconque se mettait sur son chemin, l'enquêteur chef n'entendait pas discuter. Lorsqu'il joignit O'Leary au téléphone, un infirmier tenta de lui arracher l'appareil, lui rappelant que les cellulaires étaient interdits dans l'hôpital. Jérôme le prit à partie et l'injuria, si bien que l'homme appela la sécurité et demanda des renforts. L'Irlandais était à la sortie nord du tunnel sous le mont Royal. Deux autres équipes patrouillaient dans les stationnements souterrains de la Place Ville-Marie et des Promenades Cathédrale. Avare de mots, Jérôme lui avait simplement dit :

— Ce n'est pas dans le tunnel sous la montagne que ça va se passer. C'est à la station d'épuration des eaux usées Jean-R.-Marcotte, à Rivière-des-Prairies. Viens me chercher. Je t'attends à l'entrée principale de l'Hôtel-Dieu.

Il l'avait entendu sacrer en raccrochant. O'Leary n'était pas dupe. Même si Jérôme était devenu patron, il n'avait pas changé ses manières de faire. Comme toujours, il avait retenu de l'information, les avait tous endormis à coups de demi-vérités, pour ensuite sortir un lapin de son chapeau.

— Tu fais vraiment chier, Jérôme !

Malgré sa colère, Gabriel s'était montré magnanime. En quittant ce lit et ce corridor du plus vieil hôpital de Montréal, Jérôme n'avait-il pas fait un pas vers lui ? Le jeune homme lui avait tendu la main et l'avait soutenu alors qu'ils se dirigeaient vers l'ascenseur. Loin de le repousser, l'enquêteur s'était appuyé sur lui et lui avait avoué en regardant le reflet de son visage sur les portes chromées :

— Tu as bien fait de venir !

Il ne s'était pas expliqué ni excusé, il n'avait même pas cherché à lui dire ce qui l'avait fait changer d'idée. Il n'en avait pas eu le loisir, de toute façon. Deux agents de sécurité les attendaient au rez-de-chaussée. Alors que Jérôme agitait son badge, Gabriel prit les devants et expliqua la situation de façon fort diplomatique, en prenant soin de leur faire comprendre qu'ils avaient affaire à l'enquêteur chef des homicides. Ils devaient sûrement l'avoir vu dans les journaux ou à la télévision. Gabriel se montra très convaincant :

— Il y a une opération policière en cours. Mauvaise idée de lui causer des ennuis !

De toute évidence, Gabriel l'avait pris au mot. Si tu veux que je t'aide, tu vas devoir m'aider toi aussi ! avait dit Jérôme. Les deux agents les escortèrent jusqu'à la porte. L'un d'eux était en communication avec la centrale de sécurité de l'établissement. L'incident, jugé suspect bien que l'identité de Jérôme ait été vérifiée trois fois, provoquait une véritable commotion dans le hall d'entrée de l'hôpital. Deux autres agents arrivèrent en renfort. Même le Dr Legault avait été prévenu chez lui. Il insista pour parler à Jérôme au téléphone, mais celui-ci repoussa la demande du revers de la main.

— Bon Dieu, mais qu'est-ce qu'il fait, O'Leary ? s'était-il impatienté.

Brusquement, cinq voitures de police, les gyrophares allumés, étaient entrées dans le stationnement exigu de l'hôpital, rue Saint-Urbain. Les agents de sécurité s'étaient faits un peu plus discrets. Gabriel s'était avancé vers la voiture d'O'Leary, tenant toujours le bras de Jérôme. Lorsqu'il avait voulu monter derrière toutefois, ce dernier lui avait barré la route.

— Non, tu ne peux pas venir. C'est dangereux.

L'Irlandais s'était penché pour voir ce qui se passait. La main sur l'épaule de Gabriel, Jérôme était intraitable :

— Désiré est en sécurité. Ce serait bien que tu le sois aussi. Retourne sur la Rive-Sud. Je te ferai signe.

O'Leary ne connaissait pas Gabriel. Comme il ne l'avait jamais vu, il ne pouvait faire le lien entre ce garçon et l'affaire Singh Dhankhar. Jérôme murmura avant de monter :

— Et ne t'inquiète pas. Il ne t'arrivera rien à propos de ce que tu as fait.

Ce furent ses dernières paroles. Il se laissa choir sur le siège dans la voiture d'O'Leary et ne prononça pas le moindre mot jusqu'à ce qu'ils quittent le boulevard Métropolitain à la hauteur de la station d'épuration des eaux.

— Tu dis aux autres d'éteindre les gyrophares et de couper les sirènes. On ne veut pas s'annoncer.

L'Irlandais s'exécuta en répétant :

— Tu fais vraiment chier !

Jérôme pensa à Gabriel, à son indiscrétion, au culot qu'il avait eu de venir le confronter sur son lit d'hôpital. En même temps, il lui donnait raison. Ce garçon l'avait réduit au silence en brandissant un miroir devant son visage. Ce qu'il y avait vu n'était pas très beau. Voilà pourquoi il s'était levé, était sorti de l'hôpital et roulait maintenant avec son vieux complice vers le chantier de la station d'épuration des eaux. Personne ne toucherait à un cheveu de Gabriel ! Il effacerait toutes les informations contenues dans les banques de données. Il se dresserait devant Jane Dorothy et se parjurerait s'il le fallait.

Il mentirait, il tricherait, mais jamais personne ne saurait ce que l'étudiant avait fait à Sanjay Singh Dhankhar.

— C'est fou ce qu'on peut faire pour ses enfants, dit-il, les dents serrées.

— De quoi tu parles? s'étonna O'Leary.

Se gardant bien de répondre, il agrippa le micro de l'autoradio, s'éclaircit la voix et annonça :

— Jérôme Marceau. Les vestes pare-balles sont obligatoires. L'oreillette de communication aussi. Ça se passe sur un terrain vague avec plein de conteneurs. *Over*.

L'Irlandais sacra un bon coup :

— *Goddamitt* que tu fais chier, Jérôme ! Tu pourrais pas me dire un peu ce qui se passe ?

— Je ne suis pas sûr. J'ai un doute encore. Moins vite !

Après avoir enfilé la bretelle, les cinq auto-patrouilles empruntèrent le viaduc surplombant l'autoroute, bifurquèrent à gauche et s'engagèrent sur une route de terre. La station d'épuration des eaux était à cinq cents mètres. Dès que les premiers bâtiments apparurent, Jérôme pointa du doigt :

— Tu vois le stationnement entre les deux hangars ? dit-il. Là, normalement, il devrait y avoir la Mercedes. La S280.

O'Leary roulait doucement. Les autres s'étaient arrêtés çà et là le long de la route, attendant les ordres. Dans la pénombre, on pouvait voir les trois rangées de conteneurs, mais cela n'avait aucun intérêt pour l'instant. Il fallait trouver la voiture d'abord. Ils s'avancèrent dans le stationnement quasi désert. Il n'y avait que deux véhicules. Pas de Mercedes. Jérôme eut une bouffée de chaleur.

— Tu as laissé des équipes là-bas, près du tunnel sous le mont Royal ? s'entendit-il demander, comme pour se rassurer.

— Qu'est-ce que tu crois ! bougonna O'Leary. On n'abandonne pas la proie pour l'ombre !

Tout laissait croire qu'il avait raison et que Jérôme s'était trompé. Toutefois, l'une des deux voitures était un Escalade de Cadillac sans plaque à l'avant. Ce n'était sûrement pas celle d'un agent de sécurité.

— Arrête ! Je vais aller voir.

O'Leary stoppa la voiture devant la calandre du gros véhicule. D'une main tremblante, Jérôme ouvrit la portière et descendit. Hochant la tête, exaspéré, l'Irlandais le regarda contourner le VUS. Il titubait, s'appuyant par moments contre la Cadillac. Il disparut derrière mais revint presque aussitôt, ragaillardi. Affichant un sourire, il remonta dans la voiture.

— C'est bon. Elle est immatriculée en Floride. Ils se sont débarrassés de la Mercedes.

O'Leary changea d'attitude. Il était si rare que Jérôme dise « C'est bon » ! Étirant le bras, il attrapa une veste pare-balles sur la banquette arrière et la lui remit.

— O.K. On fait quoi ?

Les yeux fixés sur l'Escalade, Jérôme mit un moment à retrouver la parole. Malgré le sédatif, malgré le brouillard qui persistait dans sa tête, il résuma en quelques mots ce qu'il présenta comme une intuition mais qui était beaucoup plus. Patrice Legba s'était bel et bien associé à Ogou Feray et à sa femme, Yoruba, pour voler la fortune que Georges Nelson Cédras avait amassée en faisant entrer de la cocaïne colombienne en Floride via Haïti au début des années 1990. Parler d'extorsion aurait été un bien grand mot. Afin qu'on ne le retrace jamais, l'auteur des discours de Raoul Cédras avait mis tout ce qu'il possédait au nom de son chauffeur, le fidèle Papa Legba, un ancien cocaïnomane. *Fanmi* Baron, les messes vaudoues et les adeptes, ce n'était qu'un écran de fumée.

Un passe-temps pour se faire croire qu'il existait encore. Qu'il était quelqu'un, même s'il n'avait plus de visage. Ce paravent était d'ailleurs sur le point de tomber. Baron et sa femme envisageaient de se retirer en Floride et de mettre un terme à cette supercherie. Patrice Legba ne l'entendait pas ainsi. Il renoua avec la drogue, gracieuseté d'Ogou Feray, tout juste sorti de prison après un séjour de quinze ans. Ensemble, ils mirent au point un projet. Celui d'éliminer *Fanmi* Baron et de s'emparer de l'argent. De toute façon, tout était au nom de Legba, le gardien de la frontière entre le monde des humains et le monde surnaturel. Cette mystification simplifierait la tâche.

— Pour que l'histoire se tienne et pour brouiller toutes les pistes, expliqua Jérôme, les éliminations devaient avoir l'air de sacrifices. Des sacrifices qui bénéficieraient à d'autres.

— Nachons Sécurité, suggéra O'Leary.

C'était une évidence. Jérôme continua sans prendre la peine de lui donner raison.

— Je ne sais pas trop pourquoi, les choses ont cafouillé. Surtout lorsqu'ils ont assassiné *Mambo* Freda. Retourner dans le tunnel sous le mont Royal était dangereux. Ils ont donc trouvé cet endroit.

— Y a pas de tunnel ici !

— Oui, le plus long tunnel de la ville est juste sous nos pieds. Le collecteur principal des égouts. Quarante kilomètres.

O'Leary siffla. Il était de meilleure humeur.

— Il y a des accès non sécurisés pour descendre. Et à moins que je ne me trompe, le sacrifice devrait être en train de se faire là. Maintenant.

Ce n'était pas la peine de demander à Jérôme comment il en était arrivé à cette conclusion ni pourquoi il les avait envoyés perdre leur temps près du tunnel sous le mont Royal. L'enquêteur chef enfila sa veste pare-balles.

— Je vais aller voir. Il y a de la boue autour des conteneurs. S'ils sont passés par là, ils auront laissé des traces.

Au même moment, Blanchet émergea du noir, donna un petit coup avec son index sur la glace du côté conducteur et gratifia O'Leary d'un sourire. Il la devança :

— Je t'explique.

Jérôme enfila l'oreillette de communication, chercha une arme de service dans le coffre à gants et descendit de la voiture, tandis que l'Irlandais mettait Blanchet au parfum.

— J'en ai pour deux minutes.

— Attends, je t'accompagne ! rétorqua O'Leary.

— Je reviens.

Une torche à la main, Jérôme s'éloigna dans le stationnement, la démarche hésitante. L'adrénaline aidant, l'effet du sédatif s'était atténué. Il avait les yeux fixés au sol, cherchant des traces, des indices, mais ne voyait rien. Après avoir contourné le deuxième hangar, comme il l'avait fait le matin même, il se retrouva devant le terrain vague où des rangées de conteneurs étaient alignées. Il repensa alors à cette impression qu'il avait ressentie. Ce sentiment de proximité – il ne pouvait le nommer autrement – éprouvé en passant dans la rangée du milieu. Il s'y engagea mais s'arrêta au bout de trois pas. Il y avait des traces toutes fraîches dans la boue. Trois personnes, devina-t-il. L'une d'elles avait de très petits pieds. Son cœur se mit à battre plus fort.

S'avançant d'un pas lent entre les conteneurs, il chercha à se rappeler près duquel il avait eu cette sensation étrange. C'était au milieu de la rangée. Il s'avança encore en suivant les traces dans la boue. Au conteneur suivant, elles tournaient à droite. Il s'arrêta, tendit l'oreille. Rien. Il allait se remettre à marcher lorsqu'il entendit :

— Frappe !

Puis, beaucoup plus faiblement :

— Non ! Non, ne faites pas ça !

Les voix venaient d'un conteneur, celui devant lequel Jérôme avait senti une présence. Plissant les yeux, il chercha à voir. Il y avait une lueur. Une toute petite lueur dans la nuit. Il en savait assez. Il appuya sur le bouton de communication.

— O'Leary ! Je les ai ! Ils sont dans un des conteneurs de la rangée du milieu.

— Reçu ! entendit-il aussitôt dans son oreillette.

Les pieds dans la boue, les chaussettes trempées, le cœur emballé, Jérôme éteignit sa lampe torche, revint sur ses pas, contourna un des conteneurs et passa dans la rangée voisine. Il aperçut des ombres un peu plus loin. Une lampe s'alluma et s'éteignit très rapidement. Il pointa la sienne dans cette direction et fit de même. Les renforts étaient là.

— Quel conteneur ? demanda O'Leary.

Jérôme compta et répondit aussitôt :

— Rangée du centre. À partir du boulevard, c'est le cinquième.

Un cri dément retentit alors :

— Frappe, je te dis ! Ou je te tue !

Et de nouveau la voix d'un homme. D'un vieil homme :

— Non ! Non ! Ne faites pas ça !

Jérôme sortit son arme de service, fit sauter le cran de sûreté et s'avança en direction du conteneur.

— On les a repérés, dit O'Leary dans l'oreillette. On se déploie tout autour.

La porte du cinquième conteneur était à peine ouverte, laissant échapper un filet de lumière. Brusquement, un bruit métallique retentit, suivi d'un cri de douleur épouvantable. On aurait dit que quelqu'un avait frappé contre la paroi de la benne d'acier avec une masse. Le sang de Jérôme se glaça. Quelqu'un gémissait à l'intérieur tandis que d'autres riaient. Jérôme entendit le bruit de nouveau, puis la voix d'O'Leary se fit entendre dans un mégaphone :

— Police ! Sortez de là les mains en l'air !

Les rires cessèrent instantanément. Seul l'homme qui hurlait de douleur continua de se plaindre. Jérôme était contrarié, loin d'être sûr que la façon de faire de l'Irlandais était la bonne. Les gens à qui ils avaient affaire n'étaient pas des voyous de quartier. Il ne voulait pas de casse, pas de morts. Par prudence, il recula de quelques pas et s'accroupit sur le sol. Un coup de feu résonna dans le conteneur. Celui qui se plaignait se tut instantanément. Et puis la voix d'une femme s'éleva :

— Non, Ogou ! Ne tire pas !

Un nouveau coup de feu retentit, suivi d'un cri. Celui d'un homme cette fois.

— Non ! Non !

Il y eut une troisième détonation, puis un silence oppressant. Jérôme se jeta dans la boue et, brusquement, la porte du conteneur s'ouvrit, jetant une lumière crue entre les rangées. Un homme brandissant un Uzi sortit et se mit à tirer en tournant sur lui-même comme s'il dansait. Six cents coups à la minute au milieu des conteneurs dans une chorégraphie démente. Les balles ricochaient dans un tapage infernal, changeant de trajectoire et frappant à répétition les parois métalliques. On aurait dit qu'une main géante laissait tomber en cascade des pièces de monnaie sur un toit de tôle. Jérôme s'enfonçait dans la boue, les balles sifflaient au-dessus de sa tête, allant et venant, prisonnières de ces murs d'acier. Pendant une longue minute, cette danse macabre se poursuivit sans répit. L'homme qui était sorti dans la lumière tournait et virevoltait toujours, le doigt appuyé sur la détente. Au milieu de ce chaos, Jérôme eut une pensée pour Martine. Alors qu'il quittait le bureau, elle lui avait parlé du notaire Fillion qui avait, paraît-il, une bonne nouvelle à lui annoncer. Au milieu de cette débâcle, il aurait bien aimé entendre quelque chose de beau, de merveilleux. La fusillade s'arrêta brusquement et il chassa l'idée. Le magasin de l'Uzi était vide. Des projectiles continuaient de ricocher, interdisant toute action immédiate.

Jérôme se traîna jusqu'au coin du conteneur derrière lequel il s'était tapi. Le danseur fou avait disparu. Il voulait se relever et entrer en communication avec O'Leary, mais le tireur réapparut, plus dément et plus excité que jamais. Après avoir enfoncé un nouveau chargeur dans son pistolet-mitrailleur, l'individu allait se remettre à tirer lorsque Jérôme entendit dans son oreillette :

— J'ai une cible !

Sans hésiter, l'enquêteur chef enfonça le bouton de communication et hurla :

— Tire !

Il y eut une détonation plus lourde, plus prononcée que la pluie de projectiles qui les avait forcés à se planquer. Un silence de mort tomba. Jérôme resta un moment couché dans la boue, puis il entendit une plainte, un gémissement. Ce n'était pas l'expression de douleur entendue précédemment. Et surtout, elle ne venait pas du conteneur. Comprenant qu'un de ses hommes avait été atteint, il se leva, tendit l'oreille à nouveau et se dirigea vers l'endroit d'où venait le bruit. Du coin de l'œil, il aperçut le tireur au pistolet-mitrailleur affalé dans la boue devant la porte ouverte de la benne d'acier. Il continua de marcher vers la rangée du fond, contourna le dernier conteneur et trouva O'Leary étendu sur le dos, se tenant la gorge à deux mains. Jérôme s'agenouilla près de lui, cherchant à voir sa blessure, mais l'Irlandais refusait de lâcher prise. Il se mit à crier :

— O'Leary est tombé ! Vite, une ambulance !

À peine eut-il prononcé ces mots que Blanchet sortit de nulle part, affolée. Elle se jeta à son tour sur O'Leary et, sans lui donner le choix, lui souleva les mains pour examiner la blessure. Une balle avait ricoché et l'avait atteint au cou, juste au-dessus de sa veste pare-balles.

— Mon amour ! cria-t-elle.

O'Leary avait les yeux révulsés. La blessure saignait abondamment. Blanchet faisait tout ce qu'elle pouvait pour ralentir l'hémorragie, mais le sang giclait.

— Premiers soins ! Vite, vite ! hurla Jérôme.

Un des agents arriva avec une trousse. Impossible de faire un garrot à cet endroit. Blanchet avait mis sa main à plat sur la blessure, poussant de toutes ses forces pour sauver O'Leary. Le temps passait, le sang continuait à couler. La policière pleurait de rage.

— Faites quelque chose ! criait-elle. Faites quelque chose !

Le sang coulait entre ses doigts. Rien ne semblait pouvoir arrêter le flot pourpre. Jérôme crut entendre une sirène au loin. Il y avait beaucoup d'agitation autour. L'agent qui était arrivé avec la trousse de premiers soins enroulait de la gaze autour du cou de l'Irlandais en serrant.

— Pas trop fort, tu vas l'étouffer ! dit Blanchet.

L'autre ne l'écoutait pas, il savait ce qu'il faisait. Il réussit à ralentir l'hémorragie. À un moment, O'Leary bougea même les yeux. Jérôme n'avait pas cessé de lui tenir la main. Ils baignaient dans la boue et dans le sang quand soudain une voix monta, un peu plus loin :

— On a une ambulance ! Elle est presque là !

— Vite! cria Jérôme.

Il sentit une légère pression sur sa main. Un spasme sans doute. O'Leary s'en allait peut-être.

— Tu m'entends? Est-ce que tu m'entends, O'Leary?

De nouveau, il y eut une légère pression. L'Irlandais cherchait à dire quelque chose. Au milieu du tumulte, Jérôme reconnut clairement le bruit d'une sirène. Elle était toute proche. Sur l'autoroute métropolitaine. Il approcha sa bouche de l'oreille d'O'Leary et souffla :

— On va te sortir de là! On y est presque!

Il n'y eut aucune réaction cette fois. Jérôme se tourna vers l'agent.

— Il a entendu, affirma-t-il.

Une tache rouge ne cessait de grandir sur le pansement provisoire, mais le sang ne giclait plus et l'ambulance arrivait. Des brancardiers se précipitèrent, repoussant Jérôme et Blanchet au passage. Après avoir sommairement évalué la situation, ils n'envisagèrent même pas de stabiliser l'état d'O'Leary sur place; sans ménagement, ils le transférèrent sur une civière. C'est alors qu'une main se posa sur l'épaule de Jérôme.

— Patron. Venez voir ça.

L'enquêteur chef se redressa en dévisageant le jeune agent qui l'interpellait. Sans attendre sa réponse, celui-ci se retourna en lui faisant signe de le suivre. Les ambulanciers en avaient pour une minute ou deux avant de sangler O'Leary et de le mettre sous perfusion. Jérôme suivit le policier en regardant autour de lui. Les conteneurs étaient marqués de dizaines d'impacts de balles. Ils s'approchèrent de celui d'où le tireur fou était sorti. Il gisait devant la porte, la bouche ouverte, les yeux figés. Quelque chose brillait sous ses lèvres. On aurait dit des diamants incrustés dans ses incisives. Jérôme regarda de plus près. Sous les pommettes, il y avait aussi des cicatrices horizontales, comme les marques qu'arborent certains guerriers africains.

— Là! indiqua l'agent en montrant le fond du conteneur.

Une lampe à piles éclairait l'intérieur de ce qui était devenu un tombeau. Les corps de deux hommes et d'une femme gisaient entremêlés sur le sol, criblés de balles. Jérôme eut envie de vomir, mais il ne put quitter des yeux la plus vieille des victimes. Un homme d'un âge avancé aux cheveux crépus et blancs. Son bras droit avait été complètement sectionné. Tout près, il y avait une valise et une hache.

— Georges Nelson Cédras, murmura-t-il.

Jérôme pivota sur ses talons et s'éloigna dans la boue. Plus loin dans l'allée, les brancardiers hissaient O'Leary dans l'ambulance, flanqués de Blanchet et du policier qui lui avait prodigué les premiers soins. Il pressa le pas, faillit glisser mais se rattrapa.

— Attendez!

Blanchet hésitait devant les portes de l'ambulance, comme si elle ne savait plus que faire ni où aller. D'un geste de la main, Jérôme lui fit signe de monter. Un des ambulanciers protesta, mais lorsqu'il croisa le regard de l'enquêteur chef, il se ravisa bien vite. Ils s'engouffrèrent tous à l'intérieur et les portes se refermèrent. O'Leary n'avait toujours pas ouvert les yeux, mais il était encore là. La main gauche de Jérôme chercha celle de l'Irlandais sous la couverture. Ils avaient déjà vécu la même scène, mais dans des rôles inverses. Tout s'était bien passé. Enfin, presque. Il n'y avait pas lieu de croire qu'il n'en serait pas de nouveau ainsi.

Jérôme jeta un œil par la glace de la porte arrière et aperçut le terrain vague où s'alignaient les trois rangées de conteneurs. Dans l'un de ces coffres d'acier se trouvait son père, un bras sectionné. Sa mère reposait au cimetière Notre-Dame-des-Neiges et Anatole, le demi-frère qu'il n'avait jamais connu, n'était plus qu'un tas de cendres dans un sac de plastique à la morgue.

Le temps était venu de tourner la page.

Remerciements

Pour leurs conseils, leurs encouragements et leur amitié, je souhaite remercier Nicole Bouchard, Jacques Godbout, le Dr André Ruest, Roger Langlois, Sylvie Roy, Micheline Savoie, Marie-Eve Gélinas, Axel Pérez de León, Pascale Jeanpierre, Isabelle Lalonde, Julie Lalancette, Sarah Scott ainsi que mon ami André Bastien.